H.

# Kommissarien och tystnaden

Kriminalroman

ALBERT BONNIERS FÖRLAG

www.albertbonniersforlag.se

ISBN 91-0-057317-5

Första utgåva 1997
Bonnierpocket 1999
Andra upplagan i Bonnierpocket 2000
Fjärde tryckningen
Printed in Denmark
Nørhaven Paperback A/S
Viborg 2003

Föreställ Er en tolvårig flicka.
Föreställ Er hur hon våldtas, skändas och mördas. Ta god tid på Er.
Föreställ Er sedan Gud.

M. Barin, poet

# I

## 15 juli

# 1

Flickan i säng nummer tolv vaknade tidigt.

Sommarmorgon. I sovsalen smög det milda gryningsljuset in genom glesa gardiner. Började varligt smälta undan natten; lyfte mörkret ur hörnen, nosade på de andra flickornas aningslösa drömmar. Deras trygga snusanden. Hon låg kvar en stund och lyssnade till dem. Försökte skilja dem åt. Kathrine sov på rygg som vanligt och snarkade lätt med öppen mun. Belle väste som en orm. Marieke på hennes högra sida puffade; hade ena armen dinglande över kanten också, och det stora röda håret utslaget som en solfjäder över kudden. En droppe saliv hängde i hennes mungipa; ett slag lekte hon med tanken på att torka bort den med en flik av lakanet, men lät det vara.

Hon skulle ha velat berätta för Marieke. Åtminstone Marieke. Sagt nånting; lämnat ett meddelande eller vad som helst. Men det var så dags nu, och ännu igår kväll hade hon ju inte bestämt sig. Hade grubblat länge fram och tillbaka. Det var inget lätt beslut. Legat och ruvat på det nästan; vänt och vridit sig i den gnissliga järnrörssängen till långt in på natten, så att både Marieke och Ruth undrat om hon var sjuk och Belle bett henne sluta föra oväsen flera gånger.

Belle var kitslig av sig, men hade en pappa som på något sätt stod Jellinek nära och det gällde att hålla sig väl med henne. Påstods det i alla fall. Det påstods så mycket här på Waldingen.

Legat och brottats, alltså. Hon visste inte hur dags hon

äntligen somnat in och inte vad klockan var nu, men särskilt många timmars sömn kunde hon inte ha i kroppen, det kändes. Bäst att stiga upp, hursomhelst. Hennes inre väckarklocka hade fungerat som alltid, men det fanns förstås ingenting som sa att den skulle hålla henne vaken också. Ingenting alls.

Försiktigt vek hon undan det tunga täcket och satte sig upp. Grävde fram jeans, T-tröja och gymnastikskor ur skåpet och klädde sig hastigt. Märkte att oron vaknat i mellangärdet, men kämpade ned den med hjälp av ilskan.

Ilskan och rättskänslan.

Rafsade ihop övriga persedlar i återhållen brådska; svårt att få plats med allt men det gick. Knöt till ryggsäcken och smög sig ut. Dörren knarrade som vanligt när hon sköt upp den och ett par av trappstegen gav ifrån sig olyckliga kvidanden när hon klev på dem, men på mindre än en halv minut var hon ute.

Småsprang över det daggvåta gräset upp mot skogsbrynet och stannade inte förrän hon kommit över den lilla åsen och ner i den första svackan. Bortom synhåll från husen och utom räckhåll.

En stund blev hon stående och tvekade i blåbärsriset; stod där och huttrade i den kvardröjande nattsvalkan medan hon funderade över väderstreck och riktningar. Märkte att hon faktiskt hackade tänder. Om hon bara fortsatte rakt in i skogen, måste hon förr eller senare komma ut till stora vägen, det visste hon. Men det var långt. Även om hon lyckades hålla en någotsånär rak linje, skulle det ta en halvtimme allraminst, och det var förstås inte säkert att hon kunde undvika att börja gå i cirklar. Långtifrån säkert. I hela sitt liv hade hon bott i städer; det här med skog och natur var inte hennes invanda miljö.

Bortamarker, som man sa.

I normala fall kunde hon förstås ha bett en bön. Bett till

Gud att han skulle stå henne bi och hjälpa henne ett stycke på vägen, men det kändes inte rätt den här morgonen.

Inte rätt och på något vis inte riktigt ärligt.

Gud hade bytt ansikte den sista tiden. Jo, ungefär så. Blivit stor; svår och outgrundlig, och – även om hon inte tyckte om att tänka så – en smula skrämmande. Hennes barndoms milda och skäggiga trygghetsfarbror hade fått en skugga över sig.

Ett mörker.

Och när hon tänkte efter förstod hon att det var just på grund av detta mörker som hon stod här i blåbärsriset och tvekade.

Tvekade och kämpade med rädslan och ilskan. Och rättskänslan, som sagt.

Just på grund av detta.

Åt höger sluttade landskapet nedåt. Mot sjön och den ringlande grusvägen bort mot Finghers gård, dit de brukade gå turvis om kvällarna för att hämta mjölk. Potatis och grönsaker och ägg.

Alltid fyra och fyra med de två rankiga skrindorna och Jellinek i täten. Ingen hade riktigt förstått varför Jellinek alltid måste följa med på dessa turer. Det hade väl räckt med någon av systrarna? Fast kanske var det bara för att vakta dem för farligheter. Antagligen var det så. Finghers gård var den enda kontakt de hade med Den Andra Världen, som Jellinek brukade kalla den i sina samtal, både om förmiddagarna och om kvällarna.

Den Andra Världen?

Nu står jag i Den Andra Världen, tänkte hon. Har inte kommit mer än tvåhundra meter in i den, och redan tvekar jag om riktningen. Kanske var det precis som han sa, när allt kom omkring? Kanske var det faktiskt Jellineks gud som var den riktige guden och inte hennes egen; hennes goda och förlåtande och nästan lite barnslige glädjegud?

I helsike heller! muttrade hon och rös till igen, den här gången mest inför kraftuttrycket. Vad i hela friden tjänade det till med en gud som inte var snäll?

Fast vad hon egentligen skulle ta sig före om hon nu ändå lyckades komma ut till stora vägen – ja, det hade varken hon eller någon av gudarna något svar på.

Det fick väl ge sig, som hennes mormor brukade säga. Kommer tid, kommer råd. Hon kastade en sista blick över åsen, bort mot byggnaderna till; det var bara den allra översta delen av det spetsiga taket till matsalen som stack upp mellan träden.

Och så det stora svarta korset naturligtvis, som de hade hjälpts åt att spika ihop första dagen. Hon drog ett djupt andetag, vände alltihop ryggen och började gå ner mot sjön. Säkrast med den invanda grusvägen ändå.

Hon kom ut på den just i höjd med jättebjörken, där hon och Marieke talat om att rista in sina namn innan de for härifrån.

Om de kunde lista sig ut, förstås, det var förutsättningen. Om de kunde stjäla tjugo minuter från det Det Rena Livets tid; klara sig ut och tillbaka osedda. De hade väl inte haft så stora förhoppningar egentligen, det var mest sådant man sa, men nu stod hon ändå här och strök med händerna över den vita, släta barken.

Det Rena Livet? tänkte hon. Det Goda Ljusets Herde?

Den Andra Världen?

Skitsnack.

Ordet dök upp i henne lika hastigt som det gjort igår. Skitsnack. Då hade hon inte kunnat undertrycka det, det hade flugit ut ur hennes mun som en arg och olydig liten sommarsvala, bara, och plötsligt hade det växt till ett moln.

Ja, just så. Ett mörkt och hotfullt moln som hängt över dem alla därinne i Livets Sal. Som fått flickorna att hålla andan och Jellinek att rikta sina bleka ögon mot henne under sekunder som känts som dagar.

Jag vill tala med dig efteråt, hade han sagt till slut, och så hade han lämnat henne med blicken och fortsatt i sitt vanliga lågmälda tonfall. Om Renhet och Vithet och Nakenhet och allt det där.

Efteråt i Vita Rummet.

Men inte heller där hade han ödat många ord på henne. Konstaterat faktum bara.

Djävulen, flicka. Du har djävulen i dig. Imorgon ska vi driva ut den.

Sedan hade han skickat henne i säng med en trött handrörelse.

Hon hade hört talas om att man drev ut djävlar, men hon visste inte hur det gick till. Hade trott att det var sådant som bara de vuxna sysslade med, men så var det alltså inte. Vem som helst kunde bli besatt av djävulen, till och med ett barn, det hade hon lärt sig igår kväll.

Och nu skulle han drivas ut. Det var säkert ingen vidare trevlig upplevelse. Säkert mycket värre än syndapiskandet, och trots att hon varit här i mer än två veckor hade hon ännu inte lyckats vänja sig vid riset. Varje gång måste hon gråta lite i smyg efteråt, och hon hade inte sett att någon av de andra flickorna drog sig undan på samma vis.

Plötsligt var gråten hos henne nu också. Utan förvarning brände det till i halsen, och sedan började tårarna rinna så hon blev tvungen att sätta sig vid vägkanten. Bara sitta en stund för att låta det rinna ut och gå över. Det var fånigt att gå omkring mitt på vägen och böla. Även om klockan säkert inte var mer än sex-halv sju – och även om hon knappast riskerade att möta en enda människa – så var det fånigt.

Hon letade fram en näsduk ur ryggsäcken och snöt sig. Satt kvar ett par minuter bara för säkerhets skull, och det var just när hon skulle resa sig upp för att fortsätta som hon hörde en kvist brytas av i närheten, och med en hastigt växande insikt förstod hon att hon inte var på långt när så ensam som hon föreställt sig.

# II

## 17–18 juli

# 2

– Och vem har påstått det? sa Jung och öppnade coca-çolaburken. Att han skulle sluta, alltså?

Ewa Moreno ryckte på axlarna.

– Vet inte var det kommer ifrån, sa hon. Men Rooth och Krause satt och pratade om det nere i kantinen igår... undrar inte på i så fall.

– Vad då? sa Jung. Vad är det du inte undrar på? Han drack ett par djupa klunkar och försökte låta bli att rapa.

– Att han har fått nog, förstås. Har väl hållit på i trettifem år, åtminstone. Hur länge har du själv tänkt fortsätta?

Jung funderade medan han diskret släppte ut en dunst kolsyra genom näsan.

– Man kan bli skjuten i förtid också, sa han. Om man har tur, alltså. Nej, jag försöker hålla mig frisk genom att inte fundera över saken. Får jag lov?

Han räckte över burken och Moreno drack den i botten.

– Fruktansvärd hetta, sa hon. Tror jag har druckit tre liter sen i morse. Du kan väl fråga Münster, förresten. Om det är nån som vet nåt, så är det väl han.

Jung nickade.

– Hur gammal är han?

– Vem då? Münster?

– Kommissarien förstås. Han har väl inte fyllt sexti än?

– Ingen aning, sa Moreno. Hur länge måste vi stå här och drälla, från det ena till det andra? Det händer ju ändå ingenting. Mer än att hjärnan börjar koka.

Jung såg på klockan.
– En timme till enligt order.
– Kör en runda igen, sa Moreno. Så det fläktar lite åtminstone. Det är ju knappast nån poäng med att vi sitter här och får solsting. Eller vad tycker inspektören?
– Man måste vara beredd att dö på sin post, sa Jung och startade bilen. Det står i reglementet. Tycker det vore förbannat synd om han hoppade av i alla fall... visserligen är han ju som han är ibland, men ändå? Vart vill du åka då?
– Till kiosken och köpa mera cola, sa Moreno.
– Er vilja är min lag, sa Jung. Fast jag tror jag tar nånting utan kolsyra den här gången. Titta på fan! Fast den har nog legat i solen...
Han pekade upp mot den gigantiska termometern på simhallens gavel.
– Trettisju grader, sa Moreno.
– Exakt! Varmt som blod, varken mer eller mindre.
– Jag är törstig, sa Moreno.

Kommissarie Van Veeteren kröp in i bilen och slöt ögonen.
– Den kvinnan! muttrade han. Den kvinnan har jag givit mitt liv.
Han stönade. Bilen hade stått parkerad i över en timme i glödande solsken ute på torget, och när han lade händerna på ratten fick han en hastig förnimmelse av bränt kött. Gehenna, tänkte han. Alla ska vi den vägen.
Svetten rann. I ansikte, nacke och under armarna. Han vevade ner rutorna och torkade sig omsorgsfullt i pannan med en tvivelaktig näsduk.
Betraktade den våta trasan. Visst fanns där några droppar kallsvett också.
Tjugofem år av mitt liv! korrigerade han och startade bilen. Svängde ut från parkeringsfickan. Ett kvartssekel!

Och nu hade hon försökt stjäla två veckor till. Han började rekapitulera samtalet.

Stuga ute vid Maalvoort. Jo, man tackar… Gott om utrymme. Fyra rum och kök. Dyner och strand och hav… Renate och han. Jess och tvillingarna…

Han undrade hur pass noggrant hon planerat saken. Samtalet hade pågått länge; drivit för förliga vindar på hans villkor, tycktes det, och så hade plötsligt frågorna och förslaget kommit alldeles osökt… han borde ha lärt sig. Visst tusan borde han ha lärt sig! Var det inte så att han hade semester i augusti? När nu Jess äntligen skulle komma hem ett par veckor. Barnbarn med morfar och mormor på samma gång… (Fan och hans mormor! kom han på och höll på att le mitt i bedrövelsen)… huset var ändå i största laget, hon hade varit sent ute och det mesta hade varit fullbokat. Ville han vara ifred så mötte det inga hinder, gott om plats för enskildhet, som sagt. Både inomhus och utomhus…

Jo, nog låg det en viss planering bakom. Det var en armbågsbjudning, tänkte han. En karaktäristisk, rund armbågsbjudning från en före detta hustru som fiskade i gammalt, grumligt vatten. Fy fan.

Han satte på stereon och stängde av den.

Jess och ungarna…

Tyvärr, hade han sagt.

Och Erich hade lovat att komma, över ett par dagar åtminstone.

Tyvärr, min kära. Du kläcker ur dig för sent. Är redan inbokad.

Inbokad? Hennes ögonbryn hade höjts i luttrat tvivel. Du inbokad?

– Kreta! högg han till med på vinst och förlust. Två veckor från och med den första.

Hon trodde honom inte. Han såg det omedelbart; det ena ögonbrynet sjönk tillbaka till scratch, men det andra hängde kvar i pannan som en stum, vinklad reprimand.

– Kreta, upprepade han alldeles i onödan. Rethymnon, men jag tänkte ta mig över till sydsidan också... och, tja...

– Åker du ensam?

– Ensam? Klart som fan jag åker ensam. Vad inbillar du dig?

Han törnade emot en refugkant med vänster framhjul och svor invärtes.

Ett kvartssekel, alltså! Fem år i frihet, och fortfarande var hon där och lade sina försåt. Vad var hon ute efter egentligen? Han rös till mitt i sommarhettan. Tog ett tag med näsduken över nacken också. Svängde in på Rejmer Plejn och lyckades hitta en ledig parkeringsruta under en av almarna.

Kreta? tänkte han och klev ur. Varför inte?

Ja, sannerligen *Varför inte!* Kunde man återupprätta oskulder med nya hinnor, var det väl en enkel sak att vaska fram en retroaktiv sanning ur en vit lögn.

Formulerar mig väl idag, konstaterade han. Fan och hans mormor! Retroaktiv sanning!... Borde börja på memoarerna endera dagen.

Han sneddade över torget. Stoppade en tandpetare i munnen och klev in på resebyrån i hörnet.

Kvinnan som satt framme vid disken hade ryggen vänd mot honom och det tog några sekunder innan han förstod vem hon var. Hennes kastanjebruna hår hade blivit en smula kastanjebrunare sen sist, och hennes röst hade ett betydligt ljusare tonläge.

Tacka fan för det.

Ulrike Fremdli. När han träffade henne förra – och enda – gången, hade hennes make just blivit mördad. Han gjorde ett hastigt överslag och kom fram till att det måste ha varit i februari. Sistlidna februari – denna råkalla, gudsförgätna månad. Hopplöshetens förlovade tid, som Mahler brukade kalla den. De hade suttit i ett ordinärt och ombonat vardagsrum i ett ordinärt och ombonat radhus ute i Loewingen. Han och Ulrike Fremdli, nybliven änka. Han hade serverat henne de vanliga, kliniskt tröstlösa frågorna, och han hade imponerats av hennes sätt att handskas med dem.

Med frågorna och med sin egen chockartade sorg.

När han lämnade henne, hade han förstått att hon var en kvinna han skulle ha kunnat bli förälskad i. För tretti år sedan. På den tiden han fortfarande blev förälskad. Han hade tänkt på det en del efteråt. Visst hade det varit möjligt.

Om han nu inte givit bort sitt liv åt en annan, alltså.

Och nu satt hon här och beställde en resa. Ulrike Fremdli. Ett par och femti, såvitt han kunde bedöma. Med ny kastanjefärg i håret.

Det fanns vissa mönster...

Han tog en nummerlapp, slog sig ner i den tunna stålrörsfåtöljen bakom henne utan att ge sig till känna. Det fanns naturligtvis ingenting som talade för att hon mindes honom lika starkt som han mindes henne. Eller mindes honom överhuvudtaget, för övrigt. Han väntade. Började bläddra i en av katalogerna som låg framför honom på glasbordet. Flyttade över tandpetaren till höger mungipa och försökte se ut som om han inte lyssnade.

Som om han bara vore en högst alldaglig charteraspirant. Eller en ovanligt svettig del av inredningen.

Men lyssnade gjorde han. Trumhinnorna på helspänn. Samtidigt började också en dovt oroande känsla erodera inom honom. Både i magtrakten och bakom struphuvudet, där han sedan länge haft klart för sig att själen hade sitt säte. Åtminstone i hans eget fall.

För det var Kreta som var på tapeten. Klart som korvspad, han förstod det med en gång. Den chict solbrände försäljaren talade om Teseus och Ariadne och Änkornas by. Om Spili och Matala och Samariaravinen.

Nu om Rethymnon.

Kommissarie Van Veeteren svalde. Fick upp näsduken och torkade sig i nacken igen; trots de långsamma fläktarna som vispade runt luften uppe under taket var det varmt som i en bakugn.

– Man får inte underskatta strömmarna, sa försäljaren.

Exakt, tänkte Van Veeteren.

– Hotell Christos, föreslog den unge adonisen. Enkelt men välskött. Ligger mitt inne i gamla staden... en minut ner till venetianska hamnen, bara.

Ulrike Fremdli nickade. Halvguden log.

– Avresa den första då? Två veckor?

Van Veeteren kände hur en svindel dök upp och drog förbi. En nästan pubertal svirrning. Han lade ifrån sig katalogen och kom hastigt på fötter. Måste få luft, tänkte han. Satan också. Luktar infarkt lång väg.

Ute på gatan stannade han i skuggan under en lind. Spottade ut tandpetaren och bet sig hårt i läppen. Konstaterade att han inte vaknade, och att han således inte hade drömt heller.

Fy fan, tänkte han. Jag är för gammal för sånt här.

Han köpte en halvliter mineralvatten i kiosken och drack ur flaskan i ett drag. Därefter blev han stående ytterligare en minut och överlade med sig själv. Dumt att förivra sig, tänkte han.

Ännu dummare att inte lita på de tecken som ströddes i ens väg, tänkte han sedan. Förresten, eftersom jag ändå är här...

Han tog sig ut i solgasset igen. Gick raskt och spänstigt tvärs över torget och vek in på Kellnerstraat. Passerade förbi ett par av antikvariaten, innan han stannade i hörnet av Kupinskis gränd. Torkade sig i pannan och kikade in i det fullbelamrade fönstret.

Försiktigt, som om det hade gällt en pokerhand.

Jo, skylten hängde kvar.

*Medarbetare sökes*
*Ev delägarskap*
*F. Krantze*

Den måste ha hängt där nu i – han tänkte efter – sex veckor. Han drog en försiktig suck av lättnad. Jo, nog hade det gått en halv sommar sedan han först fått syn på den.

Han tvekade en stund igen, innan han sakta började vandra tillbaka mot torget. Tuggade på en tandpetare och betraktade förstulet de gamla jugendfasaderna från sekelskiftet. Vittrade men med skönheten i behåll. De yviga lindarna som lade trottoarerna i tät skugga. Yorricks café på hörnet. Winderblatt's mittemot. En stor flämtande S:t Bernardshund under ett av borden; med tungan ända ute på trottoaren.

Jo, tänkte han. Visst fan skulle det gå att leva här.

Och när han klev in i bilen hade han bestämt sig.

Hänger skylten kvar i augusti... ja, då får det bli så.

Svårare var det inte.

Ännu enklare var det sedan att köra för allt vad tygen höll hem till Klagenburg och att per telefon beställa en tvåveckors charterresa till Rethymnon, Kreta... Hotell Christos, som han fått rekommenderat av en god vän. Enkelrum. Avresa den 1 augusti, hemresa den 15.

När det var klart såg han på klockan. Den var 11.40. Det var den 17 juli.

Knappast någon större idé att bege sig till polishuset före lunch, konstaterade han och försökte känna en viss resignation. Det gick inte särskilt bra. Han gick ett varv runt lägenheten istället och fläktade sig med gårdagens Allgemejne. Det var i stort sett lika fåfängt. Han suckade. Drog av sin klibbande skjorta, hämtade en öl ur kylskåpet och satte på Pergolesi på CD:n.

Livet? tänkte han.

Godtycke eller ordning?

# 3

– Värmen gör folk mindre brottsbenägna, sa deBries.

– Skitprat, sa Reinhart. Det är naturligtvis precis tvärtom.

– Hur menar ni? undrade Rooth och gäspade.

– Dom orkar inte, sa deBries.

– Gör dom visst, sa Reinhart. Spärrarna släpper med stigande hetta och människan är i grunden ett kriminellt djur. Läs Främlingen. Läs Schopenhauer.

– Orkar inte läsa, sa Rooth. Inte i den här jävla hettan.

– Ökar drifterna också, fortsatte Reinhart och tände pipan. Undra på det. Titta på alla kvinnor som ränner omkring halvnakna på stan, det är inte så konstigt om det rinner till hos dom frustrerade hannarna.

– Frustrerade hannar? sa Rooth. Vad fan...?

– Jaja, muttrade deBries. Kvinnomördarna borde förstås vakna i det här vädret, men vi har i alla fall inte haft några hittills.

– Vänta bara, sa Reinhart. Högtrycket är inte mer än fyra dagar gammalt. Var fan är kommissarien, förresten? Trodde vi skulle samlas efter lunch. Klockan är snart halv två.

DeBries ryckte på axlarna.

– Spelar väl badminton med Münster.

– Nej, sa Rooth och bet i ett äpple. Münster var inne hos mig för en stund sen.

– Prata inte med mat i munnen, sa Reinhart.

– Då skulle han inte få mycket sagt, sa deBries.

– Håll truten, sa Rooth.

– Det var just det, sa Reinhart.

Dörren gick upp och Van Veeteren kom in med Münster i släptåg.

– Godmorgon kommissarien, sa Reinhart. Sovit gott?

– Blev lite sinkad av värmen, förklarade Van Veeteren och sjönk ner bakom skrivbordet. Nå?

Det blev tyst en stund.

– Vad menar kommissarien med Nå? frågade Rooth och tog en ny tugga.

Van Veeteren suckade.

– Rapport! sa han. Vad fan håller ni på med? Reinhart först. Vallastepyromanen, förmodar jag?

Reinhart anlade en lodrät rynka och sög på pipan. Nickade lite vagt. Mordbranden i Vallaste hade två och ett halvt år på nacken vid det här laget och utredningen hade lagts ned åtskilliga gånger, men i brist på andra grövre brott brukade han fiska upp fallet igen; det var han som hade hållit i trådarna och det var hans ära som naggades i kanten så länge gärningsmannen gick fri.

Det fanns väl inte många i kåren som tänkte i sådana banor längre, det insåg kommissarien, men han visste att Reinhart gjorde det.

– Har ett par lösa tåtar, erkände han. Tänkte det kunde vara värt att titta lite närmare på dom. Om det nu inte är nånting annat som pockar på en lite större hjärna…

– Hrrm, sa Münster.

– Vissa kroppsdelar sväller i värmen, sa deBries.

– Föralldel, muttrade Van Veeteren. Rota på, du.

Han lutade sig tillbaka och betraktade sina underlydande med luttrat överseende. Det var ingen särskilt homogen skara, i varje fall inte till det yttre. DeBries var nyskild sedan en månad och hade utnyttjat den första tiden i frihet till att föryngra sin garderob – resultatet hade blivit något som närmast förde tanken till en övervintrad och depraverad åttitalsyuppie. Eller en comebackande och nödtorftigt avgiftad rockartist från sextitalet, som Reinhart hade föreslagit. Mumien från Woodstock. Rooth å sin sida hade – möjligen i kraft av den rådande värmeböljan – äntligen bestämt sig för att raka av sitt spretiga skägg, och den babystjärtaktiga nederdelen av hans ansikte stod i skarp kontrast till brunbrända kinder, panna och groggvinklar.

Han ser ut som den felande länken, tänkte kommissarien.

Münster såg dock ut som Münster, om än med svettrosor under armarna, och Reinhart hade alltid erinrat kommissarien om just det som han förmodligen innerst inne också var: en intellektuell hamnsjåare.

Och själv var han förvisso ingen skönhet. Tur att man har en insida också, konstaterade han och gäspade.

– När går herrarna på semester, från det ena till det andra? frågade han. Kanske ett gångbarare alternativ än att rapportera.

– Den femte, sa Reinhart.

– Nästa vecka, sa deBries. Vore tacksam om jag inte blir inblandad i nånting.

– Samma här, sa Münster. Men Jung och Heinemann klarar väl ruljangsen i augusti om det skulle bli nåt. Och Rooth och Moreno, förstås.

– Sure, sa Rooth.

– Kan du franska? undrade deBries. Läst på korrespondens?

Rooth kliade sig i fantomskägget.

– Fuck off, sa han. Tyskt ordspråk. Ska vi fortsätta med den här hotellhärvan eller har kommissarien nåt annat åt oss?

– Försvinn, sa Van Veeteren. Men se till att sätta fast Pompers och Lutherson. Varenda människa vet att det är dom.

– Tack för tipset, sa deBries.

Han och Rooth lämnade rummet.

– Folk blir stingsliga i värmen, noterade Münster när dörren slagit igen. Undrar man inte på, förresten.

– Precis vad jag suttit och förklarat, sa Reinhart. Var det nånting mer, eller kan jag dra mig tillbaka? Ni kan alltid ringa om det är nåt.

– Försvinn, upprepade kommissarien och Reinhart masade sig långsamt iväg.

Münster gick fram till fönstret och tittade ut. Över staden och över hettan som dallrade över hustaken.

– Bara vi inte ramlar över ett mord eller nånting just nu, sa han och lutade pannan mot glaset. Alldeles före semestern och så, jag minns hur det var för två år sedan...

– Tyst, avbröt kommissarien. Väck inte de missunnsamma makterna. För övrigt är jag inbokad första halvan av augusti... oåterkalleligt. Kommer att delegera vartenda lik de här veckorna till dig och Reinhart.

Kanske för all framtid också, tänkte han. Han lirkade av sig skorna och började håglöst peta bland papperen som låg i drivor på skrivbordet.

– Man tackar, sa Münster. Jag är nog oanträffbar från och med måndag, hursomhelst.

Kommissarien bytte tandpetare och knäppte händerna bakom nacken.

– Skulle i och för sig kunna tänka mig ett tvåveckorsfall, sa han. Gärna lite utanför stan och på egen hand.

– Kan jag tro, sa Münster.

– Va?

– Det kan jag tänka mig, förtydligade Münster.

– Och vad menar intendenten med det?

– Inget speciellt, sa Münster. Ute vid havet, kanske?

Van Veeteren funderade.

– Nja, sa han. Vete fan, hellre nån liten insjö, tror jag. Har ju ändå Medelhavet i faggorna... har intendenten racketen tillgänglig?

Münster suckade.

– Naturligtvis. Men är det inte lite väl varmt?

– Varmt? fnös Van Veeteren. På Kreta har dom en medeltemperatur på fyrti grader så här års. Minst. Ska vi åka, då?

– Eftersom kommissarien ber så vackert, suckade Münster och lämnade fönstret.

– Jag bjuder på en öl efteråt, förklarade Van Veeteren storsint. Han reste sig och slog ett par skuggslag i luften. Om du vinner alltså, tillade han.

– Jag tror jag vågar tacka på förhand, sa Münster.

Ovanligt gott humör, tänkte han sedan när de stod i hissen på väg ner till garaget. Riktigt mänsklig, måste ha hänt honom nånting alldeles extraordinärt idag.

Spili, tänkte kommissarien å sin sida. Ungdomens källa... en halvtimme upp i bergen med hyrbil från Rethymnon... Vinden i hennes hår och det ena med det andra.

Varför inte?

Och sedan Krantzes antikvariat.

# 4

I rent fysisk bemärkelse var morgonen den 18 juli en perfekt morgon.

Himlen var molnfri, luften klar och ännu sval; sjöns mörka vatten låg spegelblankt och aspirant Merwin Kluuge avverkade sin 7 kilometer långa bana runt de alklädda stränderna på ny rekordtid – 26 minuter och 55 sekunder.

Han pustade belåtet ut nere vid småbåtsbryggan, stretchade och joggade sedan lätt upp till radhuset, där han duschade, satte på vatten och väckte sin blonda hustru genom att försiktigt och kärleksfullt stryka henne över magen, där hon bar hans frukt och förhoppningar sedan sex månader tillbaka.

Radhuset var av ännu färskare datum. Blott åtta veckor hade gått sedan de – med benäget bistånd av svärföräldrarnas sparkapital – tagit det i besittning; och det var fortfarande med en känsla av jungfruelig förundran som han vaknade om morgnarna. Som han satte ner fötterna på den heltäckande, vinröda sovrumsmattan. Som han tassade runt genom rummen och strök över strukturtapeterna och furupanelerna, där ännu doften av färskt trä hängde som ett löfte om oanade möjligheter och välförtjänt framgång. Och när han vattnade i blomrabatterna eller klippte den lilla gräsmattan in mot skogen, kunde han inte låta bli att känna en varm och fullödig tacksamhet gentemot själva livet.

Utan förvarning hade det plötsligt rätat ut sig. Växlat in på ett nytt och solklart spår, där han och Deborah var de enda vagnarna som egentligen betydde något i ett i och för sig stadigt och helgjutet tåg, destinerat mot framtiden; alltihop hade sammanfallit med konstaterandet av Deborahs graviditet – eller offentliggörandet av den, snarare. Giftermålet hade gått av stapeln bara två veckor senare, och när Merwin Kluuge den här vackra sommarmorgonen försiktigt lekte med de mjuka – för blotta ögat nästan osynliga – hårvirvlarna på sin kvinnas spända buk, var det inte utan att han överfölls av en känsla som var på snudd religiös.

– Te eller kaffe? frågade han ömt.

– Te, muttrade hon utan att öppna ögonen. Du vet ju att jag inte druckit kaffe på tre månader. Varför frågar du?

Javisst ja, tänkte Kluuge och gick ut i köket för att ordna med brickan.

Sedan åt de frukost tillsammans i sängen, medan de tittade på ett morgonprogram i den nya 27-tums teveapparaten och Kluuge ånyo smekte med lätta fingrar över den spända huden och letade efter sparkar och andra påtagliga livstecken från Merwin junior, och precis klockan 07.45 lämnade han sitt hem och sin sprödvarma lycka.

Han hämtade ut sin tolvväxlade cykel ur garaget, satte fast klämmor i byxorna, dokumentportföljen på pakethållaren och gav sig iväg.

Exakt elva minuter senare bromsade han in på Kleinmarckt. Torget låg ännu i det närmaste folktomt; tre eller fyra bodägare var i färd med att skruva luckor och plocka ut frukt och grönsaker i stånden nedanför rådhuset, och runt den porlande fontänen promenerade feta duvor omkring i loj sysslolöshet. Kluuge parkerade cykeln i stället utanför polisstationen, låste med dubbla blocklås och torkade bort en svettdroppe i pannan. Därpå steg han in genom de semitransparenta glasdörrarna, hälsade på fröken Miller i expeditionen och tog polismästarens tjänsterum i besittning.

Han satte sig bakom det digra skrivbordet, knäppte av sig

cykelklämmorna och slog upp första sidan i kollegieblocket som låg bredvid telefonen.

*Flicka försvunnen*??? stod det.

Han såg ut genom fönstret, som fröken Miller ställt på glänt, och betraktade den blommande flädern. Att det var en fläder hade polismästaren berättat, att den blommade kunde vem som helst se.

I rent fysisk bemärkelse var det fortfarande en perfekt morgon, men vad gällde Merwin Kluuges åligganden i tjänsten som vikarierande polismästare, fanns där otvivelaktigt en del orosmoln.

Åtminstone ett.

Noga räknat ett.

– Semester, hade polismästare Malijsen sagt och knackat honom över nyckelbenet med två fingrar. Du vet väl för fan vad som menas med semester? Lugn och ro. Enskildhet och integritet. Barrskog och hög luft och nya fiskevatten. Jag har hyrt den här förbannade stugan för min surt förvärvade lön och jag tänker stanna där i tre veckor om så japanerna anfaller. Har aspiranten förstått?

Att japanerna förr eller senare skulle utsätta världen för ett nytt – och betydligt bättre iscensatt – Pearl Harbour, hade varit polismästare Malijsens credo de senaste tretti åren och han försummade sällan ett tillfälle att framföra det.

– Du sköter ruljangsen. Det är dags för dig att börja stå på egna ben om du nånsin ska bli annat än pappersvändare och Marckxfinkatör.

Att sammanställa och avsända de månatliga rapporterna från Sorbinowos polisdistrikt utgjorde verkligen lejonparten av Kluuges ordinarie sysslor; det hade varit så alltsedan han tillträdde sin tjänst för drygt tre år sedan, och skulle väl så förbli åtminstone fram till den dag – ännu ett decennium avlägsen – då Malijsen med ålderns rätt avsåg att avträda sin post för att istället njuta sitt otium, sittandes framför teven. Eller knytandes fiskeflugor. Eller byggandes försvarsanläggningar inför den alltmer oundvikliga attacken från de snedögda gula.

Enligt Kluuges sätt att se på världen och dess bebyggare var polismästare Malijsen inte riktigt klok; en uppfattning som möjligen delades av en och annan Sorbinowobo, men långt ifrån alla. Malijsen hade rykte om sig att – trots ett visst mått av originalitet – ändå vara karl för sin post samt att hålla rågången mellan rätt och fel, mellan skurkar och rättskaffens människor i distriktet öppen och bred. Till och med en sådan tvivelaktig figur som Edward Marckx – mordbrännare, fängelsefarare, hetlevrad missbrukare och slagskämpe – hade någon gång, antagligen i samband med en eller annan arrestering, uttryckt sin bistra uppskattning av polismästaren:

En sällsynt vidrig jävel, men med hjärta i kroppen och arslet bak!

Kanske var Kluuge ändå beredd att skriva under på själva slutklämmen i karaktäristiken.

I dörröppningen hade sedan Malijsen blivit allvarlig några sekunder. Gjort halt i ordsvadan och höjt ena ögonbrynet.

– Du klarar väl det här?

Kluuge hade åstadkommit en väl avvägd fnysning. Inte för grov. Ingen nervositet.

– Självklart.

Malijsen hade ändå sett en smula tvivlande ut och plockat upp ett kort ur plånboken.

– Stör mig för fan inte i onödan! Det finns förstås telefon nere i byn, men jag behöver dom här veckorna för att smälta Lilian.

Lilian var Malijsens cancersjuka hustru, som efter flera år av mer eller mindre martialiska plågor äntligen undfått nåden och lämnat detta jordelivet. Nerdrogad och en skugga av en skugga... det var i mitten av mars; Kluuge hade själv övervarat jordfästningen tillsammans med Deborah, som hade noterat att polismästaren visserligen gråtit en tår, men inte över hövan.

– Blir det nåt skit, kan du alltid höra av dig till VV istället, förklarade Malijsen. Det är en gammal kollega till mig, och han är skyldig mig en tjänst.

Han räckte över kortet och Kluuge stoppade det i bröstfickan utan att kasta en blick på det. En kvart senare slog han sig ner bakom det väl tilltagna skrivbordet, lutade sig tillbaka och såg fram emot tre veckor av lugnt och prestigefyllt ämbetsutövande.

Detta var för sex dagar sedan. Förra fredagen. Idag var det torsdag. Det första samtalet hade kommit i tisdags.

Det andra igår.

Fan också, tänkte Kluuge och stirrade på kortet med det välbekanta namnet. Han satt kvar och tummade på det en stund medan han gick tillbaka två dagar i minnet.

– Det är en kvinna som vill tala med dig.

Han noterade att fröken Miller undvek ordet "polismästare". Det hade hon gjort hela tiden; i början hade det irriterat honom en smula, men nu ignorerade han det.

– I telefon?

– Exakt.

– Jag tar det.

Han lyfte luren och tryckte på den vita knappen.

– Polisen?

– Ja.

– Det har försvunnit en flicka.

Rösten var så svag att han måste anstränga sig för att uppfatta den.

– En flicka? Vem är det jag talar med?

– Det kan jag inte säga. Men det har försvunnit en flicka från Waldingen.

– Waldingen? Kan ni tala lite högre.

– Det Rena Livets läger i Waldingen.

– Ni menar den där sekten?

– Ja. Det har försvunnit en flicka från deras konfirmationsläger i Waldingen. Jag kan inte säga mer. Ni måste ta itu med saken.

– Vänta nu. Vem är ni? Varifrån ringer ni?

– Jag måste sluta nu.

– Stopp ett tag…

Sedan hade samtalet brutits. Kluuge hade funderat i tjugo minuter. Därpå hade han beordrat fröken Miller att leta fram numret till Waldingen – när allt kom omkring fanns det ju bara de där gamla kolonibyggnaderna därute – och lite senare hade han själv ringt upp.

Fått en mild kvinnoröst på tråden och förklarat att man hade uppgifter om att en av lägerdeltagarna försvunnit. Kvinnan i andra änden hade låtit uppriktigt förvånad och sagt att det i varje fall inte saknats någon vid lunchen två timmar tidigare.

Kluuge hade tackat och lagt på.

Det andra samtalet hade alltså kommit under gårdagen. En halvtimme före arbetsdagens slut. Fröken Miller hade redan gått hem och expeditionens nummer var överkopplat till polismästarens telefon.

– Ja. Polismästare Kluuge här.

– Ni har inte gjort nånting.

Rösten hördes lite starkare den här gången. Men samma kvinna utan tvivel. Samma spända, tillkämpade lugn. Någonstans mellan fyrti och femti antagligen, men Kluuge visste med sig att han var dålig på att bedöma åldrar.

– Vem är det jag talar med?

– Jag ringde igår och berättade att en flicka försvunnit. Ni har inte gjort nånting. Antagligen är hon mördad, om ni inte ingriper blir jag tvungen att vända mig till tidningarna.

Det var här Kluuge känt det första stinget av panik. Han svalde och funderade febrilt.

– Hur vet ni att en flicka försvunnit? Jag har faktiskt undersökt saken. Det saknas ingen på Waldingen.

– Har ni ringt och frågat? Det är klart dom nekar.

– Vi har gjort vissa kontroller.

Han tyckte själv att det var en bra formulering, men kvinnan lät sig inte avspisas.

– Om ni inte ingriper kommer dom att döda flera.

Sedan sa det klick. Kluuge blev sittande en stund med luren i handen, innan han lade på och övergick till att stirra på porträttet av Lilian Malijsen i brudslöja och guldram som stod längst ut på skrivbordshörnet.

Herregud, slog det honom. Tänk om hon talar sanning!

Han hade hört en del om Det Rena Livet. Och läst. Efter vad han förstod sysslade man med både det ena och det andra.

Tungomålstalande.

Djävulsutdrivning.

Sexuella riter.

Fast det där sista var säkert bara illasinnade rykten. Elaka tungor och vanlig hederlig avundsjuka. Trams! tänkte Kluuge och övergick till att betrakta flädern igen, men någonstans inom sig – kanske längst inne i känslans kärnhus, för att låna ett av Deborahs senaste favorituttryck – förstod han ändå att det var allvar.

Allvar. Det var någonting i den här kvinnans röst. Det var också någonting i själva situationen: hans egen oförskämt välordnade tillvaro; Deborah, radhuset, vikariatet som polismästare, de perfekta morgnarna... det var egentligen inte mer än rätt och riktigt om det dök upp någonting sådant här.

För det måste finna en balans, hade hans far brukat säga. Mellan plus och minus. Mellan framgångar och bakslag. Annars lever man inte.

Han stoppade en blyertspenna i munnen. Började tankspritt tugga på den medan han försökte föreställa sig Malijsens reaktioner, om det skulle visa sig att man hittat en flicka mördad i hans distrikt, och att polisen fått tips om saken men ignorerat dem. Sedan försökte han föreställa sig följderna av att i onödan ha stört den himmelska friden över det heliga fiskevattnet. I ingetdera fallet var det några särskilt muntra visioner som målades upp för Merwin Kluuges inre öga. Och inte särskilt nyttiga med tanke på eventuella, framtida karriärmöjligheter.

Det Rena Livet? tänkte han. Flicka försvunnen?

Skulle inte förvåna.

Inte ett förbannat dugg.

Beslutsamt grep han telefonen och slog numret till polishuset i Maardam.

# 5

– En handgranat? sa polischefen.

– Utan tvivel, sa Reinhart. En sjufyrtifemma. Han hivade in den genom ett öppet fönster, den gled iväg utmed golvet och exploderade under scenen. Jävla tur, bara åtta skadade och alla kommer att klara sig. Hade den gått av ute på dansgolvet hade vi haft ett dussin lik…

– Minst, sa deBries och rättade till sin vinröda sidenscarf som kommit en smula på avvägar.

– Behöver du hjälp med halsduken? frågade Rooth.

– Fortsättningen då? skyndade sig Münster att flika in.

– Pepprade bilar med automatvapen, återtog Reinhart. Trevlig gosse, inga aggressionshämningar att tala om.

– Herregud, sa Ewa Moreno. Och han går fortfarande lös?

– Laddar nog upp till kvällen, föreslog Rooth. Vi borde fånga in honom.

– Yrkesmilitär? frågade Jung.

– Mycket möjligt, sa Reinhart.

– Ursäkta, sa Heinemann, som kommit in sent. Kunde vi kanske ta det från början, jag har bara hört om det på radion.

Polischef Hiller harklade sig och torkade tinningarna med en pappersnäsduk.

– Ja, kanske det, sa han. Reinhart har ju varit där, så jag tror du får ta hela informationen. Sedan gäller det förstås att disponera styrkorna…

Reinhart nickade.

– Diskoteket Kirwan, började han. Nere på Zwille i höjd

med Grote torg, alltså. Fullt med folk. Strax efter halv tre i morse – dom stänger tre – kastade en okänd person in en handgranat genom ett öppet fönster. Explosionen hördes i hela centrum, men som jag sa begränsas skadorna eftersom den small av under scenen. Den finns för övrigt inte kvar. Bandet som hade spelat där tio minuter tidigare finns dock kvar... fast dom mår visst inte så bra.

Dörren gick upp och Van Veeteren kom in.

– Fortsätt, sa han och sjönk ner på en stol. Polischefen tittade på klockan. Reinhart höjde ett ögonbryn innan han tog vid igen.

– Åtta allvarligt skadade, ingen livshotande dock. Ett tjugotal med mindre blessyrer har tagits in på Rumford och Gemejnte, men dom flesta får nog åka hem under dagen. Det finns ett par vittnen som såg en man springa från platsen...

– Inte mycket att gå på, konstaterade Jung. Det var mörkt och dom såg honom bara på ganska långt håll. Säkra på att det var en karl i alla fall.

– Kvinnor beter sig inte så här, sa Rooth. Inte dom jag träffar, åtminstone.

– Typiskt manligt beteende, sa Moreno. Det håller jag med om.

Polischef Hiller knackade irriterat med Ballografen i bordet.

– Sedan då? sa Münster. Bilarna?

Reinhart suckade.

– Ungefär en halvtimme senare var det någon – förhoppningsvis samma idiot, annars har vi att göra med två – som sköt på parkerade bilar på parkeringsplatsen utanför Keymerkyrkan. Sannolikt från en position inne i Weivers park. Hördes också i hela stan... det pågick inte i mer än femtontjugo sekunder och ingen har sett ett skit. Automatvapen, alltså. Två-tre salvor. Cirka tretti skott, uppskattningsvis.

– Klempje, Stauff och Joensuu ligger och kravlar ute bland bilarna, förklarade Jung. Och Krause tar hand om bilägarna.

– Kul jobb, sa deBries.

– Otvivelaktigt, sa Reinhart. Krause behöver nog lite assistans. Dom är tolv stycken, däribland två tyska familjer på genomresa.

– Vita mercor, förtydligade Jung.

Van Veeteren reste sig.

– Ursäkta, sa han. Har glömt tandpetarna nere hos mig. Är snart tillbaka.

Han försvann ut genom dörren och det blev tyst i rummet.

– Jaha, sa Hiller efter en stund. Det var ju förargligt, det här. Och i semestertider och allt.

Ingen i församlingen rörde en min. Jung höll andan.

– Jaha, upprepade Hiller. Vi måste förstås sätta en del folk på det här. Alla tillgängliga resurser, det rör sig naturligtvis om en galning som kan få för sig att slå till igen. Närsomhelst. Nå? Vilka har vi att tillgå?

Reinhart slöt ögonen och Münster betraktade sina naglar. DeBries gick på toaletten.

– Satans skit, sa Rooth.

– Okej, sa Reinhart tjugo minuter senare och rörde dystert om i kaffekoppen. Jag tar hand om det. Får Jung och Rooth med mig i alla fall. Och Münster, åtminstone till en början.

– Bra, sa Van Veeteren. Du grejar nog det här.

Reinhart fnös.

– Vad var det trädgårdsmästarn hade åt dig, då? Jag hörde nånting.

Van Veeteren ryckte på axlarna.

– Vet inte.

– Vet inte?

– Nej. Tänkte äta lunch innan jag konfronterar honom.
– Lunch? sa Reinhart. Vad är det för nånting?
Van Veeteren betraktade en uttuggad tandpetare och släppte ner den i den tomma plastmuggen.
– Känner du major Greubner?
Reinhart funderade.
– Nej. Borde jag göra det?
– Brukar spela schack med honom då och då. Vettig karl. Kunde kanske vara en idé att be honom spekulera lite...
– Om den här galningen?
Van Veeteren nickade.
– Det finns ju bara ett regemente här i stan, när allt kommer omkring. Jag tror inte dom har börjat sälja handgranater i livsmedelsaffärerna än.
Reinhart betraktade lämningarna i sin kaffemugg en stund.
– Men jag kanske är felunderrättad? sa Van Veeteren.
– Man vet aldrig, sa Reinhart. Har du numret?
Van Veeteren letade fram det och skrev upp det på en lapp.
– Tack, sa Reinhart. Nej, plikten kallar. Får man önska kommissarien en angenäm måltid.
– Föralldel, sa kommissarien.

– Kom in, sa Hiller.
– Är redan inne, sa Van Veeteren och satte sig.
– Varsågod och sitt. Ni är överens om att Reinhart tar hand om den här vettvillingen?
– Javisst.
– Hrrm. Du går på semester den sista?
Van Veeteren nickade. Hiller fläktade sig med en promemoria från inrikesministeriet.
– Och sedan då? Det kan väl inte vara ditt allvar?
Van Veeteren svarade inte.

– Du har ju haft dina tvivel förr. Vad är det som gör att det skulle bli av den här gången?

– Vi får se, sa Van Veeteren. Du får definitivt besked i augusti, men det lutar nog åt det hållet... tyckte bara jag skulle informera dig. Du tycker ju om att bli informerad.

– Krrm, sa polischefen.

– Vad var det du ville? sa Van Veeteren.

– Jo, det var en sak.

– Reinhart sa det.

– Det ringde en polismästare från Sorbinowo.

– Sorbinowo?

– Ja.

– Malijsen?

– Nej, det var visst en sommarvikarie...

Hiller tog fram ett papper ut en mapp.

– ... Kluuge. Han verkade lite oerfaren och han har fått ett försvinnande på halsen, tydligen.

– Försvinnande?

– Ja.

– Måste väl finnas hjälp att tillgå på närmare håll?

Hiller lutade sig fram över skrivbordet och försökte rynka pannan.

– Förvisso. Men den här Kluuge har uppenbarligen fått order om att vända sig till oss, om det skulle vara nånting... av ordinarie polismästaren, alltså. Innan han tog semester. Wilfred Malijsen... är det någon som du är bekant med, alltså?

Van Veeteren tvekade.

– En smula, ja.

– Jag misstänkte det, sa Hiller och lutade sig åt andra hållet. För det är just dig han vill ha dit. Ärligt talat... ärligt talat har jag på känn att det ligger en hund begraven här, men om du nu har övertalat Reinhart, så är det väl lika bra att du åker dit.

Van Veeteren svarade inte. Bröt av en tandpetare och blängde på sin överordnade.

– Bara för att undersöka saken, naturligtvis, sa Hiller. En dag eller två på sin höjd.

– Försvinnande? muttrade kommissarien.

– Ja, sa Hiller. En ung flicka efter vad jag förstår. Ja, vad tusan begär du? En mer idyllisk plats än Sorbinowo så här års får man leta efter...

– Vad menade du med hund begraven?

För ett ögonblick såg det ut som om polischefen rodnade.

Fast det är kanske bara hans dagliga hjärnblödning, tänkte Van Veeteren och förstod att det var en lånad formulering från Reinhart. Han reste sig.

– Allright, sa han. Jag åker väl och tar en titt på det, då.

Hiller räckte över papperet med uppgifterna. Van Veeteren betraktade det i två sekunder och stoppade det i fickan.

– Den där hortensian ser purken ut, konstaterade han sedan.

Polischefen suckade.

– Det är ingen hortensia, förklarade han. Det är en aspidistra... nej, den borde tåla värmen bra, men det gör den tydligen inte.

– Då är det väl nånting annat den inte tål, sa Van Veeteren och vände polischefen ryggen.

# 6

Bland uppgifterna fanns även aspirant Kluuges privata telefonnummer, och kommissarien väntade med att ringa tills han kommit hem. Det var en ung kvinna som svarade och hon meddelade fermt att vikarierande polismästaren för tillfället stod i duschen, men att det gick bra att återkomma lite senare. Van Veeteren förklarade vem han var och föreslog istället att aspiranten skulle höra av sig snarast, om det nu verkligen var så att han hade något på hjärtat.

Kluuge ringde upp tre minuter senare och det blev ett kort samtal. Sedan gammalt ogillade Van Veeteren telefoner, och när han fått klart för sig att historien åtminstone kunde tänkas innehålla ett korn av sanning, gjorde man upp om ett sammanträffande följande dag.

Om inte annat kunde det väl vara värt att kontrollera det där med idylliskheten, tänkte kommissarien luttrat.

– Jag tar bilen, förklarade han. Kommer vid tolvtiden. Du kan informera mig över lunchen.

– Gärna det, sa Kluuge. Tack för att ni ställer upp.

– Ingen orsak, sa Van Veeteren och lade på.

Sedan blev han sittande en stund och tvekade. Bestämde sig till slut för att stanna hemma; plockade fram bröd, öl, korv, ost och oliver och slog sig ner under markisen ute på balkongen. Reste sig efter första klunken och gick in i våningen igen. Tvekade på nytt innan han hittade Erik Satie bland CD-skivorna. Satte på gymnopedierna och återvände ut i sommarkvällen.

Wilfred Malijsen, tänkte han. Den jävla dårfinken.

Och medan han satt där och kände doften av blommande lind smyga sig in över balkongräcket, och medan solen sjönk över Kroelschbryggeriets tegeltak, gick han i minnet tillbaka till sitt enda tidigare sammanträffande med denne avlägsne kollega.

Det låg nästan tjugo år tillbaka i tiden nu, insåg han, och kanske kunde det vara värt att fiska upp ur glömskans grumliga brunn.

1978, hade han för sig. Eller möjligen -79.

Enveckaskonferens för högre polisbefäl och kriminalare i karriären, hursomhelst. Tid: senhöst, oktober eller november. Plats: ett turisthotell med en eller annan stjärna ute vid havet i Lejnice. Syfte: förlorat i tidens dunkel.

Händelsen, det som gjorde denna vecka mer minnesvärd än liknande lugubra tillställningar, hade inträffat – om han mindes rätt – på onsdagen, efter tre eller fyra dagars konfererensande med skäggiga psykologer i sandaler och håglösa grupparbeten och allt senare kvällar på barer och krogar. En ung desperado, som tagit in på samma hotell som poliskontingenten, förskansade sig på sitt rum tillsammans med en ung kvinna som han tvingat med sig under vapenhot.

Detta vapen var – det framgick ganska tidigt – en kalasjnikov, och den unge mannens villkor var att polisen skulle ta dit hans före detta flickvän samt en miljon gulden, annars skulle han göra köttfärs av sin blonda gisslan (som till råga på allt var gravid i tredje månaden) och alla andra som var dumdristiga nog att hålla sig i närheten.

Tidsramen lämnade inte särskilt mycket utrymme för strategiska beräkningar från polisens sida: två timmar – inte en sekund därutöver.

Eftersom villkoren var praktiskt taget omöjliga att uppfylla – bland annat befann sig den tidigare fästmön på resa någonstans i Italien, och var förmodligen inte särskilt intresserad av att samarbeta i vilket fall som helst – beslöt ortens polisledning i samråd med en grupp från det översta konferensskiktet att istället genomföra ett slags fritagning. Ritningarna lades upp i största hast bland stridande viljor, Van Veeteren bedömdes vara lämplig i en av huvudrollerna, och efter en del mer eller mindre lyckade schackdrag befann han sig plötsligt tillsammans med desperadon och gisslan inne i deras rum. Meningen var att han nu skulle manövrera fram ynglingen mot fönstret och inleda förhandlingar i åtminstone tio sekunder; tillräckligt lång tid för att någon av prickskyttarna på taket mittemot skulle hinna få korn på honom och likvidera honom medelst två eller tre väl avvägda skott i huvud och bröst.

Desperadon alltså, inte Van Veeteren.

Den unge mannen visade sig dock vara dåligt införstådd med detta scenario. Istället för att gå och ställa sig vid fönstret, trängde han in Van Veeteren längst in i hörnet av rummet och uppmanade honom att blunda och be en sista bön till sin skapare, om han nu trodde att han hade någon.

Van Veeteren hittade i hastigheten ingen lämplig gudom; började i brist på annat att räkna till tio, och det var när han hunnit till sju som det brakade till ute på balkongen och Malijsen gjorde entré – enligt ritningar som ingen annan varit med om att dra upp eller haft en aning om. Van Veeteren öppnade ögonen lagom för att höra Malijsen ge eld och se den unge mannens huvud förvandlas till någonting som det knappast gick att sätta ord på, och definitivt inte en mössa, men som han många år senare kunde vakna upp mitt i natten efter att ha drömt om.

– Tur för dig att jag hade vägarna förbi, var Malijsens första kommentar.

De hade tillbringat flera av de följande kvällarnas timmar tillsammans, och det bestående intryck Van Veeteren hade av sin räddare var att det rörde sig om en ganska obegåvad dårfink med en rad – mer eller mindre allvarligt menade – idéer och principer om i stort sett allting. Tyvärr. En medelålders pojkscout, som Reinhart förmodligen skulle ha uttryckt saken: kavat, korkad och krigsfixerad. Van Veeteren hade varit hjärtligt trött på umgänget redan efter en halvtimme, men om det nu faktiskt var så att han hade denne lönnfete polisinspektör att tacka för sitt liv, så fick han förstås finna sig i att bjuda på en och annan öl.

Under de återstående konferensdagarna hade det sedan förekommit en del diskussioner om kompetens och spelrum för individuella initiativ i avancerat polisarbete, och bara ett par månader efter incidenten i Lejnice hade Van Veeteren läst i interntidningen, att Wilfred Malijsen just tillträtt tjänsten som polismästare i Sorbinowo.

Det kunde inte uteslutas att det fanns ett samband.

Malijsen? tänkte Van Veeteren och tog två oliver. Dags att betala en gammal skuld?

Därefter vände han tankarna åt annat håll. Först åt Kreta och sedan åt en variant av skandinaviskt försvar som han läst om och som det möjligen kunde vara värt att våga sig på.

Sällskapets lokaler på Styckargränd låg avfolkade och sommartomma, och luften kändes angenämt sval under de rundade valven när kommissarien steg in genom dörren. Mahler satt som vanligt längst in under Dürersticken; för en gångs skull såg han dyster ut och Van Veeteren erinrade sig att han just kommit tillbaka från Chadów och jordfästningen av en moster.

– Saknar du henne? frågade han förvånat. Tyckte du påstod att hon var en liktorn i själen.

– Arvstvist, förklarade Mahler. Bedrövlig historia. Om det är dom där jävlarna jag är släkt med, finns det nog inte mycket hopp för mig heller.

– Har aldrig haft mycket hopp om dig, sa kommissarien

och slog sig ner. Men jag tar första ölen om du ställer upp pjäserna. Jag tänker mörda dig med en ny öppning ikväll.

Mahler sken upp en aning.

– Mördar bäst som mördar sist, sa han och justerade brädet.

Det första partiet tog en och en halv timme, och när de enades om remi var det efter nära nog åtti drag.

– Den där tidiga löparen var stark, sa Mahler och rev sig i skägget. Höll på att överraska mig.

– Du hade tur, sa kommissarien. Jag betraktar mig som moralisk segrare... apropå moral, förresten, vad vet du om Det Rena Livet?

– Det Rena Livet? Mahler såg oförstående ut under några sekunder. Du menar väl inte den där förbannade sekten?

– Jo, jag tror det, sa Van Veeteren.

Mahler funderade.

– Varför frågar du? Å yrkets vägnar, hoppas jag? Eller tänker du gå med?

Van Veeteren svarade inte.

– Otäcka, sa Mahler efter en ny tankepaus. Ja, inte för att jag vet särskilt mycket, men jag skulle inte välja mina vänner bland dom. Smart ledare, suger åt sig labila och rädda människor... robotiserar dom och har antagligen en massa skit för sig. Fast utåt är dom lågmälda och milda i blicken som sockeränglar, förstås. I synnerhet efter det där som hände.

– Hm, sa Van Veeteren. Du tar tankarna ur huvudet på mig.

– Vad rör det sig om?

Kommissarien ryckte på axlarna.

– Vet inte än. Kanske bara falskt alarm. Jag åker från stan ett par dagar, i alla händelser. Till Sorbinowo.

– Aha, sa Mahler. Kan nog vara rätt så behagligt så här års. Alla sjöarna och det.

– Jag reser å ämbetets vägnar, påpekade Van Veeteren.

– Tror jag det, log Mahler. Men om du skulle få en halvtimme ledig... jag minns en bra skribent därifrån, förresten.

– Jaså?

– Han skrev om mina första samlingar. Positiv och klok. Verkar ha kläm på vad det här förbannade livet handlar om. Är nog fortfarande chefredaktör, tror jag.

Van Veeteren nickade.

– Vad heter han? Om jag nu skulle behöva ett klart huvud.

– Przebuda. Andrej Przebuda. Säkert uppåt sjutti vid det här laget, men han står nog kvar på kulturbarrikaderna tills dom sprider hans aska för vinden.

Van Veeteren skrev upp namnet och tömde sitt glas.

– Nåja, sa han. Kanske blir det skönt att komma iväg ett tag.

– Säkert, sa Mahler. Bara man undviker begravningar.

– Ska försöka hålla mig borta från dom, lovade Van Veeteren. Hinner vi med ett till?

Mahler såg på klockan.

– Gör vi nog, sa han. Borde inte du ha semester snart, förresten? Eller har dom dragit in den typen av förmåner?

– Första augusti, förklarade kommissarien och vände på brädet. Åker till Kreta med vissa förhoppningar.

– Det var som fan, utbrast Mahler. Vad då för förhoppningar?

Men kommissarien betraktade bara sin svarta drottning med outgrundlig min.

– Fast jag har onda aningar, erkände han efter en stund.

– Om Kreta?

– Nej, om Sorbinowo. Det verkar vara fråga om ett försvunnet barn, jag tycker inte om såna historier.

Mahler tömde sitt glas.

– Nej, sa han. Barn ska inte förvinna. Och framförallt inte

dö. Så länge Vår Herre inte kan ordna den detaljen, vägrar jag tro på honom.

– Samma här, sa Van Veeteren. Varsågod, draget är ditt.

# III

## 19–23 juli

# 7

Elgars cellokonsert tog slut hundra meter före stadsskylten. Han stängde av CD:n och körde in på en parkeringsplats med turistinformationstavla och god utsikt över landskapet nedanför. Trevade i handskfacket och fick fram det halvfulla Westpaket han suttit och erinrat sig den senaste halvtimmen. Tände en cigarrett och klev ur bilen.

Han rätade på ryggen och gjorde några försiktiga bålvridningar medan han lät blicken vandra över panoramat. Sjösystemet – huvudsakligen floden Meusel som tre eller fyra gånger utvidgade sig till långsmala, mörka sjöar – löpte i sydostlig riktning genom en flack, uppodlad dalgång. Staden Sorbinowo låg utspridd mellan och runt sjöarna nummer två och tre från hans utsiktspunkt sett, och han räknade till ett halvdussin broar över vattendraget, innan det försvann ur hans åsyn mellan skogklädda höjder en halvmil längre bort. Segelbåtar, kanoter och allehanda flytetyg låg och guppade på vattnet i den loja vinden; rakt nedanför honom stod några fiskare och kastade från en gammal pommerstensbro, och någon kilometer västerut glammade och plaskade horder av barn i anslutning till en anlagd badplats.

Förvisso en idyll, det hade Hiller och Mahler rätt i. Glittrande, mörka vatten. Mogna sädesfält. Strödda lövträdsbestånd och utspridd bebyggelse i halvöppet landskap. Alltihop omgärdat av den ljudlösa barrskogen. Tystnadens arméer.

Och en dallrande sommarvärme som kom de lätt krusade

vattnen att te sig lockande till och med för en så pass tvehågsen badare som kommissarie Van Veeteren.

Idyll, ja, tänkte han och drog ett djupt halsbloss. På avstånd och innan man skrapat på ytan kunde det mesta förefalla både vackert och ordnat till det bästa, det var ju en pålitlig gammal sanning.

Och medan han stod där och lyssnade till korsryggens vanliga signaler efter en lång bilresa, vaknade en mångtuggad tankehärva inom honom – den om distansen och ålderdomen. För när han en dag (augusti? Krantzes antikvariat?) med årens obestridliga rätt drog sig tillbaka... när han en gång för alla slutade upp med sitt tröstlösa bökande i tillvarons avskrädeshögar, så var det väl just avståndet – den svala distansens upphöjda position – som han hade för avsikt att leta sig fram till och inmuta. Betraktarens perspektiv. Att äntligen låta sig nöja med ytan – glittrande eller ej – och tolka alla tecken till det bästa. Eller inte alls, snarare. Låta mönstret vara ett mönster. Lämna världen och sig själv ifred.

Bara sitta där och glo, således. Med en öl och ett schackbräde på Yorrick's eller Winderblatt's. Dygdens lön efter ett helt liv på skuggsidan?

Fan tro't, tänkte han och fimpade cigarretten. Det finns så många hakar. Alltid dessa förbannade hakar.

Dags att lyfta på locket till sommarslumrande Sorbinowo, hursomhelst.

Flicka försvunnen?

Det Rena Livet?

Rena Tramset, förstås! tänkte han och drack ur den sista ljumma skvätten av mineralvattnet som legat och skvalpat alltför länge på passagerarplatsen i framsätet. En nervös sommarvikaries paranoida inbillningar och ingenting annat... men om han nu kunde dra ut på saken i ett par dagar och samtidigt göra sig kvitt skulden till dårfinken Malijsen, så inte hade han väl någon större anledning att beklaga sig.

Det fanns värre tider än bortkastad tid – kanske var det just detta som konstituerade betraktarens perspektiv? Bland annat, åtminstone.

Tänkte kommissarien i sitt stilla sinne och torkade svetten ur pannan. Så kröp han in i bilen igen och började med låg hastighet att rulla ner mot bebyggelsen.

Det tog bara fem minuter att promenera från polisstationen vid Kleinmarckt ner till värdshuset Florian's, och Van Veeteren förstod omedelbart att det inte hörde till aspirant Kluuges ordinarie lunchställen. Vita dukar, diskreta kypare i pingvindress och en luftkonditionering som verkade fungera ända ut till den öppna terrassen, där Kluuge hade beställt bord.

Och alldeles folktomt.

– Se på fan, sa kommissarien vänligt och slog sig ner.

– Ja, vi bjuder på det här, förklarade Kluuge lite generat och alldeles i onödan. Det är bara att välja!

Van Veeteren blickade ut över vattnet, som låg dolskt och alltjämt glittrande tjugo meter nedanför dem, och tänkte på det där med ytor ännu en gång. Därefter övergick han till att studera menyn som en av pingvinerna kommit smygande med.

– Vi kanske skulle prata lite om… om dom här telefonsamtalen, sa Kluuge när de hunnit en bit in i laxrouladerna. Det är ju därför kommissarien är här.

– Mhm, nickade Van Veeteren. Sätt igång. Jag kan äta och lyssna på samma gång, det är en talang jag utvecklat med åren.

Kluuge skrattade artigt och la ner besticken.

– Ja, det är alltså bara dom här två samtalen, men jag fick en känsla… en känsla…

Van Veeteren nickade uppmuntrande.

– ... av att det kunde vara allvar. Det var nånting i hennes röst, jag tyckte inte hon lät som en galning, eller så.

Och du har stor erfarenhet av galningar? tänkte Van Veeteren, men han sa ingenting.

– Jag ringde ju ut och kollade det där lägret, men dom verkade alldeles oförstående. Sen har jag försökt ta reda på lite om vad dom sysslar med egentligen, men det är inte mycket jag fått fram. Waldingen ägs av en gammal stiftelse och dom hyr ut till större grupper, mest under sommarhalvåret, förstås. Det Rena Livet var där förra året, och i år har dom bokat in sig för hela sommaren i stort sett. Mitten av juni fram till första september, om jag förstått det rätt...

– Hm, sa Van Veeteren och drack en klunk öl.

– Jag var ute och tittade igår eftermiddag. Tre mil härifrån, ungefär. Körde förbi bara, utan att stanna. Det ligger rätt ostört, faktiskt, bara skog och sjö och säkert en kilometer till närmsta granne... tja, det är väl en ganska idealisk plats om man vill vara ifred, antar jag. Jag har för mig att dom gjorde utflykter dit när jag gick i skolan, men jag var aldrig själv med.

– Den här kvinnan, sa Van Veeteren. Hon som ringde. Vem tror du det var?

Kluuge såg oförstående ut.

– Har inte en aning.

– Gissa.

Kluuge ryckte på axlarna.

– Om hon faktiskt talar sanning, fortsatte kommissarien och torkade sig i munvinklarna med servetten, så måste vi ju utgå ifrån att hon fått reda på saken på något vis. Eller hur?

Kluuge nickade eftertänksamt.

– Ja, jag antar det...

– Och ni har ingen sådan här telefon där man kan se numret på den som ringt upp?

Kluuge skakade på huvudet och såg generad ut igen.

– Kommer att få en efter sommaren. Malijsen har beställt en, men det har visst blivit lite fördröjning med leveransen.

Van Veeteren bytte spår.

– Känner du till hur mycket folk det finns på det där lägret?

– Inte exakt. Det är nåt slags konfirmationshistoria i alla fall. Bara flickor, tror jag... ja, och så har dom väl några ledare plus den här prästen.

– Prästen?

– Oscar Jellinek. Det är han som har dragit igång hela sekten, om jag fattat det rätt. Jag undersökte lite igår. Tiotolv år sedan det startade, man håller mest till i Stamberg, nästan bara där också, tydligen. Det finns inte mer än niohundra medlemmar allt som allt, och den enda kyrkan, eller vad man nu ska kalla det, finns där i Stamberg. Det fanns en i Kaalbringen en kortare tid också, men den har lagts ner. Det har ju förekommit en del skriverier och sånt, det var visst nån skandal för några år sedan. Jellinek satt inne ett par månader, men på sistone har det varit ganska tyst...

Van Veeteren sköljde ner den sista laxtuggan med ett halvt glas öl. Kaalbringen? erinrade han sig. Kommissarie Bausen? Yxmördaren...

Han tryckte ner minnet. Såg ut över sjön och över klungorna av barn som stojade i strandkanten. Kolonier, tänkte han istället. Hela regionen är förstås nerlusad av kolonier... för ett ögonblick började ett par andra mörka minnen röra på sig, från hans egen barndom, men han lyckades bita huvudet av dem också.

– Men du gick inte in och tittade efter? frågade han. När du ändå körde förbi, alltså?

– Nej, sa Kluuge, jag gjorde inte det.

– Varför då?

– Tänkte jag skulle vänta på kommissarien först. Jag hade

ju ringt tidigare och frågat, och dom sa att det inte fattades nån.

Utmärkt, tänkte Van Veeteren. Prima dådkraft.

– Jag förstår, sa han. Det kanske vore bäst om vi tar oss ut och ser efter i alla fall. Lejonets kula och det ena med det andra.

Kluuge nickade entusiastiskt. Rätade upp sig och gjorde min av att vilja ge sig iväg omedelbart.

– Sakta i backarna, sa kommissarien. Allt har sin tid. Först ska vi se om det inte går att få en anständig dessert på det här stället också.

– Har du mycket att stå i för övrigt? frågade kommissarien sedan de återvänt till det aprikosfärgade polismästarrummet. (Aprikos? tänkte Van Veeteren. Ger mig fan på att han målat det själv!)

– Nja, sa Kluuge. Det är ju en del rapporter och så.

Van Veeteren släppte ner en tandpetare bakom elementet.

– Jag föreslår hursomhelst att du försöker ta reda på lite mer om den här sekten. Ring till polisen i Stamberg och hör efter, det är enklast. Jag tar Waldingen själv, om du inte misstycker. Har du numret, så jag kan slå en signal först?

Kluuge skrev upp det.

– Tror jag bokar in mig över natten också... så får vi gå till botten med det här. Vad kan du rekommendera?

Kluuge tvekade.

– Stadshotellet eller Grimm's, sa han. Stadshotellet är väl lite bättre, men Grimm's ligger precis ute vid sjön. Hundra meter ovanför Florian's ungefär, där vi käkade. Kanske inte lika hög klass, men...

– Grimm's blir bra, avgjorde kommissarien och reste sig. Du kan ringa mig om det är nåt, annars ses vi här imorgon förmiddag.

Kluuge reste sig och tog i hand.

– Tack, sa han. Jag är tacksam för att kommissarien åtar sig det här.

– Ingen orsak, sa Van Veeteren och lämnade aspirant Kluuge åt hans öde.

Rummet var en ganska olycklig blandning av gammalt och nytt, men där fanns ett rymligt badkar och en balkong med god utblick över sjön och över bebyggelsen som klättrade upp mot skogsranden på andra sidan. Van Veeteren tog det i besittning, ställde in sin väska i den skeva ekgarderoben och slog numret ut till Waldingen.

Efter tio signaler hade fortfarande ingen svarat och han lade på luren. Övergick till att studera kartan han fått av Kluuge istället. Waldingen var knappast en by, ens, hade aspiranten förklarat, egentligen bara namnet på den där gamla barnkolonin – uppförd någon gång under tjugotalet – men det stod ändå utsatt på kartan. En svart liten fyrkant utefter en väg som löpte från en större väg runt två mindre sjöar, och så tillbaka ut på samma väg igen.

Tre-fyra mil inåt skogarna, således. Så var det med det. Han vek ihop kartan och slog numret igen.

Inget svar. Han såg på klockan. Fem minuter över tre. Ute över sjön gassade solen. Inne i rummet var det visserligen skugga, men säkert ändå uppemot trettio grader. Han blev sittande en stund i tvehågsen överläggning med sig själv.

Vad fan göra?

Så erinrade han sig att han skymtat något slags uteservering under bukiga parasoll åt sjösidan till. Han grävde fram Klimkes *Betraktelser utan synvinkel* ur väskan, tog med sig cigarretterna och lämnade rummet.

Två mörka öl och fyra cigarretter senare gjorde han ett nytt försök med telefonen, men med samma resultat.

Vad i helvete håller dom på med? tänkte han. Om dom har hand om en hel drös tonårsflickor, borde dom väl se till att svara i telefon, åtminstone.

Eller också hade förstås Kluuge gett honom fel nummer i pur nervositet.

Han ringde nummerbyrån och kontrollerade; det visade sig vara alldeles korrekt.

Han såg på klockan.

Halv fem. Vad göra nu då?

En dusch, och så en långsam vandring genom Sorbinowo, bestämde han. Helst genom en och annan skuggig gränd, om det nu fanns några. För att få upp aptiten till middagen, om inte annat. Det där besöket ute hos Guds utvalda fårskock tycktes få anstå till morgondagen i alla händelser. Han hade ingen större lust att bege sig ut i skogen utan att ha etablerat en viss kontakt först.

Men stor sak i det. Om det nu var ett tvåveckorsfall han ville ha, så verkade det minst av allt vara någon brådska.

Han rev av sig kläderna och klev in i det blågula badrummet.

Fy fan, tänkte han.

Sedan duschade han i mörker i tio minuter.

# 8

Det tog trettifem minuter ut till Waldingen. Den sista halvmilen gick utefter en smal och ojämn skogsväg som verkade lika outnyttjad som hans egen sexualdrift. Skogen var tät och doftande, bebyggelsen gles; när han kom fram till sjön och kolonibyggnaderna hade han inte räknat till mer än fyra gårdar sedan han lämnade stora vägen, och han hade inte mött ett enda fordon. Han körde in mellan ett par solbelysta tallstammar och parkerade.

En kvinna i gråvit sari kom honom till mötes innan han hunnit ur bilen. Åtminstone påminde det om en sari, men när han tittat närmare efter såg han att det bara rörde sig om ett stycke tjockt, oblekt bomullstyg. Hennes hy, hår, läppar och ögon gick i ungefärligen samma ton och Van Veeteren fick en hastigt förbiglidande vision av välling som stått och dragit över natten.

Fyrtifem, bedömde han. Milt vansinne. Manshatare.

– Kommissarie Veeteren? sa hon och sträckte fram en ljummen hand.

– Van Veeteren. Ja, jag ringde igår kväll. Det gällde ett samtal med herr Jellinek.

– Följ mig.

Hon gick före upp mot byggnaderna, som låg i hästskoform runt ett sluttande vildvuxet grästun med öar av blåbärsris och vildhallon. Mörkbruna, gediget snickrade trähus med nylagda plåttak: ett större tvåvånings- med veranda och skorstenar, och så två mindre på varje flank; enkla, fyrkantiga lådor av betydligt senare datum. Sjön började precis på andra sidan av vägen, femti meter nedanför, bara, och när han kastade en blick ditåt, blev han också varse de nakna kropparna i strandkanten.

Ett dussintal flickor som stillsamt vadade omkring, eller satt och soltorkade på handdukar medan de tycktes småprata med varandra.

Men inget plaskande. Inget stoj; inget glam och vattenstänkande och glada skratt. Mitt i deras krets såg han också två andra kvinnor, klädda på samma sätt som den som gick före honom; han blev stående mitt i steget och betraktade tavlan – för det var en tavla i högre grad än någonting annat – medan associationerna rusade förbi i huvudet på honom.

Ingenting stannade dock kvar; ingenting annat än en känsla av lätt oroad förundran, och när mannen harklade sig uppe på verandan, vände han det ryggen och glömde bort det.

– Välkommen till oss.

– Tack.

– Vi ställer oss avvisande till ert besök, men vi tar emot er och är beredda att svara på era frågor.

– Utmärkt, sa Van Veeteren. Det är ni som är Oscar Jellinek, förmodar jag?

Mannen böjde ner huvudet utan att svara. Han var äldre än Van Veeteren trott, förmodligen någonstans i trakten av hans egen ålder. Inte många år yngre i varje fall. Tunn och snedväxt. Hans hår var råttfärgat och axellångt och sammandraget med en snodd i nacken. Skägget hängde i testar ner på bröstet och hans kläder var förmodligen komna ur samma tygbal som de tre kvinnornas. Vid, gråblek skjorta och stora byxor som slutade ett stycke upp på smalbenen. Sandaler.

En profet utan tvivel, tänkte Van Veeteren och följde efter honom in i huset. De slog sig ner mittemot varandra vid ett stort, runt träbord med ett tiotal enkla stolar. Jellinek satte på sig ett par glasögon med tejpade skalmar och såg på kommissarien.

– Ni får femton minuter, sa han. Vi har bönestund klockan elva.

Van Veeteren höjde ett ögonbryn och lät det stanna uppe några sekunder.

– Nu är det så, förklarade han, att jag kommer från kriminalpolisen och jag tänker använda den tid jag anser befogat. Om ni är samarbetsvillig ser jag dock ingen anledning till att det ska behöva ta mer än en kvart.

Oscar Jellinek svarade inte.

– Hur vill ni beskriva ert samfund?

Jellinek tog av glasögonen och stoppade ner dem i ett brunt läderfodral.

– Ni har säkert inte för avsikt att bli medlem av vår kyrka, herr kommissarie. Får jag anhålla om att vi använder tiden till att tala om vad det är ni kommit hit för istället.

– Ni har tidigare erfarenheter av polisen?

– Tyvärr.

– Ni erkänner vår auktoritet?

– Bara när den inte står i strid med Guds vilja. Får jag be er komma till sak nu.

Van Veeteren ryckte på axlarna.

– Ni vet ju vad det gäller. Vi har fått uppgifter om att en flicka försvunnit från ert läger. Jag vill bara kontrollera saken.

– Ingen har försvunnit härifrån.

– Hur många deltagare är det frågan om?

– Tolv stycken.

– Enbart flickor?

– Vi tror inte på okontrollerat umgänge mellan könen i unga år.

– Jag har förstått det, sa Van Veeteren. Ni har alltså ett dussin flickor här. Hur gamla är dom och vad är syftet med deras vistelse?

Jellinek knäppte händerna framför sig på bordet.

– Mellan tolv och fjorton, förklarade han. Syftet är att förbereda dem för upptagelse i Det Rena Livet.

– Ett slags konfirmation?

– Om ni så vill.

– Hur länge stannar dom?

– Sju veckor.

– Ni hyr det här stället för hela sommaren?

– Ja. Vi har två andaktsveckor för vuxna i augusti också. Våra flickor har halva tiden kvar ungefär.

– Tolv stycken?

– Ja, tolv.

– Och vad sysslar ni med?

– Bön, försakelse, renhet. Det är grundpelarna, men jag tror inte ni är intresserad av den sortens andlighet, herr kommissarie.

Säg inte det, tänkte Van Veeteren. Frågan är väl snarare vad fan det betyder, och om en normalt funtad trettonåring kan intressera sig för det, tänkte han också.

– Hur många vuxna?

– Fyra. Jag själv och tre medarbetare som hjälper till med det praktiska.

– Kvinnor?

– Ja.

Van Veeteren funderade.

– Kan ni ge mig en lista på de flickor som ni har här nu?

Jellinek skakade på huvudet.

– Varför inte?

– Det ligger inte i vårt intresse. Inte i flickornas heller och inte i deras föräldrars.

– Vad menar ni med det?

– Vi har vissa erfarenheter av polisen. Som ni själv påpekade.

– Ni förstår väl att jag kan tvinga er?

Jellinek rörde inte en min. Gjorde en liten paus bara, medan han betraktade sina korslagda tummar.

– Naturligtvis. Men jag kommer inte att ge er några namn med mindre än att ni tar till våld.

– Ni sätter er över lagen.

– Det finns mer än en lag, herr kommissarie.

– Trams.

Van Veeteren lutade sig tillbaka i stolen och trevade efter en tandpetare i bröstfickan. Fick fatt i en och höll upp den mot ljuset för inspektion en sekund, innan han körde in den mellan framtänderna i underkäken. Jellinek iakttog hans förehavanden med tydlig skepsis.

– Ni menar att jag skall låta mig nöja med ert ord?

Någonting gult glimtade till inne i profetens skägg. Möjligen var det ett leende.

– Ja. Det menar jag.

– Jag skulle vilja tala med någon av flickorna. Ett par stycken, rättare sagt.

Jellinek sträckte upp ett avvisande finger och skakade på huvudet.

– Vi låter dom inte umgås utanför gränserna. Det är viktigt att de lämnas ifred under den här perioden.

Van Veeteren drog ut tandpetaren.

– Ni menar att ni håller dom isolerade i sju veckor?

– Ni förstår inte det här, kommissarien. I vissa fall är det nödvändigt att skydda det andliga. Inte låta det utsättas för törnen och stötar. Just i det här skedet av deras utbildning är det helt enkelt oundgängligt.

– Ni vägrar låta mig tala med någon av dem? I två minuter?

– Det är lätt att spoliera sådant som byggts upp under

lång tid. Jag vet att det kan låta skarpt, det här, kommissarien, men ni måste förstå att syftet är gott. Vi tror på vad vi gör. Vi utövar vår religion, det är lätt att håna och bespotta, men vi har vår lagstadgade rätt... eftersom ni nu tycks vara så förtjust i lag och rätt.

Han såg på klockan. Van Veeteren stoppade tillbaka tandpetaren. Det gick fem sekunder.

– Och samtalen? frågade han. Den här anonyma kvinnan som påstår att en av flickorna blivit mördad, vad tror ni om den saken?

– Illvilja, svarade Jellinek omedelbart. Det är inte första gången vi är utsatta, kommissarien. Vi har en viss erfarenhet, som sagt.

Van Veeteren funderade.

– Damerna då, försökte han. Era medarbetare, om jag lägger beslag på någon av dem en stund, skulle det också krossa ert andliga palats?

– Naturligtvis inte, sa Jellinek. Jag måste lämna er nu, det är dags för bönestund. Om ni sitter kvar, skall jag be en av dem komma in till er.

Han lämnade rummet. Van Veeteren slöt ögonen och knöt händerna. Efter en stund knäppte han dem istället.

Heliga enfald, tänkte han. Herre, giv mig styrka!

Under återfärden bestämde han sig.

Inte för att sätta igång några mer intensiva efterforskningar och inte för att skjuta Jellineks andliga farkost i sank. Men för att stanna i Sorbinowo ytterligare något dygn.

Kanske bara ett. Kanske flera.

För det var någonting. Oklart vad, men någonstans inne i denna historia – som förmodligen inte ens var en historia – fanns något som påminde honom om... ja, vad då?

Han visste inte. Ett lömskt och omotiverat bondeoffer? Ett monster dolt i dumhet? Varför inte?

Eller också var det bara inbillning. Kvinnan som han talat med i tio minuter var samma en som tagit emot honom ute vid bilen. Hon hade presenterat sig som syster Madeleine och hade inte haft mycket att komma med förutom vad Jellinek redan meddelat.

Möjligen då att hon varit med i Det Rena Livet sedan starten. I motsats till systrarna Ulriche och Mathilde som kommit in lite senare.

Att man var ett kollektiv, men att Jellinek var deras andlige ledare.

Att hennes liv förändrats då för elva år sedan och att hon alltsedan dess levde i ljus och renhet.

Att de tre systrarna delade på alla sysslor under lägret; att flickorna – alla tolv – ännu vandrade i mörkret, men var på väg mot ljuset och att allt vilade i Guds händer.

Och i Oscar Jellineks.

Samt att allt detta var saker som kommissarien förmodligen inte kunde göra sig begrepp om, eftersom han inte var invigd.

Van Veeteren spottade ut en malträterad tandpetare genom sidofönstret och svor en lång ramsa högt för sig själv. Försökte förstå vad det var för en annan mörk känsla som legat på lur inom honom alltsedan han backade ut mellan tallarna.

Hela tiden förresten. Medan han talat med Jellinek. Medan han suttit och väntat och sett flickorna komma gående i samlad tropp nerifrån badet. Medan han lyssnat till syster Madeleines fromma utgjutelser.

Så småningom förstod han att det nog var vanmakt det var frågan om.

Ren, skär vanmakt.

Med en andlig kraftansträngning tryckte han ner den och tände en cigarrett istället.

Finns för många okända ingredienser i den här soppan,

konstaterade han. Alldeles för många. Vet inte ens om det är en soppa.

Nej, nu tänker jag inte längre, insåg han ett par sekunder senare. Nu skarvar jag bara ord. Som nån jävla teve-personlighet eller nånting.

– Ord för ord? frågade Kluuge och lade pannan i veck. Kommissarien noterade att det ändå var en ganska hög panna med plats för en hel radda veck, och bestämde sig för att inte underskatta det som fanns där innanför.

– Helst, sa han. Så noga du minns i varje fall.

– Första gången sa hon bara att en flicka försvunnit, förklarade Kluuge. Och att vi måste göra nånting. Andra gången var det lite mer.

– Vad?

– Ja, hon påstod att vi inte uträttat nånting. Att hon kanske skulle vända sig till tidningarna och att dom kunde mörda en till…

– Mörda?

– Ja.

– Det är du säker på att hon sa?

– Absolut.

Kluuge nickade flera gånger för att undanröja eventuella tvivel.

– Nånting mer? frågade kommissarien.

Kluuge funderade.

– Jag tror inte det.

– Ålder?

– Svårt att säga. Nånstans mellan fyrti och femti, men jag är inte säker… kanske äldre. Jag är dålig på röster.

– Hur lät hon?

– Som jag sa. Talade ganska tyst, särskilt första gången… lät väldigt allvarlig, hursomhelst, som om hon verkligen menade vad hon sa. Det var ju därför jag gjorde den här bedömningen och ringde efter kommissarien.

– Hrrm, sa Van Veeteren. Har du fått tag i nånting mer om den här sekten, då?

Kluuge kliade sig nervöst över halsen.

– Har pratat med kollegerna i Stamberg... dom skulle sammanställa lite uppgifter och faxa över, men det har inte kommit än.

Van Veeteren nickade.

– Allright, sa han. Jag drar mig tillbaka till hotellet, du kan ju meddela mig när det kommer nåt. Jag stannar nog ett par dagar i vilket fall som helst.

– Bra, sa Kluuge och såg en smula generad ut. Jag är tacksam, som sagt.

– Du behöver inte tacka hela tiden, sa kommissarien och reste sig. Jag anar nånting ruttet i det här och för övrigt har jag betalt.

– Jag förstår, sa Kluuge.

När kommissarien återkom till sitt rum på Grimm's hade klockan hunnit bli halv tre på eftermiddagen och solen föll diagonalt in genom det öppna fönstret. Han drog för gardinerna och tog en lång, sval dusch, denna gång utan att bekymra sig om färgsättningen.

När han kommit ner i dräglig temperatur, sträckte han ut sig på sängen och ringde till polishuset i Maardam. Efter en stund fick han Münster på tråden.

– Hur går det? frågade Van Veeteren.

– Med vad? sa Münster.

– Inte fan vet jag. Den här skjutgalningen till exempel.

– Vi tog honom imorse. Hör inte kommissarien på radio?

– Har en del att stå i, förklarade Van Veeteren.

– Aj då, sa Münster.

– Då kanske man kan få en smula assistans? frågade Van Veeteren retoriskt. Om ni nu har fångat ert byte.

Münster hostade oroligt, och kommissarien erinrade sig den förestående semestern. Han redogjorde för sitt ärende, och Münster lovade att göra vad han kunde – ta reda på allt som rimligen kunde vara värt att veta om Det Rena Livet, samt att utan vidare dröjsmål faxa det till Grimms hotell i Sorbinowo.

– Ju snabbare, desto bättre, förklarade Van Veeteren och lade på luren.

Skadar inte med lite fler krokar, tänkte han och började klä på sig.

Om nu Kluuge skulle ha ringt fel, eller så.

En kvart senare satt han återigen ute i bilen, beväpnad med ett nytt paket cigarretter och några fugor. Något egentligt resmål hade han inte – om nu inte en timmes långsam färd utmed sjöarna och genom de doftande skogarna kunde räknas som ett resmål.

Och genom Bachs oändligt logiska variationer.

Han var tillbaka klockan fem. Tog ännu en dusch, och innan han gick ut för att välja ett passande näringsställe hörde han i receptionen efter om det fanns några meddelanden till honom.

Det gjorde det inte.

Ingenting från Kluuge.

Ingenting från Münster.

Nåja, tänkte han. Var dag har nog av sin egen plåga.

Och medan han vandrade in mot centrum av samhället, funderade han över vad i hela friden han menade med det.

# 9

Trots den massiva tillströmningen av friluftsturister – förmodligen härbärgerade staden så här års dubbelt så mycket folk som under vinterhalvåret, gissade Van Veeteren – så hade Sorbinowo sina begränsningar. Antalet respektabla matserveringar (hit räknade han alla ställen där man dels fick sitta ner vid ett bord och äta, dels slapp lyssna till elektrisk musik på mer eller mindre outhärdlig volym) uppgick noga taget till fem. Inkluderande Florian's, där han ätit lunch med Kluuge, och Grimms hotell, där han bodde.

Denna andra kväll valde kommissarien nummer fyra i raden; en enkel, kvasi-italiensk historia i en av smågränderna som ledde från Kleinmarckt upp mot kyrkan och järnvägsstationen. Pastan var en smula klibbig och ölen ljummen, visade det sig, men det var lugnt och stilla och han kunde sitta ifred med sina tankar.

Vilka kändes rätt så främmande, onekligen.

Bön? tänkte han.

Försakelse? Renhet?

Det hade han tänkt under fugorna i bilen också.

Och bilden av de stillsamma flickkropparna nere i vattenbrynet kom tillbaka. Och av de bleka kvinnorna i bomullslärft.

Vad fan var det frågan om?

En berättigad undran, utan tvivel. Det fanns röster i honom – starka röster – som ganska envetet uppmanade honom att göra rent hus. Att inte vänta en sekund med att återvända ut till Waldingen, alltså – lämpligen i Kluuges uniformerade sällskap – och anställa räfst och rättarting.

Läsa lusen av Oscar Jellinek och slå sönder detta förbannade fromleri med storslägga. Ta reda på vad varenda flickunge hette och sedan skicka hem dem med första bästa lägenhet.

Starka röster, således.

Men det fanns någonting annat också. Han drack en klunk öl och försökte precisera vad det var.

Någonting som hade med fri- och rättigheter att göra, antagligen.

Med rätten att ifred och utan inblandning få utöva sin religion. Att slippa ha polisen vankande runt knutarna och se dem komma inklampande så fort man inte passade in i konformismen.

Med att försvara, eller åtminstone inte krossa, en minoritet.

Jo, någonting sådant, utan tvekan.

Trots den intuitiva avsmak han känt inför Jellinek, kunde han inte gärna göra annat än att hålla med honom i själva sakfrågan. Vilken rätt hade han själv – den trolöse – att sätta sig till doms över dessa vinddrivna sekterister?

Två anonyma telefonsamtal. Flicka försvunnen? Skulle det vara skäl nog?

Det kunde nog hävdas att man borde ha lite fastare mark att stå på först. Lite torrare på fötterna.

Den rågblonda servitrisen kom bärande med hans kaffe och konjak. Han tände en cigarrett.

För att inte tala om besväret!

Han smuttade på konjaken. Kanske var det egentligen detta som avhöll honom mest. Besväret. I den andra vågskålen bekvämligheten och värmen – för om han nu verkligen bestämde sig för att gå in, var det då inte troligt att Jellinek och den kvinnliga trojkan skulle låta honom ta konsekvenserna också? Tvinga honom att faktiskt ikläda sig ansvaret för hela flickhögen och se till att var och en kom hem till sitt.

Och det fanns väl heller inte mycket som talade för att flickornas föräldrar hade så mycket välvilligare inställning till polismakten än vad deras andlige ledare visat prov på. Man hade ju ändå skickat iväg sina telningar till det här lägret, och vare sig man var alldeles aningslösa eller ej, så inte skulle man bara stå och tacka och ta emot sin halvkonfirmerade tonåring tre veckor i förtid. Så mycket kunde vem som helst begripa. Till och med Kluuge. Till och med en agnostisk kriminalkommissarie som sjöng på sista versen.

Fan också, summerade Van Veeteren och vinkade efter notan. Jag sitter här som en tvehågsen åsna och tramsar!

I ett fall som inte finns!

Sannolikt inte åtminstone, lade han till. Måste vara vädret.

Måste vara min höga ålder och min tilltagande indolens.

Han betalade och lämnade El Pino. Kanske ett hyfsat glas vin skulle hjälpa upp koordinaterna en smula, slog det honom. Vitt, naturligtvis, med tanke på temperaturläget; klockan var några minuter i halv nio och dagens värme hängde ännu kvar ute på Kleinmarckt, där en och annan turist (kanske också en och annan inföding) flanerade omkring i den djupnande skymningen.

Mersault kanske? Eller bara ett enkelt glas Riesling? Kunde nog vara lättare att få tag på.

Han kände hur humöret redan började stiga.

Det var ju ändå bara i väntan på Kreta som han rest hit. Christos hotell, ungdomens källa och det där kastanjebruna håret.

Ingenting annat.

Biografen hette Rymont och blotta förekomsten av en sådan inrättning i Sorbinowo kom lika överraskande som programutbudet. Tydligtvis pågick under sommaren något som gick under beteckningen "Kvalitetsfilmfestival", och när han upptäckte att man faktiskt skulle börja visningen av bröderna Tavianis *Kaos* om i runt tal två minuter, fanns det inte mycket utrymme för tvekan.

Han kom in i salongen i samma ögonblick som ljuset började tonas ner, men det gavs ändå tid att hälsa på resten av kvällens publik. Den bestod av fem personer, bekvämt utspridda över de bakersta raderna; fyra herrar och en dam – samtliga en smula till åren komna, men med det luttrat distingerade uttryck i ansiktet som brukade återfinnas hos rätttrogna cineaster, konstaterade Van Veeteren belåtet.

Med en suck av tillfredsställelse sjönk han ner ett par rader längre fram – en tillfredsställelse som inte blev mindre när det visade sig att inte ett uns av reklam förekom samt att huvudfilmen började exakt på utsatt tid.

Det finns fortfarande korn av kvalitet i världen, tänkte han. Det kan till och med en blind höna få erfara ibland.

Efteråt hade ingen av besökarna särskilt brått att lämna salongen. Två av herrarna tog genast upp ett ganska animerat samtal om filmen. Anställde jämförelser med Pirandellos texter och med andra filmer av det italienska brödraparet, och Van Veeteren förstod att det inte var ett sällskap vilket som helst han hamnat i. När han reste sig, kom en annan av åskådarna fram till honom; en liten grånad herre med en aura av energi omkring sig.

– Ett nytt ansikte i vår krets. Man bugar sig.

Han sträckte fram handen och Van Veeteren fattade den.

– Przebuda. Andrej Przebuda. Ordförande i Sorbinowos filmsällskap.

– Van Veeteren. Jag är på tillfälligt besök, bara…

Han letade i minnet.

– Livet är en räcka av tillfälligheter.

– Förvisso, sa kommissarien. Otvivelaktigt, hrrm... det gläder mig att se att filmkonsten lever också utanför de stora metropolerna.

– Tja, sa Przebuda, man gör vad man kan, men som ni ser är vi ju inte så många...

Han gjorde en gest mot de övriga.

– ... och inte är vi purunga heller.

Han log brett och strök urskuldande med handen över sin nästan kala hjässa.

– Andrej Przebuda? kom kommissarien äntligen på.

– Ja.

– Jag tror vi har en gemensam bekant.

– Verkligen? Vem då?

– W.F. Mahler.

– Poeten?

Van Veeteren nickade.

– Han påstod att ni förstod er på hans dikter.

Przebuda gav till ett skratt och nickade entusiastiskt. Han var säkert närmare sjuttio än någonting annat, uppskattade Van Veeteren. Intensiteten i de mörka ögonen verkade dock tidlöst tjugoårig, och när kommissarien tittade närmare efter, tyckte han också att fysionomin föreföll ganska judisk. Han förstod – eller anade, i varje fall – att han hade framför sig en av dessa sällsynta människor som förädlats genom lidande. Som gått genom elden och härdats istället för att krackelera.

Fast det var förstås bara en gissning. En sådan där hastigt uppflammande spekulation som krävde företräde, och som han var gammal nog att ge den.

– Förbaskat fin diktare, Mahler, sa Przebuda. Sparsmakad och klar som en bergssjö. Ja, jag tror jag har recenserat varenda samling av honom ända från starten. Hur kommer det sig att...

Det dröjde ytterligare tio minuter innan Van Veeteren kunde lämna biografen Rymont, och det var med en enträgen inbjudan från Andrej Przebuda om ett förnyat och fördjupat möte någon av de allra närmaste dagarna; antingen uppe på tidningsredaktionen eller i hans hem i samma kvarter.

Om det nu verkligen var så att kommissarien kommit till Sorbinowo i tjänsten – och inte som turist – så var det väl – i all blygsamhet – inte otänkbart att han – Andrej Przebuda – kanske kunde bistå med en eller annan upplysning.

Om det tarvades. Han hade ändå bott här i fyrtifyra år.

Om inte annat kunde man kanske byta ett ord om film och poesi.

Varför inte? tänkte Van Veeteren sedan han tagit farväl både av Przebuda och av de övriga medlemmarna i Sorbinowos filmsällskap. Kunde säkert vara värt en del ur både den ena och den andra aspekten.

På det hela taget ingen bortkastad kväll, summerade han när han styrde stegen ner mot Grimm's, men sedan han väl kommit i säng var det likväl bilderna från förmiddagen som smög sig över honom och bemäktigade sig hans medvetande. Som höll honom vaken till långt in på småtimmarna.

De unga, nakna flickkropparna.

De bleka kvinnorna.

Profetens skägg.

# 10

Uppgifterna om Oscar Jellinek och hans kyrkliga verksamhet hade kommit på söndagsmorgonen. Både från Münster och från Stamberg. Efter en anständig frukost på rummet med två dagstidningar ägnade Van Veeteren en timme av förmiddagen åt att sitta på Sorbinowos polisstation och gå igenom materialet.

Och åt att fundera över vad som borde göras fortsättningsvis.

I den mån det nu behövde bli någon fortsättning. Kluuge var hemskickad för att ta hand om sin gravida hustru, som enligt uppgift varit en smula opasslig under natten. Kommissarien svettades. Solen hade tagit sig runt ett hörn, och var långsamt i färd med att värma upp polismästare Malijsens tjänsterum till något som snart skulle vara lika outhärdligt som en stekt aprikos. Det var som det var, trots förekomsten av både persienner och gardiner.

Huruvida Det Rena Livet var en så mycket uthärdligare historia kunde det kanske råda delade meningar om.

Oscar Jellinek var född 1942 i Groenstadt. Hade studerat teologi och tagit prästexamen i Aarlach 1971. Varit verksam som själasörjare och ministersadjunkt på ett halvdussin olika platser, innan han i augusti 1984 bröt sig loss och bildade den fria församlingen (alternativt synoden) Det Rena Livet. Huvudsaklig rekryteringsort Stamberg, där han också bott och verkat sedan början av åttitalet.

Det Rena Livet hade under sina första år fört en ganska anonym tillvaro, framgick det. Inte låtit tala om sig på minsta vis egentligen; antalet proselyter (det fanns inga helt tillförlitliga siffror) torde inte ha uppgått till mer än ett trettital själar; merparten var kvinnor, ett även i framtiden utmärkande drag. Möten och gudstjänster hölls i en rad varierande lokaler, vilka ofta hyrdes bara för någon vecka eller till och med för en enstaka sammankomst.

Så småningom utvecklades dock en mer populistisk profil i rörelsen. Tillsammans med en tidigare studiekamrat, Werner Wassmann (som senare dock lämnade församlingen efter en intern schism), började Jellinek ordna torgmöten och uppträda i olika mer eller mindre offentliga sammanhang.

Budskapet var enkelt, tonen anslående:

Lämna den syndiga, materialistiska världen! Kom till oss! Lev i renhet och harmoni inför den ende guden!

Medlemsantalet steg, en del pengar strömmade in och 1988 stod Det Rena Livets första kyrkobyggnad klar; den utvidgades senare för att bland annat kunna inhysa viss skolverksamhet, så småningom kvalificerad nog för att omfatta första till och med sjätte årskursen enligt allmänna skolförordningen.

Alltsedan starten hade det florerat rykten om Jellineks skapelse, och då och då förekom insändare och debattungar i tidningar och lokalradio. Angreppspunkterna varierade; alltifrån hjärntvätt och fascism till kvinnoförakt och sexism, och i december 1989 väckte modern till en avhoppad medlem – en sjuttonårig flicka – åtal mot Jellinek för otukt och sexuellt utnyttjande.

Fallet väckte stor uppmärksamhet och hade onekligen massmediala kvaliteter: Tungomålstalande. Tvångsspäkning. Stormöten där alla deltagare varit nakna och där Jellinek kollektivt drivit djävulen ur kroppen på allihop. Flickor som piskats på bara stjärten. Samt en del andra aktiviteter med starka sexuella undertoner. Eller övertoner. Det Rena Livet beskrevs i tidningarna ömsom som sex-sekten, ömsom som djävulsdyrkare, och det hela slutade med att Jellinek dömdes till sex månaders fängelse för lindrig otukt och olaga tvång.

Lindrig otukt? tänkte kommissarien och fläktade sig med en gammal dagstidning. Fanns det verkligen en sådan brottsrubricering? Han kunde i varje fall inte erinra sig att han stött på den tidigare.

I samband med domen och Jellineks inträde bakom lås och bom förmärktes paradoxalt nog en viss svängning i opinionen, gick det att utläsa i Münsters papper. Ett visst martyrskap tillkom den fängslade prästen och Det Rena Livets rykte tycktes – åtminstone tillfälligtvis – höja sig en smula ur smutsen. I väntan på sin andlige ledares återkomst gick de flesta av medlemmarna under jorden, men ingen upplösning skedde och förvånansvärt få valde att utträda ur gemenskapen.

Efter ett halvår i diasporan återvände så herden till sin flock, och verksamheten började återupptas enligt, såvitt man visste, i stort sett samma mönster som tidigare. Någon förnyelse stod knappast att märka, det skulle i så fall vara ett mer markerat avståndstagande från allmänheten och det offentliga livet – en tydlig inriktning på att hålla sig för sig själva och inte öppna sig för insyn, varken från journalister eller från andra. Ändå växte medlemsantalet sakta men säkert, och torde vid mitten av 90-talet uppgå till ungefär ettusen personer. Oscar Jellineks ställning som ensam, andlig ledare hade sannolikt heller aldrig varit starkare.

Beträffande andra samfunds syn på Det Rena Livet var den nära nog hundraprocentigt kritisk; något intresse för gemenskap och ekumeniska frågor hade det aldrig funnits plats för i Jellineks läror, och seriösa bedömare betraktade uppenbarligen sekten som en ganska promiskuös och allmänt tvivelaktig företeelse.

Bland Kluuges uppgifter från polisen i Stamberg förekom också en del antydningar om det s.k. avhopparsyndromet, innebärande att tidigare medlemmar på olika sätt skulle ha trakasserats efter att de lämnat sekten. Fenomenet var ingalunda okänt i liknande sammanhang, men vad gällde Det Rena Livet tycktes det mest ha varit fråga om rykten och enstaka notiser i lokalpressen; i inget fall hade det lett till polisanmälan eller någon annan form av myndighetsingripande.

Men att det fanns många kritiska röster angående Oscar Jellinek och hans församling, därom rådde det alltså inget tvivel. Den allmänna uppfattningen föreföll dock vara att det rörde sig om en ganska harmlös företeelse – en samling bräckliga och förvirrade grubblare som gott kunde få hållas, så länge man lämnade vanligt, hederligt folk ifred.

Vilket man tydligen också gjorde alltsedan Jellineks återkomst från fångenskapen. Inga offentliga möten. Ingen annonsering i tidningar eller annorstädes. Ingen missionsverksamhet. Den eventuella nyrekryteringen sköttes uppenbarligen internt och via dolda nätverk.

Någon vidare tillförlitlig insyn i Det Rena Livets verksamhet och idéer ville man dock inte påstå att man hade.

Varken Münsters eller Kluuges uppgiftslämnare.

Så var det med den saken. Van Veeteren sköt papperen åt sidan och torkade sig i pannan. Såg sig om efter någonting drickbart, men tydligen ingick det inte i polismästare Malijsens rutiner att bjuda tillfälliga besökare på en drink. Eller också hade han låst in varorna på något säkert ställe, utom räckhåll för vikarier och andra presumtiva snyltare.

– Ljusskyggt, muttrade kommissarien.

Om han härvidlag syftade på Jellinek eller Malijsen visste han inte. Förmodligen på bägge två. Han suckade. Lyfte telefonluren och började slå Kluuges hemnummer, men avbröt sig. Lika gott att låta honom ägna sina krafter åt familjen, avgjorde han.

Lika gott – dessutom – att unna sig möjligheten att diskutera uppläggningen med sig själv och en kall öl i Stadshotellets trädgård.

I den mån det nu behövdes någon uppläggning.

Och – i den mån det nu behövdes – två öl. Stadshotellets trädgård var inget dåligt ställe en sådan här dag, det hade han förstått redan när han passerade den på väg till polishuset på morgonen. Inte dåligt alls.

Han kom på fötter. Renhet? tänkte han – för femtionde gången sedan han tog farväl av Jellinek ute i Waldingen. Det väckte inga goda associationer den här förmiddagen heller.

Jag har nog levt för länge i smutsen, tänkte kommissarie Van Veeteren.

De bägge männen var i färd med att röja sly alldeles i vägkanten. Kommissarien bromsade in och klev ur bilen.

– God eftermiddag. Varm dag.

Den äldre mannen stängde av sågen och gestikulerade åt sin kompanjon att göra detsamma.

– Varm dag, upprepade kommissarien, eftersom han insåg att de knappast varit i stånd att uppfatta hans första hälsning.

– Kan man nog påstå, sa mannen och ställde ifrån sig sågen.

– Mitt namn är Van Veeteren. Jag är kriminalpolis. Skulle det gå för sig att få ställa några frågor?

– Va? Ja... javisst.

Han rätade på ryggen och tecknade åt den yngre att komma närmare.

– Mathias Fingher. Det här är min son Wim.

Båda tog i hand efter att först ha torkat av sig på byxorna.

– Vad gäller saken?

Van Veeteren harklade sig.

– Hrrm. Det Rena Livet.

Om far och son Fingher blev förvånade, så var det i varje fall inget som märktes på ytan.

– Jaha?

– Har ni någon kontakt med dom? Ni är ju närmsta grannar, så att säga.

– Tja, sa Mathias Fingher och sköt sin tunna skärmmössa i nacken. Vad menar ni?

Tydligen var det han som förutsattes sköta konversationen. Sonen höll sig avvaktande på ett par stegs avstånd medan han betraktade kommissarien och tuggade tuggummi.

– Brukar ni träffa några av dom?

Fingher nickade.

– Javisst. Dom köper potatis och mjölk av oss. Ägg och morötter och lite grönsaker ibland. Kommer varje kväll och hämtar.

Aha, tänkte Van Veeteren. Äntligen en närkontakt.

– Vilka är det som kommer?

– Det är olika.

– Hur då?

– Alltid fyra åt gången. Och så han Jellinek.

– Fyra flickor varje kväll?

– Och Jellinek. Flickorna turas väl om.

Van Veeteren funderade.

– Brukar ni prata med dom?

– Nja, nej, inte blir det mycket sagt, inte. Varför frågar ni om det här?

Kommissarien lade ett finger över munnen och det tycktes räcka som förklaring. Som vanligt. Även om det kunde vara si och så med respekten för lagens företrädare, så verkade folk i alla fall acceptera det här med sekretess som någonting man inte ifrågasatte; det var en iakttagelse han gjort många gånger.

Dumhet klär bäst i hemlighet, brukade Reinhart säga.

– Pratar ni nånting med flickorna?

Fingher tänkte efter och skakade sedan på huvudet.

– Nej, dom... dom håller sig alltid i bakgrunden, liksom.

– Bakgrunden?

– Ja, dom står alltid och väntar vid skrindan medan Jellinek ordnar med vad dom ska ha. Tystlåtna flickungar, dom verkar lite...

– Ja?

– Tja, inte vet jag. Man undrar ju ibland vad dom sysslar med därborta.

– Jaså?

– Ja, jag vill absolut inte påstå nånting. Folk har rätt att få ha sin uppfattning, och dom betalar alltid ordentligt, det är mer än man kan säga om vissa andra.

Van Veeteren nickade och undrade vilka vissa andra kunde vara.

– Vad har ni själv för uppfattning, då? Det går ju en del rykten om dom... försökte han på måfå.

Fingher kliade sig i nacken och tappade mössan. Tog upp den och stoppade den i bakfickan.

– Inte fan vet jag. Skulle inte sätta mina ungar hos dom i varje fall, men mig gör dom inget ont. Som sagt.

– Oscar Jellinek, då?

Fingher verkade plötsligt förlägen.

– Jag vet ingenting. Ingenting alls.

– Men ni vet vad vissa påstår?

Det var uppenbart att Fingher stod och bollade med sin oheliga allians.

– Hrrm, bestämde han sig. Att han lever i lag med sina tre kvinnor, ja.

Aha, tänkte kommissarien på nytt. Det börjar likna nåt.

– Precis, sa han. Och flickungarna, då?

Fingher ryckte på axlarna.

– Ingen aning. Men dom badar nakna och har nog en del saker för sig dom också...

– Jaså?

– Efter vad man hör, alltså. Men jag vet ingenting... nej, bäst att låta dom vara och nöja sig med sitt.

Kanske det, ja, tänkte Van Veeteren. Men nu har jag ju rest hela den här vägen...

– Hur många är dom? frågade han.

Fingher såg ut att räkna efter.

– Vet inte riktigt, sa han. Tio-femton stycken, kanske. Nej, jag vet faktiskt inte.

– Brukar ni åka över till Waldingen också?

Fingher skakade på huvudet.

– Nån gång, bara. Om dom behöver hjälp med nånting. Var nåt skit med pumpen, vi var där två eftermiddagar för ett par veckor sen, men annars är det dom som kommer hit...

Van Veeteren fick upp cigarrettpaketet och sträckte fram det, men både far och son ruskade avvärjande på huvudet. Han övervägde att ta en själv, men bestämde sig för en tandpetare istället.

– Hur ofta kommer föräldrarna och hälsar på?

– Aldrig, sa Fingher. Har aldrig sett någon vuxen människa där... utom han Jellinek och dom där tre fruntimren. Men vi har inget ont av dom, som sagt. Det är väl inte så att dom har ställt till med nånting?

Van Veeteren svarade inte. Funderade på om han skulle fortsätta att fyra av frågor på vinst och förlust, eller om det kanske vore klokast att låta det anstå till något senare tillfälle. Om det nu skulle bli nödvändigt.

– Jag kanske återkommer, avgjorde han. Tack för pratstunden, herr Fingher.

Fingher och son nickade och tog händerna ur byxfickorna. Alla fyra. Van Veeteren kröp in i bilen och fortsatte färden utefter den smala skogsvägen. När han kommit runt den första kröken, kunde han höra ljudet från motorsågarna igen.

Det var som fan, tänkte han. Tre stycken?

Borde han inte ha begripit det med en gång?

Fast det var väl helt enkelt så att hans sexuella föreställningsvärld krympt en smula med åren.

Vad vore väl mer naturligt? frågade han sig själv med dyster uppriktighet.

Nej, nog av fantasier nu! Dags för lejonets kula.

Eller var det en ormgrop?

Formuleringsförmågan hänger i! konstaterade han när han svängde in mellan samma tallar som förra gången. Alltid en tröst. Gick det åt helvete med Krantze, kunde han kanske börja på memoarerna istället. Huvudsaken var att det fanns alternativa drag till hands... om man nu ställdes inför en gaffel eller en lömsk springare.

Alternativa drag?

Ett stycke blek lärft kom emot honom och han försökte hastigt nollställa bildspråket.

# 11

På det rankiga nattygsbordet fanns nätt och jämnt plats för förnödenheterna. Två flaskor öl, grovt bröd, en liten plastask med marinerade vitlöksklyftor samt ett par väl tilltagna skivor viltpaté. Han hade hittat alltihop hos Kemmelmann & söner, en liten butik bara femti meter nedanför hotellet, och när han insåg att han faktiskt redan frekventerat alla näringsställen i staden, hade han fallit till föga... en hemmakväll på rummet var säkert ingen dum idé; det var längesedan han ätit marinerad vitlök, och det var förstås ingenting som hindrade att han gick ut lite senare och fick ett glas vin eller öl.

Efter avslutat pensum, alltså.

Nöjd med detta substantiella resonemang lutade han sig tillbaka på sängen och stoppade en klyfta i munnen. Kompletterade med en bit bröd, en tugga paté och en försvarlig klunk öl, innan han tryckte igång bandspelaren och började lyssna igenom resultatet av eftermiddagens mödor.

Först var det Jellinek.

VV: Ert namn, tack.

OJ: Oscar Jellinek, naturligtvis. Varför är ni så formell, plötsligt?

VV: Kan ni tala lite tydligare, herr Jellinek. Ju grumligare innehåll, desto viktigare är formerna. Det trodde jag vi var överens om.

OJ: Ord, herr kommissarie. Ni lever i en värld av tomma ord.

VV: Struntprat. Mina villkor är enkla, hursomhelst. Jag vill ha en lista med namn, adresser och telefonnummer på samtliga deltagare i lägret. Jag vill samtala med era tre medhjälpare och med två av flickorna. Om jag inte finner någonting att anmärka på, lovar jag att lämna er ifred.

/Tystnad i fem sekunder/

VV: Får jag be er klargöra om ni har förstått villkoren, herr Jellinek. Ni tänker väl inte fortsätta obstruera som en klådig åsna?

/Var får jag allt ifrån? tänkte Van Veeteren förnöjt och tog en ny tugga paté./

OJ: Ni är maktens redskap, herr kommissarie, inte rättvisans. Det är ni som håller i svärdet, inte jag. En dag kommer ni att...

VV: Tack, det räcker. Ni kan predika för er flock istället. Låt mig ställa ett par frågor till er själv först... i er egenskap av ansvarig för Waldingenlägret och andlig ledare för Det Rena Livet, alltså. Är det korrekt att ni upprätthåller sexuella förbindelser med alla era tre medarbetare?

/Inget svar/

VV: Vill ni att jag upprepar frågan?

OJ: Jag vill att ni tar med er er skam och beger er härifrån. Ni har ingen aning om vad...

VV: Skulle en sådan förbindelse vara förenlig med er kyrkas moraluppfattning och kvinnosyn?

OJ: Ni representerar ett perverterat och dekadent samhälle, herr kommissarie, och låt mig få tala till punkt den här gången. Om ni vill ha insikter och vägledning i ett annat sätt att leva, kan ni skriva till vår församling i Stamberg, så kommer er ansökan att behandlas på samma sätt som alla andras.

VV: Skulle aldrig falla mig in.

OJ: Jag insisterar inte.

VV: Det finns många som anser att ni är en charlatan, herr Jellinek.

OJ: De mångas och de rättfärdigas tal är olika, herr kommissarie. Det är Guds röst som vägleder mig, ingenting annat. Vill ni förolämpa mig ytterligare, står jag till er tjänst, annars har jag plikter som kallar.

VV: Hur många flickor är det som deltar i lägret?

OJ: Tolv, det har jag redan förklarat.

VV: Hur många var det från början?

OJ: Tolv.

VV: Tack. Jag tror ni ljuger, men det är er ensak. Får jag be att ni går och sköter ert jobb nu, och se till att era medarbetare kommer till mig i tur och ordning.

OJ: Mitt samvete är rent, herr kommissarie. Ert kommer att jaga er. Tro mig på mitt ord.

VV: Trams. En sak till, förresten. I samband med rättegången mot er 1990, genomgick ni något slags sinnesundersökning då?

OJ: Naturligtvis inte.

VV: Förlåt mig, nej, då skulle ni förstås inte sitta här.

OJ: Ni överskrider era befogenheter, herr kommissarie.

VV: Jag har en inre röst som vägleder mig.

OJ: Kom ihåg att jag har varnat er.

VV: Försvinn. Men se till att få hit dom jag vill tala med.

OJ: På den yttersta dagen skall…

VV: Tack, det räcker för den här gången.

Kommissarien stängde av bandspelaren och tog två nya vitlöksklyftor med paté. Sköljde efter med öl, som han först lät gå runt i munnen ordentligt; eftersmaken av Oscar Jellinek var inte att leka med. Så spolade han framåt ett kort stycke och tryckte på play-knappen igen.

VV: Ert namn?
UF: Ulriche Fischer.
VV: Ålder, hemort och sysselsättning?
UF: 41 år. Jag bor i Stamberg och arbetar i Det Rena Livets kyrka.
VV: Med vad?
UF: Olika saker, mest praktiska göromål.
VV: Är ni gift?
UF: Nej.
VV: Vilka uppgifter har ni här på lägret?
UF: Vi delar på allt arbete. Matlagning, disk, tvätt och städning... assisterar Jellinek, förstås.
VV: Deltar ni i undervisningen av flickorna?
UF: Ja, det förekommer.
VV: På vilket sätt?
UF: Jag tänker inte tala med er om den sortens saker.
VV: Varför då?
/Fem sekunders tystnad/
VV: Har Jellinek förbjudit er?
/Tystnad/
VV: Hur länge har ni varit med i den här sekten?
UF: Jag har varit med i Det Rena Livet sedan 1987.
VV: Har ni ett sexuellt förhållande med Jellinek?
/Tystnad/
VV: Om ni fortsätter att vägra svara på mina frågor, kommer jag att ta med er härifrån och utsätta er för en helt annan typ av förhör.
UF: Det är ert beslut, herr kommissarie.
VV: Är det korrekt att ni sysslar med djävulsutdrivning?

UF: Det där är era ord, inte mina.
VV: Vad fan menar ni med det?
UF: Jag är tacksam om ni inte svär i min närvaro.
VV: Jellinek dömdes för otukt och olaga tvång för sex år sedan. Vad har ni att säga om det?
UF: Det var en orättfärdig dom. Det finns en högre instans.
VV: Kan ni förklara den här principen om renhet?
UF: Jag tror inte ni är mottaglig för undervisning.
VV: Men era småflickor är mottagliga?
/Tystnad/
VV: Är det inte så att Jellineks idéer är så infantila att dom passar bäst för barn och svagsinta?
UF: Ni är oförskämd. Jag hade förväntat mig ett korrektare uppträdande.
VV: Hör på nu. Ert samfund vilar på tre principer: Bön, försakelse och renhet. Jag ber er utreda en av dessa principer, och ni väljer att tiga. Vad fan vill ni att jag skall tro?
UF: Ni får tro vad ni vill. Det är vars och ens ensak hur man förhåller sig till de stora frågorna och vad man gör av sitt liv.

Kommissarien sträckte ut handen och stängde av bandspelaren.

Varför tappar jag kontrollen så fort? tänkte han.

Hade det bara med vanmakten och värmen att göra? Han spolade framåt i bandet; resten av samtalet med Ulriche Fischer hade gått i den ömsesidiga misstrons tecken, det visste han, och ingenting hade framkommit som kunde ge stöd åt tesen att en flicka försvunnit.

Det tog en stund innan han hittade rätt på bandet. Innan han gick vidare, avslutade han sin enkla måltid och tände en cigarrett. Justerade kuddarna och lutade sig tillbaka för att kunna koncentrera sig bättre på förhöret med Mathilde Ubrecht. Det var en smula matnyttigare, hade han för sig. Men kanske inte så mycket.

Berodde förstås på vad man var ute efter, också.

MU: Jag heter Mathilde Ubrecht. 36 år. Arbetar åt Det Rena Livets kyrka.

VV: Tack. Känner ni till varför jag vill tala med er?

MU: Jag tror det.

VV: Det har kommit uppgifter till polisen om att en flicka försvunnit från lägret. Har ni förståelse för att vi måste undersöka uppgifterna?

MU: Ja. Det har inte försvunnit någon.

VV: Ni är säker på den saken?

MU: Ja.

VV: Får jag ställa en hypotetisk fråga?

MU: Varsågod.

VV: Om det gagnade ert samfund, skulle ni då kunna tänka er att ljuga i ett polisförhör eller inför en domstol?

MU: Jag förstår inte frågan.

VV: Allright, vi vänder på den. Om Oscar Jellinek uppmanade er att säga vissa saker till mig, skulle ni då göra det fast ni visste att det var lögn?

MU: Jag tror inte Jellinek skulle göra en sådan sak.

VV: Vad tycker ni om Oscar Jellinek?

MU: Han är en stor människa.

VV: Vad menar ni med det?

MU: Han har kontakt med Alltet och Den Ende Guden. Det är en nåd att få vara nära honom.

VV: Tycker era medsystrar likadant?

MU: Naturligtvis.

VV: Jag förstår. Och era konfirmandflickor?

MU: Det är jag övertygad om. Man märker det så fort

man är i närheten av honom.

VV: Verkligen? Kan ni berätta lite om hur undervisningen går till?

MU: Jellinek har samtal med flickorna. Vi ber tillsammans. Vi försöker bli av med onda tankar och rena oss.

VV: Hur?

MU: På olika sätt. Genom olika övningar. Genom bön. Genom att ge oss hän...

VV: Vad gör ni när ni ger er hän?
/Tystnad i några sekunder/

MU: Jag vill inte tala med utomstående om det här. Det är lätt att missförstå. Man måste vara insatt för att se det på rätt sätt, det kräver träning...

VV: Brukar ni älska med Oscar Jellinek?

MU: Vi lever i stor harmoni och närhet.

VV: Också sexuellt?

MU: Vi är biologiska varelser, kommissarien. Vi drar inte samma gränser som ni, det är det som är skillnaden mellan Det Rena Livet och Den Andra Världen.

VV: Den Andra Världen?

MU: Den värld som ni lever i.

VV: Vad säger ni om att Jellinek suttit i fängelse för otukt och annat?

MU: Jesus Kristus korsfästes för våra synders skull.

VV: Jämför ni Oscar Jellinek med Jesus Kristus?

MU: Javisst.
/Ny, ganska lång tystnad, frånsett ett ljud som om någon släpade en tung säck över golvet. Det tog ett ögonblick innan Van Veeteren insåg att det inte var någon säck, utan en suck. Hans egen./

VV: Lever också era konfirmander i stor närhet och harmoni med Oscar Jellinek?

MU: Naturligtvis inte. Inte på samma sätt.
VV: Men det förekommer att flickorna är nakna tillsammans med honom.
MU: Det är inte som ni tror, kommissarien. Vi är omgivna av illvilja och förtal, precis som...
VV: Ja?
MU: Precis som de första kristna.
VV: Ni jämför er själva med de första kristna?
MU: Det finns många likheter.
/Tystnad. Sedan stolskrap. Tändsticka som tänds och blåses ut./
VV: Tack, fröken Ubrecht. Jag tror inte jag har fler frågor att ställa till er.

– Fy fan, muttrade kommissarien och spolade över samtalet med Madeleine Zander, kvinnan som han pratat med redan under sitt första besök. Inte samma rappakalja en gång till! tänkte han. Det enda som skilde ut henne gentemot de övriga var att hon varit med ända sedan starten, samt att hon varit gift. Madeleine Zander var den äldsta i trojkan – 46 år, och hade en utflugen dotter i ett äktenskap som antagligen varat lika lång tid som det tagit att koncipiera henne och sätta henne till världen, trodde kommissarien.

Inte trodde, förresten. Hoppades.

I efterhand – i bilen på väg tillbaka till Sorbinowo – hade han försökt rekapitulera och urskilja tecken på missämja mellan de tre kvinnorna – avund, svartsjuka och liknande – men hur gärna han än ville, kunde han inte erinra sig några sådana stråk i samtalen.

Å andra sidan hade han knappast lagt sig vinn om att snärja dem heller. Tvärtom. Hade uppträtt vänligt och gentlemannamässigt hela tiden. Precis som vanligt. Så oskrivet var kanske bäst.

Gällde för övrigt hela den här förbannade historien, tänkte han. Om det bara vore fråga om en kriminalroman, skulle den säkert göra sig bäst i oskrivet skick. Det fanns liksom ingen substans.

Fast det var förstås ganska mycket som man kunde säga samma sak om.

Nu satt han här i alla händelser. Tvåhundratio kilometer från Maardam och tolv dagar från Kreta.

Det finns väntrum och det finns väntrum, hade han just läst i Klimkes betraktelser. Men från dom flesta stationer går det inte längre några tåg.

Han bestämde sig för att undersöka hur det låg till i Sorbinowos fall. Han hade inte sett stationshuset annat än på avstånd, men inte hade det förefallit särskilt levande.

Bara som ett tecken, alltså.

Flickorna han talat med var två stycken, och efter ett visst övervägande hade han valt att ta dem samtidigt. Kanske var det ett trötthetssymptom och kanske tydde det på att han var på väg att ge upp, men efter Jellinek och hans tre bleka slavinnor – vad kunde man egentligen begära?

Han hittade rätt på bandet och tryckte på knappen.

VV: Vill ni berätta vad ni heter. Tala högt så det hörs på bandet.
BM: Belle Moulder.
CH: Clarissa Heerenmacht.
VV: Känner ni till varför jag vill tala med er?
/Tystnad. Van Veeteren erinrade sig att flickorna hade bytt en blick med varandra innan de samfällt skakade på huvudet./
VV: Jag kommer från polisen. Det gäller den här flickan som försvunnit från lägret. Kan ni berätta hur det gick till?
BM: Det har inte försvunnit någon.

CH: Alla har varit här hela tiden.
VV: Hur många är ni?
CH: Tolv stycken.
VV: Men ni var väl tretton från början?
/Kort paus/
BM: Vi har varit tolv hela tiden. Försök inte lura oss.
VV: Allright, vi säger så. Kan ni berätta lite om vad ni sysslar med under dagarna?
CH: Vi gör olika saker.
VV: Som vad då?
BM: Badar, gör olika lekar. Har samtalstimmar och grupparbeten och så.
VV: Ni tycker om att vara här?
BM: Ja.
CH: Det är ett jättebra läger.
BM: Många tror att vi gör en massa konstiga saker här på Waldingen, men det gör vi faktiskt inte.
VV: Vad är det man tror?
BM: Inte vet jag. Här är jättebra i alla fall. Vi lär oss en massa jättebra saker.
VV: Jaså. Kan du ge mig några exempel?
BM: Ja, vi får lära oss vad som är viktigt i livet... hur man ska leva med varandra och sådana saker.
CH: Hur man blir en god människa och ren i själen.
VV: Och hur blir man ren i själen?
CH: Man tar bort alla onda tankar.
VV: Hur går det till?
CH: Det är olika. Man måste vara väldigt noggrann, det onda finns överallt...
BM: Vi ska inte prata med er om sånt här.
CH: Nej...
VV: Men jag är intresserad av att lära mig.
BM: Då får ni tala med Jellinek.
VV: Varför då?

BM: Det är inte bra för oss att prata om det här. Vi håller på och lär oss viktiga saker och ni kommer från Den Andra Världen.
VV: Den Andra Världen?
BM: Ja.
VV: Vad är det för nånting?
BM: Den Andra Världen är allt som inte är Det Rena Livet.
VV: Jaså, minsann. Och hur länge har ni varit med i den här kyrkan?
CH: Hur länge? Ja, alltid…
BM: Sen vi var väldigt små i alla fall.
VV: Era föräldrar är också medlemmar?
BM: Naturligtvis. Våra syskon också. Vi är utvalda, liksom.
VV: Jag förstår. Hur gamla är ni?
BM: Fjorton år.
CH: Tolv… tretton snart.
VV: Går ni i Det Rena Livets skola också?
BM: Har gjort. Jag har gått i vanlig skola i ett år.
CH: Jag skall börja i vanlig skola i höst.
BM: Ni tror inte vi är riktigt normala, det är alltid så. Vad är det ni vill ha reda på egentligen?
CH: Vi har det jättebra här på Waldingen.
VV: Jag har förstått det. Det måste vara svårt att gå i skola i Den Andra Världen, eller hur?
CH: Vi får lära oss hur man ska vara i Den Andra Världen också. Hur man ska bete sig.
BM: Men jag tror inte vi ska prata om det heller med er.
VV: Har ni blivit tillsagda vad ni får och inte får tala med mig om?

/Tystnad. En varnande blick från den äldre flickan till den yngre, om han mindes rätt./

CH: Nej…

VV: Du låter osäker.

BM: Ingen har sagt åt oss. Vi vet ändå.

VV: Jag förstår. Men det finns väl några av flickorna som inte trivs lika bra som ni tycks göra?

BM: Alla trivs utmärkt.

VV: Alla?

BM: Varför frågar ni? Det är klart nån blir ledsen ibland. Är det så konstigt?

CH: Jag vet att alla tycker det är bra här. Det är faktiskt viktiga saker vi gör... och lär oss.

VV: Kan ni berätta lite om dom här tre grundpelarna. Bön, renhet och försakelse?

CH: Det är grundpelarna, liksom. Det är det allting bygger på...

VV: Vad menas med renhet?

CH: Man måste vara ren när man skall möta sin Gud, men jag tror...

BM: Ni förstår inte det här. Om man inte är med i församlingen, ska man inte hålla på och ställa en massa frågor.

VV: Måste man vara naken för att vara ren?

CH: Ja... nej.

BM: Nej, det måste man inte, och det har ni inte med att göra.

VV: Brukar ni få besök?

BM: Nej, det är inte bra med besök när vi håller på och lär oss.

VV: Men ni ringer väl hem då och då?

CH: Vi ringer inte, eftersom...

BM: Vi skriver brev, det går lika bra.

VV: Ni får inte använda telefonen?

CH: Det får vi kanske, men vi gör det inte.

VV: Vad hette den där flickan som bara var här i början?

CH: Va? Vad menar ni med det?
BM: Jag tycker ni ska sluta vara så där fräck. Ni bara misstänker oss för en massa saker som ni inte har en aning om. Det är fegt av er att ge er på oss.
VV: Varför har ni inga pojkar i er kyrka?
BM: Det finns visst pojkar i Det Rena Livet, men inte på det här lägret. Dom har ett eget läger. Jag tror inte vi vill tala mer med er nu.
/Fem sekunders tystnad. Stolskrap./
VV: Allright. Vi säger så. Spring iväg och tvätta själarna nu då, och hälsa eran Jellinek att han slår upp Jesaja 55:8.
BM: Va?
VV: Det är en bok som heter Bibeln. Jag trodde ni kände till den.
CH: Jesaja...?
VV: 55:8, ja. Seså, spring och rena er nu, då!

Han stängde av bandet och lutade sig tungt tillbaka mot kuddarna. Låg kvar alldeles orörlig i flera minuter, medan han letade efter ett uttryck för de känslor som för tillfället tumlade runt inom honom.

Eller åtminstone en metafor.

Men där fanns inget. Ingenting dök upp och inga tankar utkristalliserades. Bara det där ordet ”vanmakt”, som började kännas som en gammal bekant vid det här laget. En tröstlös, uråldrig släkting som aldrig ville dö, och som inte lät sig kastas ut – kanske på grund av själva relationen.

Han suckade. Konstaterade att ölflaskorna var sorgfälligt tömda och steg upp från sängen. Gick fram till fönstret och såg ut över sjön, där dagens sista kanotister just var i färd med att lägga till vid bryggorna. Klockan var ett par minuter över halv tio och blåtonerna höll som bäst på att transponera om kvällsljuset till ett mjukt sommarmörker.

Julinatt, tänkte Van Veeteren. Hur var det det stod i visan?

Man skall icke sova bort sommarnatten?

Kanske en riktigt tanke när allt kom omkring. En liten kvällspromenad och ett glas vitt kunde han väl ändå unna sig.

För att skölja bort den där gamla känslan om inte annat.

Och för att underlätta beslutet att bege sig härifrån. Det fanns förstås inte längre någon rimlig anledning för honom att fortsätta denna förmenta utredning. Skulden till Malijsen kunde säkert anses betald vid det här laget – hur man än räknade – och något rationellt skäl för att anstifta ytterligare attacker mot Waldingenlägret gick knappast att uppbringa. Hur man än försökte.

Fast kanske var det som gamle Borkmann brukat påpeka:

Förnuftet har en äldre syster, glöm inte det. Hon heter Intuition.

# 12

När hon äntligen hittade kroppen hade solen för längesedan gått ner. Mörkret hade börjat växa mellan granarna, och under ett förvirrat ögonblick undrade hon om det ändå inte var ett slags illusion. En bisarr hägring, detta plötsliga vita flickkött som lyste emot henne under riset – och som kanske skulle vara försvunnen bara hon kom sig för med att blunda bort den.

Men hon blundade inte. Den inre rösten som hade lett henne hit tillät henne inte att blunda. Bara att handla, och att utföra detta obegripliga som den uppdragit åt henne.

Detta absoluta, tvingande.

Var kom den ifrån egentligen, denna röst som drev henne? Hon visste inte, men förmodligen var det den enda kraftkälla hon ägde i det mardrömsspel som pågick. Det enda som höll henne på fötter, och som fick henne att vidta dessa mått och steg – någonting förankrat i henne själv måste det förstås röra sig om ändå; en sida som hon till vardags och tidigare under sitt liv aldrig behövt använda sig av, men som nu ryckte in och såg till att vad som måste göras verkligen blev utfört. Ett slags reserv, tänkte hon, en okänd brunn att ösa styrka ur, men som hon sedan – någon gång i en avlägsen framtid, Gud give att hon snart vore där! – måste se till att lägga ett tungt lock av glömska över. Låta tidens gräs växa sig tjockt och frodigt däruppå, som det stod i visan – hur tusan kunde hon tänka på visor nu? – så att varken hon själv eller någon annan människa kunde ana vad hon använt dess vatten till. Eller ens att den funnits där.

I en avlägsen framtid.

Källan. Hennes kraft. Den inre rösten.

Det hade mörknat ordentligt nu. Hon måste ha stått och stirrat på det obegripliga en lång stund, även om hon inte varit medveten om det. Hon tände ficklampan ett ögonblick, men förstod att ljuset inte var hennes bundsförvant i detta och stängde av den. Vek undan några grenar och drog fram den magra, nakna kroppen i dess helhet. Böjde på knäna och fattade tag under ryggen och i knävecken; förvånades en kort sekund över stelheten i muskler och leder och fick en hastigt övergående minnesbild från en misslyckad hästfödsel, som hon varit med om för många år sedan.

Kroppen var inte tung; betydligt under femti kilo i alla händelser, och hon bar den utan särskilt mycket besvär. Tvekade en stund mellan olika alternativ, innan hon slutligen kom fram till en plats där den inre rösten hördes på nytt. Försiktigt – som för att ändå visa något slags perverterad respekt – placerade hon kroppen i halvsittande ställning mot en asp; en väldig asp med en himmel av viskande löv – och började täcka över med vad som stod att få av grenar och ris och nedfallet fjolårsfnas.

Inte gömma, naturligtvis. Bara skyla en smula i all anständighets namn.

När hon var klar var det så mörkt att hon inte kunde beskåda sitt verk, men med en känsla av samma märkliga vördnad stod hon ändå kvar ett slag med nedböjt huvud och korsade händer.

Kanske bad hon en bön. Kanske var det bara vilsna ord som vandrade inom henne.

Sedan drog ett stråk av vitglödgad skräck tvärsigenom henne; hon tog sig hastigt tillbaka och hämtade spaden där hon lämnat den. Fortsatte ut på vägen och skyndade bort så fort benen bar henne.

# 13

– Intuition? sa Przebuda och log över kanten på sitt vinglas. Du menar inte att du dras med dubier angående intuitionen? Personligen litar jag blint på den, jag tror helt enkelt det rör sig om en kunskap som har hoppat över ett par steg... i orsak-verkankedjan, alltså. Eller tycks ha hoppat över. Den ligger lite före, men det är inget väsensskilt. Vi äger den, men ser inte hur vi är i stånd att äga den. Trots allt tar vi ju emot enorma mängder information varje sekund... allt finns lagrat, men bara en bråkdel hamnar hos det aktiva medvetandet. Resten ligger där under och skickar sina signaler... alldeles fåfängt oftast, bara för att vi är så föga receptiva. Vi är ju inte mer än människor, trots allt.

Van Veeteren nickade och sträckte belåtet ut benen under bordet. Det var måndag kväll och han satt nedsjunken i en gammal läderfåtölj i Andrej Przebudas stora arbets- och vardagsrum. Hade suttit där en god stund också; smuttat på en utomordentlig Chateau Margeaux -81 och tuggat päronskivor med camembert. Rökt. Middagen hade avätits i sällskap av Eisenstein, de Sica, Bergman och Tarkovskij och inte förrän man brutit taffeln och masat sig över till fåtöljerna, hade samtalet växlat över till frågan om kommissariens egentliga motiv för sin Sorbinowovistelse.

Som nu alltså skarvats på med ytterligare en dag.

– Antagligen är det samma fenomen som vid nya upptäckter inom naturvetenskapen, fortsatte Przebuda. Forskaren vet redan svaret, har sett den slutgiltiga lösningen innan han är framme vid den. Skymtat den åtminstone. Om det inte vore så, skulle han förmodligen inte vara i stånd att upptäcka den. Vi måste ha en förhandsbild helt enkelt, jag tror Rappaport skriver om det här, Sartre också förstås... Pierre och caféet och det där, du vet. Det är en annan sida av det kognitiva, bara. En sorts... ja, vad ska man kalla det? Kunskapens avantgarde, kanske?

– Hm, sa Van Veeteren. En kedja som håller trots att flera länkar fattas. Skulle vilja se den allmänne åklagare som faller för nånting sånt. Men i princip har du nog rätt. Visst fasen tror jag på intuitionen.

– Och vad är det för bild du har av Waldingenlägret, då? frågade Przebuda och tände pipan, som oupphörligen slocknade. Medveten eller omedveten... Problemet med att röka pipa, tillade han, är att den slocknar så fort man råkar prata lite för mycket. Måste tillstå att det händer mig då och då. Nå?

Kommissarien suckade.

– Jag vet inte, erkände han. Förbanne mig om jag kan göra klart för mig vad jag egentligen tror. Det är ju ganska debila figurer vi har att göra med, och det lägger sig liksom i vägen och skymmer själva sakfrågan. Kanske vore det berättigat med något slags ingripande i vilket fall som helst, det vete tusan vad dom tutar i dom där flickstackarna... men det är ändå en bit kvar till att mörda nån. Jag kan knappast påstå att jag hittat stöd för att någon skulle ha försvunnit...

Przebuda var fortfarande upptagen med pipan.

– ... mer än på sin höjd en liten aning, alltså.

Kommissarien lutade sig tillbaka och knäppte händerna bakom nacken. Lät blicken vandra runt de bokklädda väggarna och erfor en plötslig illusion av att befinna sig mitt inne i en encyklopedi. Przebudas intressesfär verkade omfatta allt från stålindustrins konjunkturutveckling under åttitalet och fiskekvoter i Norra ishavet till kulturantropologi och provensalsk kärlekslyrik. En tidningsman av den gamla stammen, uppenbarligen, en omutlig skriftställare som – åtminstone i mån av tid – var fullt kapabel att författa en artikel inom snart sagt vilket ämnesområde som helst. Trots att han försökte tränga bort det, måste Van Veeteren medge att kvällens inramning förde med sig en annan erinran också. Den om den klassiske deckarhjälten – den luttrade kriminalaren som samlar alla fakta i sitt fårade huvud och sedan löser fallet sittande med en pipa i öronlappsfåtöljen i sitt bibliotek...

Fast nu var det Przebuda som rökte pipa. Själv rökte han cigarretter.

Så kanske var det i själva verket hans värd som satt inne med lösningen, och inte han själv.

Om det nu tarvades någon lösning, vill säga. Kanske fanns det när allt kom omkring ingen ekvation, var det inte det han hade bestämt sig för? Ingen försvunnen flicka och inget egentligt fall. Hursomhelst var det något visst med detta rum; det enda som saknades var förstås ett schackbräde, men Przebuda hade redan erkänt att detta tidsfördriv aldrig lyckats fånga hans intresse.

Vilket onekligen gjorde spelet ännu mer unikt än det redan var, tänkte Van Veeteren. Tidsfördriv, förresten! Nog var det snudd på hädelse.

– Jag har förstås en del anteckningar, sa Przebuda efter några sekunders tystnad. Om du är intresserad, alltså. Fick för mig att jag skulle skriva en halvsida i fjol sommar, när dom var här förra gången. Det Rena Livet... tanken var väl att komma själva sekten inpå skinnet, så att säga. Inte det här lägret i första hand... jag intervjuade herden i alla fall och tog några fotografier, men så småningom bestämde jag mig för att skrinlägga projektet.

– Varför då?

Przebuda ryckte på axlarna.

– Vet inte riktigt. En del jobb släpper man, det är bara så.

Jag tror det var nånting med själva framtoningen; det gav mig en smula avsmak, ärligt talat. Jag antar att du begriper vad jag menar...

Van Veeteren nickade.

– ... den där Jellinek och hans fyra frillor.

– Fyra?

– Javisst. Det var fyra kvinnor som skötte om både det ena och det andra därute i skogen. Rätt så mycket yngre än han själv också, ja, det gav mig lite kalla fötter, eller hur man nu vill uttrycka det. Har ingen lust att ge såna där figurer gratis reklam heller. Är han inte omgiven av samma harem i år?

– Tre, sa Van Veeteren. Bara tre.

Przebuda skrattade till.

– Nåja, sa han. Han kanske börjar tappa orken. Om dom har andra muslimska traditioner, kanske dom har rätt att bli tillfredsställda också. Hur är det? Två nätter av tre?

– En av två, tror jag, sa kommissarien. Det finns lite olika riktningar. Du har händelsevis inte namnen på dom där kvinnorna som var med förra året?

Andrej Przebuda höjde ett ögonbryn. Därefter också sitt vinglas.

– Varför frågar du det?

– Det var en tanke bara, svarade kommissarien.

– Allright, vi skall se efter, sa Przebuda. Skål först, i alla händelser.

– Skål, sa Van Veeteren.

Przebuda reste sig och gick över till det dignande skrivbordet, som löpte i vinkel över ett hörn av rummet och säkert omfattade uppemot fyra kvadratmeter. Han tände en ny lampa och började rota bland en samling röda och gröna mappar som låg travade meterhögt upp mot väggen. Efter en stund återvände han med en av dem och plockade ut en bunt osorterade papper.

– Nu skall vi se, sa han och tog upp ett par glasögon ur bröstfickan. Jag skulle faktiskt inte tro att jag brydde mig om det, men jag tog ett par bilder av dom... ja, här har vi det.

Han fick fram ett fotografi ur högen. Betraktade det kritiskt under några sekunder innan han räckte över det till Van Veeteren. Kommissarien tittade på bilden. Den var tagen ute på terrassen till kolonins huvudbyggnad, uppenbarligen. I tidig kvällssol, av ljus och skuggor att döma. Oscar Jellinek stod och lutade sig lätt mot räcket, omgiven av fyra kvinnor – två på varje sida. Trots deras relativa alldaglighet kunde han enkelt identifiera tre av dem, som dem han suttit och intervjuat under gårdagen. Till vänster om Mathilde Ubrecht och med ena handen vilande på Jellineks axel stod dock en mörkhårig, obekant kvinna. Hon verkade en smula yngre än de andra, och till skillnad från resten av sällskapet kostade hon på sig ett leende rakt in i kameran. Alldeles avgjort var hon också den vackraste i gruppen.

– Hm, sa kommissarien. Och du har inte namnen på dom här?

– Kanske, sa Przebuda. Står det ingenting på baksidan?

Van Veeteren vände på fotografiet och läste:

"Fr.v: Ulriche Fischer, Madeleine Zander, O.J., Ewa Siguera, Mathilde Ubrecht"

Ewa Siguera? tänkte han och drack lite vin. Låter som en romanfigur.

Przebuda hade fått fyr i pipan igen och blåste ut ett par tunga rökmoln över bordet.

– Tja, sa han. Jag insåg nog redan då att jag inte tänkte ta in det. Vad är det du är ute och fiskar efter egentligen?

Kommissarien funderade en stund, medan han lätt kisande fortsatte att studera fotografiet.

– Ingen aning, sa han. Det är väl bara nån sorts avantgardistisk kunskap, förmodar jag.

– Jaja, log Przebuda. Vi kanske skulle ta oss en titt på papperen också, hursomhelst. Har en del på Jellinek, om jag inte tar fel. Fast jag tror inte jag gjorde några anteckningar om människorov. Men oskrivet är väl bäst... borde vi inte unna oss en flaska till, förresten?

– Man blir törstig i den här värmen, sa Van Veeteren.

– Religion är en mångfasetterad sak, fastslog Andrej Przebuda en god stund senare. Personligen har jag lämnat den bakom mig, men jag kan inte påstå att den inte satt sina spår...

Van Veeteren väntade.

– ... mina föräldrar, hela min familj, var bekännande judar. När det började osa hett och man förstod vad som verkligen väntade – min far var förmodligen den klarsyntaste i hela mosaiska församlingen – placerade de ut mig och min syster hos en katolsk familj i en liten by ute på landet. De höll oss gömda på sin gård i fyra år, vi var de enda två överlevande i hela släkten... ironiskt nog mindre än femtio kilometer från Auschwitz. Tja, sedan gifte jag mig med en kvinna från Indien, hon dog för sex år sedan och ligger begravd på reformerta kyrkogården här i Sorbinowo.

Kommissarien nickade.

– Några barn? frågade han.

– En handfull, svarade Przebuda. Varken mer eller mindre. Elva barnbarn. Men religionen har jag släppt, som sagt.

– Och du blev inte inspirerad att återuppta den när du träffade på Det Rena Livet?

Przebuda log.

– Nej, men dom kanske ändå skulle ha en eloge för att dom tar hand om en del människor som annars skulle sitta på anstalt. På samhällets bekostnad, alltså... fast det här med barnen är ju en annan historia. Skulle förmodligen behövas lite wallrafferi för att komma dom riktigt in på livet. Skicka in en pigg trettonåring med mobiltelefon... men jag antar att det finns angelägnare saker att ägna tiden åt.

Van Veeteren nickade instämmande.

– Alldeles riktigt, sa han. För egen del går jag på semester om en dryg vecka, så om ingen kommer dragande med en försvunnen jäntunge dom närmaste tolv timmarna åker jag nog härifrån. Kan inte påstå att jag åstadkommit särskilt mycket... filmklubben och den här kvällen är nog hela behållningen, om man skall vara ärlig. Vilket inte är fy skam.

– Nå nå, sa Przebuda.

– Får jag ta dom här papperen om Jellinek som nattlektyr i alla fall? frågade kommissarien. Jag kan titta upp och lämna dom på redaktionen imorgon innan jag reser.

– Självklart, sa Przebuda och slog ut med händerna. Du släpper inte tråden i alla fall?

Van Veeteren fimpade kvällens sista cigarrett.

– Nej, sa han. Vill gärna hålla på tills den brister av sig själv. Det är en gammal ovana jag har.

Han tog sig upp ur fåtöljen och märkte omedelbart att den avslutande bourgognen varit ännu tyngre än han trott.

Det blir nog dåligt med läsningen ikväll, tänkte han. Blir nog mest en fråga om att hålla sig vaken så länge att man hinner i säng innan man somnar.

Vilket naturligtvis inte var mer än en from förhoppning – i synnerhet inte i ljuset av vad som faktiskt väntade honom under återstoden av natten.

Men om detta ägde han ännu inte ett uns av kunskap – vare sig empirisk eller intuitiv.

# 14

I normala fall – på den tiden när han inte var vikarierande polismästare i Sorbinowo polisdistrikt – skulle han naturligtvis ha låtit telefonsvararen ta hand om alla samtal i ett sådant här läge. Utan tvivel. Deborah och han själv hade just sjunkit ner i varsitt hörn av den nya Wassmeyersoffan med en ask praliner på bordet framför sig, filmen med Clint Eastwood hade ännu inte hunnit fram till första reklamavbrottet, och en skön, varm vind smög in genom det öppna franska fönstret. Med öm och varlig precision masserade han hennes nakna fötter.

I rent fysisk bemärkelse var det en nära nog perfekt kväll.

– Det ringer, sa Deborah och stoppade en pralin mellan sina röda läppar.

Kluuge suckade och kavade sig upp ur soffan. Den närmaste telefonen stod i sovrummet och han drog igen dörren efter sig för att inte störa sin hustrus upplevelse av filmen.

Typiskt, tänkte han när han lyfte luren. Men har man ansvar, så har man.

– Polismästare Kluuge.

– Hallå?

Det var fullt tillräckligt för att han skulle känna igen rösten. På bara bråkdelen av en sekund var både Clintan, hustrun och pralinerna som bortblåsta ur hans tankar.

– Ja, Kluuge här.

– Det är jag igen.

– Jag hör det. Vad vill ni?

– Jag vill ge er ett tips.
– Ett tips?
– Det finns en död flicka i Waldingen.
– Vi håller på och undersöker...
– Det vet jag. Men ni kommer ju ingenstans. Om ni åker dit och hittar kroppen, kanske ni tror mig.
– Jag tror inte det finns någon kropp, sa Kluuge. Ni håller på och ringer bara för att göra er märkvärdig. Vi har faktiskt...
– Åk förbi kolonin...
– Va? sa Kluuge.
– Jag beskriver vägen för er.
– Vart?
– Till kroppen. Jag talar om precis var den finns, så kan ni åka och titta på den. Då kanske ni begriper att jag talar sanning.

Kluuge svalde.

– Jaha? fick han fram.
– Hundra meter efter kolonin finns en liten stig in åt höger. Ta in på den stigen, precis när ni passerat ett flyttblock på vänster hand finns en jättestor asp. Bara några meter bakom stenen, där ligger hon. Det är inte mer än tjugo meter från vägen...
– Vänta, sa Kluuge. Jag måste hämta en penna.
– Behövs inte, sa kvinnan. Hundra meter efter kolonin. Stigen till höger. Vid aspen bakom flyttblocket. Ni kommer att hitta henne.

En mängd frågor stockade sig plötsligt i halsen på aspirant Kluuge, men innan han hunnit få loss en enda av dem, hörde han hur hon lade på luren i andra änden.

Helvete, tänkte han. Helvetes helvete.

Därpå funderade han i femton sekunder och slog sedan numret till Grimms hotell. Det gick fram tolv signaler innan man svarade i receptionen, och det enda han fick reda på var att herr Van Veeteren gått ut för ett par timmar sedan utan att lämna någon uppgift om vart han ämnade sig. Eller när han skulle vara tillbaka.

Kluuge lade på luren. Stirrade ut genom det öppna fönstret. Kvällsmörkret svävade tunt och sommarvarmt därute. Gräshopporna gnisslade. Inne på nattygsbordet visade digitaluret på 22:20.

Vad tusan ska jag göra? tänkte han. Och någonstans djupt inom sig hörde han en svag röst som viskade att han skulle gå tillbaka till soffan. Bara återvända till Deborah och hennes varma fossingar. Det enklaste vore naturligtvis att helt sonika glömma bort hela saken och låtsas som om ingen ringt... som om han aldrig hört talas om någon död flicka eller någon stig eller något flyttblock – men skammen över att en sådan tanke överhuvudtaget kunde födas hos honom tog snart överhanden. Växte sig stor och röd.

Aldrig, tänkte han. Aldrig i livet. Jag måste ta det fulla ansvaret nu.

Han funderade i ytterligare några minuter, sedan ringde han på nytt upp Grimm's och lämnade ett meddelande till kommissarien:

*Hett spår i Waldingenfallet. Har åkt dit. Kluuge*

Fem minuter senare hade han redan kysst sin hustru farväl och var på väg ut i natten.

För att inte väcka onödiga misstankar stannade han bilen ett gott stycke innan han var framme vid kolonin. Släckte ljuset och klev ut i väggruset. En stor måne hade seglat upp över sjön och gjorde mörkret överkomligt. Sakta började han gå utefter den smala vägen; mycket försiktigt och alldeles ute i kanten, där ljudet av hans steg dämpades av gräs och jord.

När han passerade kolonibyggnaderna, var klockan fem

minuter över elva och det var släckt i alla fönster utom två. Han såg dock inte till en enda människa, eller hörde några ljud som kunde tyda på att någon var ute, och han fortsatte utan att stanna uppför det svaga motlutet på andra sidan. Räknade stegen, och efter uppskattningsvis åttio meter tände han ficklampan och började söka efter stigen.

Han hittade den utan besvär. Innan han vek in på den, släckte han lampan. Stod alldeles stilla i mörkret under några sekunder och lyssnade på nytt, men det enda som hördes var det svaga suset från trädkronorna, syrsornas envetna fi-lande samt en och annan kärlekskrank groda nerifrån sjökanten. Beslutsamt tände han lampan igen och började följa stigen.

Rädslan högg tag i honom i samma stund som han riktade ljuskäglan mot det stora stenblocket. Plötsligt insåg han att den galna kvinnan i telefonen kanske inte var fullt så galen som han förutsatt, och att det kunde vara dags nu... att det kanske bara var en fråga om sekunder innan han skulle ställas inför sitt första lik; han kände hur munnen torkade ut nästan på nolltid inför denna eventualitet, och hur pulsen i tinningarna med ens bultade så att han kunde höra sitt eget blod.

Han höjde ficklampan och lät ljuset leta mellan träden.

Det rådde inte mycket tvekan. Ingen tvekan alls, noga räknat; när han riktade lampan upp mot lövverket, såg han tydligt att det var just en asp, en jättelik asp som växte bara några meter bakom flyttblocket, och vars viskande krona svävade däruppe i natten högt ovanför honom som ett förebud om illdåd och mörksens gärningar och gudvetvad. Han huttrade till och skakade på huvudet. Inbillningar, tänkte han. Ingenting annat än inbillningar. Skrymt, skrock och kärringpladder. Han gick runt stenen och lyste upp nedre delen av stammen. Föste försiktigt undan en del nedfallna löv och grenar med foten, och när han böjde sig lite närmare såg han tydligt – hur tydligt som helst – att det där blekvita som stack fram ur riset var en hand.

En alldeles vanlig, ganska tunn och blodlös liten flickhand, och han hade just jämnt sinnesnärvaro nog att snabbt förflytta sig några meter i sidled, innan han kräktes upp både Deborahs broccolipaj och de åtta chokladpraliner han hunnit få i sig framför teven.

Och aspirant Kluuge förstod att han just nu – just under dessa ensamma, evighetslånga ögonblick ute i skogen – drabbades av en erfarenhet som kastade sin skugga över alla andra erfarenheter. Både onda och goda. Gamla och framtida.

Jag har blivit vuxen, tänkte han förvånat. Vuxen. Det kändes som att ha blivit utkastad i ett främmande, ödsligt land; en bister och ofrånkomlig verklighet som han visste att han aldrig någonsin skulle kunna lämna åt sidan, eller bakom sig, eller bli av med.

Men där fanns någonting annat också: en sorts besk tillfredsställelse som inte lät sig bevekas och som han inte riktigt kunde komma till klarhet om.

Det var förvisso inte rätt tidpunkt för funderingar heller. Med avigsidan av handen torkade han sig runt munnen, släckte lampan och började hastigt ta sig tillbaka till bilen.

# 15

Reinhart brukade påstå att det egentligen bara fanns en osviklig metod när det gällde att få fart på en utredning som gått i baklås: man dricker en halv liter whisky och fyra öl – när man sedan gått och lagt sig, behöver man garanterat inte vänta mer än tjugo minuter förrän telefonen ringer och man har ett nytt lik på halsen.

Riktigt så illa var det kanske inte ställt den här ljumma kvällen i Sorbinowo, men när Van Veeteren läst Kluuges bägge meddelanden, bestämde han sig ändå för en lång, kall dusch innan han gav sig ut i mörkret.

Man skall icke sova bort sommarnatten! slog det honom. Kanske var det så att vissa tankar borde punkteras innan de kom upp till ytan, tänkte han medan han stod och försökte spola bort bourgognen ur ansiktet. De hade en sådan förbannad tendens att bli självuppfyllande profetior!

Fast så småningom började koncentrationen ändå infinna sig:

Vad tusan var det som hade hänt därute?

Kluuges meddelanden hade i och för sig varit klara som korvspad. I synnerhet nummer två:

*Död flicka i Waldingen. Förstärkning på väg. Kluuge*

Undrar om tidningarna redan är där, tänkte Van Veeteren och steg ut ur duschen. Den uppmärksamma flickan i receptionen verkade i alla händelser inte ha misstolkat innebörderna i aspirantens bulletiner. Han umgicks en stund med tanken på att ringa upp Przebuda, kanske hade han ännu inte hunnit i säng; men efter moget övervägande lät han bli. Bättre att vara barmhärtig och unna honom en god natts sömn; hans tid som frontreporter måste väl ändå vara över vid det här laget.

När han klev in i den väntande taxin var klockan några minuter i ett; enligt receptionisten hade Kluuges andra meddelande kommit strax före midnatt, så det fanns nog goda skäl att anta att både tekniker och läkare var på plats ute i Waldingen före honom. Om han inte tog fel borde det vara folk från Rembork som låg närmast till hands, men härvidlag visste förstås Kluuge bäst.

Han sjönk ner i baksätet och talade om vart han ville bli körd.

– Vad fan ska ni där att göra mitt i natten? frågade den fetlagde chauffören och gäspade så att nacken lade sig i veck.

– Kör, sa Van Veeteren. Stäng av radion och var tyst.

Förutom Kluuges fanns det tre andra bilar på plats. Två kom mycket riktigt från Rembork och hade förutom brottsplatsteamet också medfört två kriminalpoliser. I den tredje bilen satt – när Van Veeteren gick fram och kikade in – en ung man i skägg och glasögon och med en mobiltelefon i högsta hugg. Kommissarien stack in handen genom den nervevade rutan och befriade honom med ett hastigt ryck från apparaten.

– Vad fan...?

– Van Veeteren, kriminalkommissarie. Ni obstruerar utredningen. Vem skriver ni för?

– Allgemejne.

– Allright. Om ni lugnar er i en timme, så lovar jag att ge er korrekta uppgifter istället.

Den unge reportern tvekade.

– Hur vet jag att ni inte lurar mig?

– Jag luras aldrig, sa Van Veeteren. Fråga din chefredaktör, han känner mig.

Kluuge dök upp ur mörkret.

– Hon ligger däruppe, förklarade han och pekade bortåt vägen. En av dom från Rembork är där och tittar på henne... och så brottsplatskillarna förstås. Hon är... hon är strypt och våldtagen i alla fall, så mycket är klart.

– Hur länge har dom varit här? frågade kommissarien.

Kluuge såg på klockan.

– En halvtimme knappt. Jag hittade henne tjugo över elva ungefär.

Van Veeteren nickade upp mot kolonin. Det var tänt i några fönster i stora huset, men flygelbyggnaderna låg i mörker.

– Och hur står det till därinne, då?

– Vet inte riktigt, sa Kluuge. Den andre kriminalaren är där, men jag har inte hunnit kolla. Ska jag följa med kommissarien bort till... till fyndplatsen?

Van Veeteren tände en cigarrett.

– Bättre att låta dom jobba ifred en stund, sa han. Tror jag vill kolla läget inne hos församlingen först. Om du stannar i bilen, kan du visa mig lite senare...

Kluuge nickade och öppnade bildörren. Kommissarien tog ett steg men hejdade sig.

– Hur mår du? frågade han.

– Inte så värst, sa Kluuge.

– Jag förstår det. Sitt i bilen och håll dig varm. Jag ska se om det går att ordna lite kaffe.

Han lämnade aspiranten och bilarna och började ta sig upp mot husen. Snubblade ett par gånger över rötter och höll på gå över styr, men kom ändå helskinnad upp på terrassen. Knackade på ett av de upplysta fönstren, och släpptes in av en butter syster Madeleine, iklädd en stor, oformlig badrock i samma lärftkvalitet som vanligt. Hon bevärdigade honom varken blick eller ord; eskorterade honom bara ljudlöst och barfota in i ett litet rum som av allt att döma tjänade som kontor. Papper, några pärmar och en trave biblar låg strödda över ett skrivbord. Medsystrarna satt och väntade i likadana badrockar på var sin stol, och framför fönstret stod den andre av poliserna från Rembork. Det var ganska uppenbart att han var i färd med att förhöra de tre kvinnorna.

Det var också uppenbart att han inte kom någon vart.

Van Veeteren såg sig om i det kyffiga rummet. Därpå bad han kollegan om ett lite avsides samtal, och tog med honom tillbaka ut i korridoren.

– Vad var det du hette?

– Servinus. Kriminalinspektör.

– Van Veeteren, sa kommissarien. Låt oss tala lite tystare, så dom inte genomskådar våra strategier.

Han tecknade mot den stängda dörren. Servinus nickade.

– Hur länge har du grillat dom?

Servinus såg på klockan.

– Grillat och grillat, sa han. Fem minuter på sin höjd, dom låg ju och sov, så det tog lite tid… fast jag tror vi har ett litet problem här.

– Jaså, sa Van Veeteren. Vad då för problem?

– Dom tiger.

– Vad menar du?

Servinus kliade sig irriterat i nacken.

– Ja, det verkar som om dom har bestämt sig för att inte samarbeta.

– Vad i helvete?

– Precis. Dom svarar inte på frågor, helt enkelt. Har kommissarien någon uppfattning om vad det är för ett ställe, det här, egentligen… dom verkar lite, ja, hur ska jag säga…

– Jag vet, avbröt kommissarien. Vi får ta det där en annan

gång. Var är Jellinek, det är det viktigaste just nu?

– Vem?

– Oscar Jellinek. Var håller han hus?

Servinus bytte fot och började se bekymrad ut.

– Vem är den här Jellinek? Jag kom ju för tusan alldeles nyss.

Van Veeteren kände hur någonting illavarslande kallt började krypa upp utefter ryggraden på honom. Det är inte möjligt, tänkte han.

– Du menar att du inte träffat Jellinek?

Servinus skakade på huvudet.

– Och dom har inte sagt nåt om honom?

– Inte ett ord. Dom öppnar ju för tusan knappt käften.

Kommissarien knöt händerna och muttrade en lång, osande ramsa.

– Kom, sa han sedan. Jag måste se det med egna ögon.

Han skyndade tillbaka till rummet. Slog upp dörren, klev in och ställde sig bredbent mitt på golvet.

– Allright, morrade han. Var har ni eran gullgosse?

Systrarna trängde sig lite närmare varandra på stolarna och betraktade sina nakna fötter. Kommissarien väntade i fem sekunder, medan han bet ihop käkarna så det knakade i tänderna. Sedan gick han bort till skrivbordet och slog knytnäven i det.

– Var är Oscar Jellinek? röt han. Se för fan till att svara på tilltal! Det ligger en flicka mördad uppe i skogen, hon är våldtagen och strypt och ni kan räkna med att eran förbannade sekt är upplöst från och med nu! Nå?

Madeleine Zander höjde sakta huvudet och mötte hans blick.

– Tänk på vad ni säger, kommissarien, sa hon med låg röst. Vi är utan skuld och ni har ingen rätt att komma med grundlösa anklagelser. Vi har bestämt oss för att inte samarbeta med er.

– Vi kommer inte att besvara era frågor, förtydligade Ulriche Fischer.

– Var är han? avbröt Van Veeteren. Ni har tre sekunder på er att komma med ett svar!

Madeleine Zander harklade sig och knäppte händerna i knät. De bägge andra systrarna följde hennes exempel. Sänkte blickarna och verkade försjunka i sig själva. Sitter väl och ber till sin tvivelaktige herre förstås, tänkte kommissarien. Satan också!

– Ni gömmer honom.

Ingen reaktion.

Van Veeteren bet sig i tungan och funderade. Såg på klockan. Den var tio minuter i två.

– Jag trodde ni turades om att gå i säng med honom. Vems tur var det ikväll?

Madeleine Zander höjde blicken och fnös indignerat.

– Eller ligger ni i samma säng allihop?

Han kastade en blick på inspektör Servinus, som började se alltmer förbluffad ut. Kände plötsligt hur bourgognens värme återvänt till hans kinder. Eller var det bara ilskan och blodtrycket?

– Ni menar att han har försvunnit? sa han.

Ingen av kvinnorna svarade. Van Veeteren bröt av en tandpetare och kastade den på golvet.

– Hör på här! En av era flickor ligger mördad uppe i skogen. Er förbannade överstepräst är på rymmen. Jag skiter i vad ni drar för fromma slutsatser, men jag vet vilka jag själv drar... Servinus!

Inspektören ryckte till.

– Ja.

– Stanna kvar och håll uppsikt över dom här tre gracerna. Vi får se till att låsa in dom i en piketbuss, så snart det kommer en. Flickstackarna får väl sova vidare så länge. Vet du om det kommer några kvinnliga kolleger?

– Jag tror det, sa Servinus. Den här Kluuge hade visst skickat efter.

– Bra, sa kommissarien.

Han gjorde en kort paus. Försökte se ut genom det beck-svarta fönstret och drog tre-fyra djupa, lugnande andetag. Så vände han sig åter till de tre kvinnorna.

– Det är min skyldighet att meddela er att ni kommer att anhållas, misstänkta för en hel rad vidrigheter som jag inte har lust att rabbla upp nu. Mord, medhjälp till mord, skyddande av brottsling är bara några exempel...

– Ni har ingen rätt..., började Madeleine Zander.

– Jag hade för mig att ni bestämt er för att tiga, avbröt Van Veeteren. Får jag be er att stå fast vid vad ni säger. Håll käften!

Servinus hostade tvehågset. Kommissarien drog ännu ett djupt andetag, därefter vände han på klacken och lämnade rummet.

Fy fan, tänkte han när han kommit ut i mörkret igen. Det känns som en film... en riktigt dålig B-rulle med taskig klippning och osynkroniserat ljud. En jävla kalkon!

Det var väl i och för sig inte uteslutet att det hade med vinet att göra, men trots att klockan nu var över två, kände han sig minst av allt trött. Tvärtom. Energisk, snarast. Handlingskraftig.

Sedan erinrade han sig vad det var frågan om.

Dags att titta på eländet, bestämde han när han kommit tillbaka ner till bilarna. Finns förstås ingen annan utväg.

Som vanligt.

Reportern från Allgemejne gjorde tydlig min av att vilja följa med, men kommissarien knuffade bestämt in honom i bilen igen. Istället var det Kluuge som fick gå före och lysa väg med sin ficklampa; kommissarien mindes att han sagt någonting om kaffe, men förhoppningsvis hade det räckt med löftet och själva omtanken. Aspiranten hade varit en smula chockad av sina upplevelser, det hade han sett vid första ögonkastet. Undra på.

Teknikerna – två unga män i gröna overaller – hade spärrat av med rödvita band, och ett par stora stavlyktor stod uppställda på stativ och kastade ett skarpt flodljus över fyndplatsen. Van Veeteren stannade på några meters håll, där han inte behövde se för mycket. En tunnhårig karl i femtiårsåldern kom fram och presenterade sig som Suijderbeck, kriminalintendent från Rembork.

– Van Veeteren. Hur ser det ut?

Suijderbeck ryckte på axlarna.

– För jävligt. Flicka på tretton-fjorton. Våldtagen. Krossat struphuvud, tror jag. Hade hon tur skedde det i omvänd ordning.

– Vad säger vetenskapen, då?

– Hitsläpad, antagligen, sa Suijderbeck. Finns inget som tyder på att det skulle ha skett här. Men dom har ju inte kommit så långt än.

– Sperma?

Suijderbeck skakade på huvudet.

– Tydligen inte.

– Men våldtagen, alltså?

– Penetrerad i alla fall, suckade Suijderbeck. Med nånting. Och malträterad lite här och var.

Van Veeteren rös till. En äldre, kutryggig man dök upp bakom intendenten. Han presenterade sig som doktor Monsen och föreföll en smula bekant, tyckte kommissarien. Det var han tydligen också.

– Van Veeteren? utbrast han när han insett vem det var han hälsat på. Vad tusan gör ni här? Fått förflyttning?

Kommissarien ignorerade lustigheten.

– Vet ni vad det rör sig om? frågade Monsen. Det här stället, alltså...?

– Vi tar det lite senare.

– Kan jag tro. Vill ni ta er en titt?

Van Veeteren suckade och körde händerna i fickorna.

– Är väl så illa tvungen.

Han gick runt stenen och en av de hukande teknikerna. Riktade blicken mot fokus.

Lutad mot stammen av en stor asp – groteskt upplyst av de starka lamporna – låg en tunn flickkropp. Van Veeteren hade haft gott om tid att preparera sig för anblicken, men den oretuscherade verkligheten drabbade honom ändå som ett knytnävsslag i magen. Samma gamla knytnävsslag. Den bleka kroppen var här och var – främst i ljumskarna och runt hals och bröst – marmorerad med stora mörka fläckar och låren var strimmiga av intorkat blod. Huvudet låg vinklad starkt åt sidan, tungan stack ut en bit mellan de tunna läpparna och ögonen hade stelnat i meningslös skräck.

Clarissa Heerenmacht. Han mindes till och med hennes namn.

Han räknade efter och kom fram till att det måste ha gått ungefär ett och ett halvt dygn sedan han suttit och samtalat med henne i det där stora rummet borta i kolonin.

Sedan kände han ett ögonblicks häftig svindel, innan en dunst av halsbränna sköt upp i honom och återförde honom till verkligheten.

Det är nånting som inte stämmer, tänkte han och tog sig ut i mörkret igen.

# IV

## 23–28 juli

# 16

Skogen var tät och snårig.

Varken människor eller djur kom i hans väg, men på avstånd kunde han höra kyrkklockor ringa. Kanske var detta avsett att ge honom den vägledning han behövde. Fast klangen var avlägsen och spröd; tycktes honom också skifta från stund till annan, och ljudet från hans egna steg i blåbärsriset och hans tunga andhämtning hotade hela tiden att överrösta den. Då och då var han tvungen att stanna upp, kupa handen bakom örat och lystra efter tonerna; och varje gång han hejdat sig var det sedan lika svårt att skaka av sig känslan av att ha gått i cirkel, av att han i själva verket stod på samma fläck som han gjort några minuter tidigare.

Under samma asp; den där bleka flickkroppen med de mörka fläckarna föreföll minst sagt bekant. Eller också var hela skogen full av mördade tonåringar, vilket onekligen verkade en smula överdrivet. Han torkade svetten ur ansiktet med kavajärmen och rusade vidare, snubblade över stock och sten och tuvor, och äntligen började klockklangen höras lite starkare. Inom några ögonblick kom han ut i ett skogsbryn och blev varse kyrkan nere i dalen med det mörka vattendraget; de sista besökarna var just på väg in, han spurtade den sista biten nedför slänten och hann in precis innan de tunga dörrarna slog igen.

Det var ju hans eget bröllop; ändå kände han ingen tacksamhet över att han klarat sig och slunkit in i tid. En viss, trist resignation bara; den låg som ett tryck över skuldror och tinningar medan han stod längst bak i skumrasket och försökte återhämta sin andning. Hans brud var redan på plats framme vid altaret, lade han märke till. Stod där och väntade i klänning av blek bomullslärft, men hennes hårsvall var lovande kastanjebrunt, och han visste inte om det var gott eller ont. På det hela taget Församlingen var försänkt i något slags bön, uppenbarligen, och klockspelet dånade ihärdigt, medan han – inte utan en viss värdighet – tog sig fram längs mittgången mot sin tilltänkta hustru. När han försiktigtvis spejade åt sidorna, kunde han också notera att det inte verkade finnas några bekanta människor i bänkarna. Bara okända och sammanbitna ansikten överallt, i rad efter rad; och ingen som mötte hans blick med så mycket som en snegling.

Slutligen nådde han fram till altaret och lade tvehågset sin hand på brudens axel; hon snodde runt med ett ryck – så att den billiga peruken for på sned, och han såg att det var Renate. Samma förbannade gamla Renate som alltid, och med ett illmarigt leende på läpparna väste hon: Nu har jag dig! Den här gången kommer du inte undan! Och när han fylld av förtvivlan och rättmätig vrede vände sig mot prästen – som just hade tvått sina händer i kalken av ådrig marmor och var i färd med att sätta igång ceremonielet – såg han att denne hade långt, råttfärgat hår och tejpade glasögon och att han var i maskopi med bruden. Det var höjt utom allt tvivel. De log skamlöst mot varandra, prästen och bruden, och han förstod att spelet var förlorat. Hela skogen var full med döda flickor, han skulle gifta sig med Renate igen under den här förbannade frimicklarens officiantskap, och hur han än trevade i kostymfickorna, kunde han ingenstans få fatt i sitt tjänstevapen. Sanningen var naturligtvis att det låg bortglömt i någon skrivbordslåda på hans tjänsterum i Maardams polishus, precis som vanligt, och medan han uppgivet – och i ett orimligt utdraget ultrarapid – föll på knä bredvid sin triumferande brud, tilltog klockklangen.

Steg och förvreds i polyfona variationer som skulle ha gjort gamle mäster Bach vansinnig, och till slut blev allt så bisarrt och outhärdligt, att han förstod att han måste få ett slut på eländet, om han inte skulle förlora även de allra sista dropparna av sina sunda vätskor.

Han sträckte ut handen, lyfte luren och svarade.

Det var Kluuge.

Kommissarien kom upp i halvsittande och harklade sig så eftertryckligt att han gick miste om aspirantens första replik.

– Vad sa du?

– Godmorgon, kommissarien, upprepade Kluuge. Ringer jag och väcker?

– På intet vis, svarade Van Veeteren rutinerat och trevade efter armbandsuret på nattygsbordet.

– Klockan är halv tolv, upplyste Kluuge. Tänkte vi skulle komma igång, jag har sammankallat dom andra till klockan två… för en liten genomgång, alltså.

Dom andra? tänkte Van Veeteren, men så började han erinra sig nattens händelser och aktörer. En hastig subtraktion gav också vid handen att han knappast kunde ha sovit i mer än fyra timmar, och hur Kluuge kunde låta så förbannat pigg och nyter var förstås en gåta. Att det kunde ha något med ålder och allmän kondition att göra, ville han helst inte fundera över. I varje fall inte just nu. Han harklade sig ännu en gång.

– Det är bra, sa han.

– På polisstationen, alltså, fortsatte Kluuge. Det är en sak jag skulle vilja… ta upp med kommissarien först, bara.

– Jaha? sa Van Veeteren.

Det blev tyst i luren några sekunder.

– Jag vet inte riktigt hur jag ska säga, men det är det här med ansvar och så…

– Ansvar?

– Ja, jag menar vem som ska hålla i utredningen... det är klart att kommissarien har mest erfarenhet och allt sådant, men jag tänkte ändå föreslå att jag får sköta det. Jag är ju tillförordnad polismästare, och det faller inom mitt område, så att säga...

Utmärkt, tänkte kommissarien. Fortsätt, unge man!

– ... så om kommissarien inte misstycker?

– Naturligtvis inte, sa Van Veeteren.

– Och jag tycker det vore synd att störa Malijsen mitt i ledigheten.

– Håller jag med om, sa kommissarien.

Till hundra procent, tänkte han.

– Jag ser förstås gärna att kommissarien stannar kvar och hjälper till... med er erfarenhet och allt.

– Självklart, sa Van Veeteren. Vi behöver inte orda mer om saken. Var det klockan två polismästarn sa?

– Klockan två, bekräftade Kluuge. Sedan har jag utlyst en presskonferens till halv fem. Jag vore tacksam om kommissarien kunde vara med då också.

– Den som lever får se, sa Van Veeteren. Det har inte hänt nånting väsentligt under förmiddagen, då?

– Inte mycket, sa Kluuge. Kvinnorna är isolerade på Volgershuus, som vi sa, och ungarna är kvar ute i Waldingen. Polissystrarna har fått avlösning och två psykologer kommer nu vid ettiden.

– Och ingen har sagt nåt?

– Nej. Än så länge tiger dom. Vi måste kanske diskutera hur vi ska bära oss åt med förhören i fortsättningen. Eller vad tror kommissarien? Det verkar ju lite kinkigt...

– Förvisso, suckade Van Veeteren. Fast förhoppningsvis är det bara en tidsfråga.

– Kanske det, sa Kluuge. Måste väl vara lättare att knäcka en tonårsjänta än nån av dom här galna kvinnorna i alla fall.

– Var försiktig med orden, varnade kommissarien. Kan vara bra att tänka på inför journalisterna, om inte annat. Dom tycker om att citera. Tiga kan vara guld ibland, inte bara för sekterister.

– Okej, sa Kluuge. Jag ska lägga det på minnet. Vi ses om ett par timmar, då.

– Det gör vi, sa Van Veeteren.

– Tack, sa Kluuge ännu en gång.

Galna kvinnor? tänkte kommissarien när han lagt på.

Han tyckte inte om det, men om det var själva företeelsen eller aspirantens ordval som borde brännmärkas kunde han inte riktigt göra klart för sig.

Åskvädret kom från sydväst, från Waldingenhållet, och medan han åt sin kombinerade frukost-lunch ute på terrassen, kunde han iaktta hur det hastigt växte in över skogsranden på andra sidan sjön. Blixtarna och mullret pågick en god stund, innan de första tunga dropparna landade på det korrugerade plasttaket och temperaturen i ett enda slag sjönk med gott och väl tio grader.

Skyfallet pågick sedan i knappt femton minuter, men när det var som starkast tycktes honom den tidigare så förrädiskt lugna vattenspegeln nedanför hotellet förvandlad till rena häxkitteln, och sjöns bortre stränder förlorade sig bakom en vägg av sjudande och piskande vattenmassor.

Elementens raseri, tänkte kommissarien. Jojo.

När det var över hade han just skrivit under notan och han kände hur luften med ens var möjlig att andas igen. I stora sjok. Efter en veckas kvalmig syrebrist i hjärnan verkade det plötsligt möjligt både att tänka en klar tanke och att hålla den kvar.

Jag är nog inte riktigt gjord för Medelhavet ändå, konstaterade han bistert och lämnade bordet.

Vad det tunga regnet måste ha betytt för spårhundarna

ute i Waldingen, kunde det heller knappast råda något tvivel om. I den mån det funnits några tecken därute i skogen, så inte hade de blivit lättare att tyda efter ett regn som det här.

Gudarna leker, slog det honom. Ryck i trådarna, så piruetterar vi lydigt. Spola rent med regnet, så står vi där med våra tvättade halsar.

Med sin handtagslösa portfölj under armen och två tandpetare vandrande runt i munnen började han promenera in mot samhället och Kleinmarckt. Försökte undvika rännilarna och strömmarna, men vägbrunnarna var inte dimensionerade för att ta hand om hur stora vattenmassor som helst och innan han ens passerat Florian's var han blöt långt upp på smalbenen. Det var dock ingen särskilt obehaglig företeelse, noterade han förvånat – lätt vederkvickande snarare, och med en känsla av klarhet och koncentration kunde han några minuter senare kliva in på Sorbinowos polisstation. Redo att ta itu med både det ena och det andra.

Vi kommer att lösa den här skiten också, tänkte han. Förr eller senare.

# 17

Servinus och Suijderbeck hade uppenbarligen fått förlängd kommendering. De satt bredvid varandra under oljemålningen av Malijsens företrädare – en viss J. Stagge – och Van Veeteren förstod omedelbart att de hade ännu färre sovtimmar i kroppen än han själv. Kanske inga alls. Man hade skilts åt ute vid kolonin någon gång vid sextiden på morgonen, och det var inte omöjligt att de varit igång ända sedan dess. Intendent Suijderbeck halvlåg i sitt hörn med ena benet utsträckt framför sig i en egendomlig, strak vinkel och först nu upptäckte kommissarien att han hade något slags protes. Från en punkt strax under knät, antagligen; nog måste det tyda på en viss oskärpa att han inte lagt märke till det under hela natten.

För övrigt kunde han inte erinra sig att han någonsin tidigare stött på en kriminalpolis med träben, och han undrade lite vagt vilka omständigheter som låg bakom. Förmodligen inga trevliga, och det var knappast rätt tillfälle att utreda saken just nu.

Vid bordets bortre ände satt Kluuge med ett stort anteckningsblock uppslaget framför sig. Han såg lika vältrimmad ut som han låtit i telefon, och Van Veeteren förstod att metamorfosen höll i sig. Han nickade godmorgon och satte sig på den enda lediga stolen.

– Godmiddag, sa Kluuge. Jaha, då kan vi börja.

– Är det här hela styrkan? frågade kommissarien.

Kluuge skakade på huvudet.

– Nej. Vi har två kolleger ute i Waldingen också. Kvinnliga inspektörer från Haaldam. Och så Matthorst bor a på Wolgershuus för att hålla koll på fruntimren... ja, den där patrullen är väl fortfarande ute och letar i skogen också, men dom kommer att vara klara ikväll, antagligen.

– Antagligen, ja, sa Van Veeteren och betraktade sina våta skor.

– Ska vi dra igenom läget, föreslog Suijderbeck och kvävde en gäspning. Måste få sova ett par timmar snart. Jag antar att vi blir kvar här några dagar, eller vad tror du?

Han kastade en blick på kollegan i soffan.

– Mm, sa Servinus och gäspade han också. Tänker i alla fall inte sätta mig i bilen och köra tillbaka till Remborg just nu. Jäkla historia det här, är det inte?

– Precis, återtog Kluuge. Jag tror vi börjar med det vetenskapliga, eller vad säger ni? Flickan heter alltså Clarissa Heerenmacht och hon mördades efter vad vi vet någon gång på söndagskvällen... i förrgår, med andra ord. Alla spår av rigor mortis var borta när jag hittade henne, så inte senare än klockan tjugotvå, säger läkaren. Förmodligen inte före sex heller, men det vet vi inte säkert än. Hur dags var det kommissarien pratade med henne?

– Tvåtiden, sa Van Veeteren.

– Ganska grovt sexuellt våld mot underlivet, fortsatte Kluuge. Strypt genom hårt och långvarigt tryck mot struphuvudet, sannolikt på någon annan plats än den där hon låg. Inga kläder har återfunnits. Inga fingeravtryck på kroppen heller... tja, det är väl vad som kommit fram hittills i stort sett. Har ni några kommentarer?

– Våld mot underlivet...? sa Suijderbeck. Det är med andra ord inte säkert att det är fråga om en vanlig våldtäkt. Tror vi ska ha det i åtanke.

Van Veeteren nickade. Kluuge skrev någonting i sitt block.

– Vad vill du ha sagt med det? undrade Servinus och såg skeptisk ut.

– Vet inte, sa Suijderbeck. Tycker det kan vara värt att notera, bara.

Han fick upp ett paket cigarretter och såg sig frågande omkring. Kluuge nickade och plockade fram en askkopp. Van Veeteren tecknade att han inte hade något emot att bli bjuden.

– Har du fått tag på föräldrarna? frågade kommissarien efter att ha dragit ett djupt halsbloss.

– Nej, sa Kluuge. Någon pappa finns inte, för övrigt. Nuförtiden, alltså. Mamman befinner sig på en bussresa i Indien, lär nog dröja innan vi får kontakt med henne. Men den här mostern är på väg hit, vi hade tur som fick tag på henne i alla fall.

– Tur? sa Suijderbeck. Varför då?

Bra fråga, tänkte Van Veeteren. Kluuge tvekade.

– Tja, identifikationen om inte annat... det ska visst vara en anhörig för att det ska gå rätt till.

– Jaja, sa Servinus och rätade upp sig i soffan. Den detaljen löser sig nog. Men är det inte på tiden att ni försöker sätta oss in i den här soppan. Känns som att famla i blindo en smula, måste jag säga...

– Naturligtvis, sa Kluuge. Det var lite mycket inatt, bara. Tja, vad ska man säga? Det började alltså för en vecka sedan med den här anonyma kvinnan i telefon...

Van Veeteren lutade sig tillbaka och blundade medan Kluuge rekapitulerade förhistorien för kollegerna från Rembork. Försökte stänga av hörseln och började istället fundera över hur många gånger han egentligen suttit i ett sådant här sammanhang under sina år som kriminalpolis.

Alla dessa år.

Måste ha varit hundratals och åter hundratals tillfällen, men han insåg att det nog ändå inte vore någon omöjlighet att återkalla vart och ett av dem. Fall för fall. Åtminstone inte om tid gåves... för det vilade något mycket speciellt över dessa spelöppningar, tänkte han; någonting nästan unikt... i detta tidiga skede, där ännu det mesta av den logiska struktur som alltid fanns bakom varje våldsgärning – bakom de flesta andra mänskliga göranden och låtanden också, förstås – låg fördold och oåtkomlig. Kamouflerad och förklädd.

Fast kanske var spelöppning alldeles fel ord i sammanhanget, slog det honom. Var det inte tvärtom, snarare? Det enda man satt inne med var ju det sista draget, och vad det egentligen var fråga om, var förstås att utifrån slutställningen – med den inringade och mattställda kungen (den mördade läroverksadjunkten, den förgiftade resaturangägaren, den strypta och våldtagna flickan...) i blickpunkten – rekonstruera hela partiet.

Tills man slutligen lyckats skingra så mycket av krutröken och dimmorna över brädet, alltså, att man insåg vad tusan det var som hade hänt. Och varför det hänt.

Och så – till syvende og sidst – höja blicken och identifiera motståndaren på andra sidan av bordet.

Gärningsmannen.

Hm, tänkte han. Lite överarbetat kanske, men ändå ingen dålig bild av hur det kunde te sig, detta som varit hans kall på jorden. Han gjorde en minnesanteckning om att väga och värdera resonemanget, när det nu blev dags för dessa... dessa memoarer, som han tydligen fick allt svårare att inte återkomma till i tankarna. Märkligt, onekligen, hur ofta de dykt upp på sistone. Var det bara en slump och en tillfällighet, eller var det någonting mer? En fingervisning? Dags att ta sin mats ur skolan, som sagt?

– Men, för tusan, avbröt Servinus hans tankar. Det innebär ju att det kan finnas en till!

Van Veeteren öppnade ögonen. Servinus hade skjutit upp

axlarna så att det såg ut som om han satt och frös. Suijderbeck stirrade upp i taket. Kluuge hade lutat sig tillbaka och föreföll klar med informationen.

– Exakt, sa kommissarien och harklade sig. Det finns en del som talar för att hon är i gott sällskap.

– Fy fan, sa Suijderbeck.

– Och dom tiger fortfarande, alltså? frågade Van Veeteren och bröt av en tandpetare.

Kluuge nickade.

– Både systrarna och ungarna. Det är antagligen precis som kommissarien sa, att man tutat i dom att det är något slags prövning dom går igenom. För att komma in i församlingen eller himlen eller vad tusan som helst... det gäller för dom att visa sig starka och inte samarbeta med oss på några villkor. Antagligen har dom hjärntvättat dom ordentligt och lovat dom både det ena och det andra, om dom bara är duktiga och håller käften.

– Evigt liv kanske, föreslog Servinus.

– Vi och dom? sa Suijderbeck.

Kluuge nickade igen.

– Ungefär, sa kommissarien. Det här är den avgörande striden. Det Rena Livet versus Den Andra Världen.

– Va? sa Servinus.

Van Veeteren ryckte på axlarna.

– Tja, dom lever i dom kategorierna. Dom värsta grillerna går förmodligen över efter några dagar... i brist på näring, om inte annat, men det är bara min bedömning.

– Så kommissarien tycker vi ska nöja oss med att vänta ut dom? frågade Kluuge.

Van Veeteren kliade sig i huvudet och funderade några sekunder innan han svarade.

– Jag vet inte, sa han. Kanske finns det en och annan uppiskare bland dom själva också. Vi kan ju alltid hålla ögonen öppna och isolera ledartyperna. Den här Belle Moulder, till exempel.

Kluuge antecknade. Servinus suckade tungt och gnuggade grus ur ögonen.

– Är det så lyckat att hålla dom kvar där? undrade han. Eller möjligt, förresten? Hela historien måste ju komma i tidningarna ikväll och imorgon bitti, så föräldrarna kommer väl farande snart... det har väl redan varit nåt på radion, förresten?

– Det är ett problem, erkände Kluuge. Fast vi har ju ändå ordnat med det praktiska. Så dom kan stanna några dagar, åtminstone... mat och sådant.

– Dom är förstås såna där wackoos, dom också, fortsatte Servinus. Föräldrarna, alltså.

– Wackoos? sa Kluuge.

– Får, förtydligade Servinus. Bräker hellre än tänker.

– Klart som fan att nån av dom börjar prata snart, sa Suijderbeck irriterat. Dom vet ju att en av deras kamrater blivit mördad... kanske två till och med. Dom är väl inte dummare än att dom inser att... att...

– Ja, vadå? sufflerade kommissarien.

– Fan, sa Suijderbeck. Jag är så trött att jag börjar se dubbelt. Ni menar alltså på fullt allvar att den här Jellnek...

– Jellinek, sa Kluuge.

– ... att den här Jellineks karisma är så förbannat stark att han kan lägga munkavle på tre älskarinnor och ett dussin tonårsjäntor, medan han själv helt sonika lämnar brottsplatsen och sätter sig i säkerhet! Otroligt, det kommer jag att tycka när jag är vaken också!

– Hm, sa Kluuge. Ja, jag vet inte. Men det verkar vara en rätt konstig sekt, det är nog lika bra att vi har det klart för oss.

– Allright, suckade Suijderbeck. Det kanske är som ni säger. Vad fan ska vi göra då?

– Hm, upprepade Kluuge och såg på klockan. Först ska vi klara av presskonferensen, sedan finns det väl inte så mycket att välja på, antar jag. Förhöra dom och förhöra dom tills dom spricker, både flickorna och damerna på Wolgershuus... eller tills nån av dom spricker i alla fall. Vad säger kommissarien?

Van Veeteren reste sig och gick fram till fönstret. Vände ryggen åt de andra, medan han blickade ut mot den oroliga himlen och vägde på hälar och tår.

– Jo, sa han efter en stund. Naturligtvis ska vi förhöra dom medan vi väntar. Sedan får vi förstås inte glömma bort att fråga oss vad i hela friden det är som har hänt därute. Eller vad vi tror har hänt, åtminstone. Personligen har jag mina dubier.

– Va? sa Kluuge. Vad menar kommissarien med det?

Men han fick inget svar. Den famöse kriminalkommissarien stod där han stod och gungade fram och tillbaka med händerna på ryggen. Suijderbeck tände just sin fjärde cigarrett på en halvtimme och Servinus hade lutat sig tillbaka och sov med öppen mun.

Usch, tänkte aspirant Kluuge. Inget lätt jobb att hålla i en mordutredning. Det kräver sin man, onekligen.

# 18

Han hade lagt ner en viss omsorg på utrustningen, ändå var det uppenbarligen inte tillfyllest. Åtminstone inte i allas ögon.

– Ska ni ha med er det där? frågade den kortstubbade unge mannen i smörgul träningsdress.

– Javisst, sa Van Veeteren. Möter det några hinder?

– Nej, naturligtvis inte. Men kuddar och ett paraply.. ?

– Parasoll, rättade kommissarien. Skydd mot solen. Som ni kanske ser verkar det bli en het dag idag också. Kuddarna är för rygg och nacke, jag råkar veta hur förbannat obekvämt det är att sitta rakt upp och ner i en kanot, och jag tänker vara borta hela dagen. Nå, hyr ni ut eller hyr ni inte ut?

– Självfallet, nickade ynglingen medan en klädsam rodnad sköt upp ur det smörgula. Ursäkta... ja, vilken vill ni ha? Priset är 30 gulden per dag plus 100 i depositionsavgift.

Van Veeteren tog upp plånboken och betalade.

– Den där, sa han och pekade på en av de röda kanadensarna som låg prydligt uppstaplade invid båthuset. Ju bredare, desto bättre.

Den unge mannen lyfte för egen maskin ner farkosten i vattnet och höll sedan fast den intill bryggan medan kommissarien lastade i kuddar, portfölj och paraply. Och slutligen sig själv. Under en vinglig sekund, innan han dunsat ner på durken, trodde han att det skulle gå över styr, men när han väl kommit till rätta med kuddarna bakom ryggen, nickade han belåtet åt uthyraren och fick en behaglig skjuts ut över den spegelblanka vattenytan.

Inte illa, tänkte han och började försiktigt paddla iväg utefter den alklädda stranden. Sannerligen inte illa.

Österut, det var så han planerat. Motströms ut, medströms hem. Fast i denna stilla morgontimme gled kanoten fram så motståndslöst att han tvivlade på att här fanns några strömmar alls. Nåja, det skulle väl märkas när han kom in i lite trängre farvatten, antagligen.

Han paddlade hundra tag innan han gjorde en paus och såg på klockan. Kvart i nio. Carpe diem! tänkte han. Stack ner handen i det svala vattnet och sköljde ansiktet. Tog av skjorta och skor och satte igång igen. Lugnt och rytmiskt. Ännu låg temperaturen bara på runt tjugo grader, gissningsvis, men det rådde förstås inget tvivel om – precis som han förklarat för den gule ynglingen – att det skulle bli en het dag. Ännu en. Men något drägligare sätt att tillbringa den på, ja, det kunde man väl knappast önska sig?

Stackars Kluuge, tänkte han i ett anfall av generositet och medkänsla.

Men är man bara konsult, så är man.

I portföljen medförde han – förutom tidningar och tandpetare – två flaskor mineralvatten, en påse färska småbröd (från bageriet som låg vägg i vägg med Grimm's) samt några tomater. Det var allt. Inga öl, inga cigarretter.

För det var tänkt att bli en sådan dag. En dag då man får saker och ting gjorda och ändå känner sig yngre när man går och lägger sig på kvällen än man gjorde när man steg upp på morgonen. Som någon vis person – förmodligen inte Reinhart – uttryckt det någon gång.

Det var också tänkt att bli en dag då han i lugn och ro – i splendid isolation, rentav – skulle få möjlighet att skärskåda vad i helsike det var som hade hänt därborta i Waldingen.

Framförallt en sådan dag.

Väga premisserna, således, vilka de nu var, och se vilka slutsatser som gick att dra. Eller vilka vägar det kunde vara värt att ge sig in på, åtminstone.

Försöka hålla sig anspråkslös och lyssna efter intuitionens röst, kanske; den hade sannerligen inte varit särskilt tydlig så här långt, men i och för sig: om han räknade måndagen – då de hittat kroppen efter Clarissa Heerenmacht – som dag nummer ett, så var det ju faktiskt bara den tredje dagens morgon ännu så länge. Om han å andra sidan utgick från sin egen ankomst till Sorbinowo, så måste han förstås erkänna att det snart gått en vecka.

Så det borde kanske vara lite mer än en from förhoppning att han skulle komma fram till ett och annat under en dag på de mörka vattnen. Hitta en ingång och rensa tankarna från ovidkommande bråte och fördomar?

Tänkte kommissarien medan han arbetade med paddeln. Ömsom höger, ömsom vänster. Han var tvungen att skifta; det var lite för svårt, det där styrdraget han lärt sig en gång i tiden, men vad fan, det var väl ingen uppvisning heller.

Det var först sedan han kommit ett gott stycke upp utefter floden, och strömmen onekligen kändes en del, som han började rikta sin odelade uppmärksamhet inåt. Mot fallet.

Clarissa Heerenmacht. Waldingen.

Det Rena Livet. Den anonyma kvinnan.

Mördaren?

Han slog av på takten; nöjde sig med ett och annat förstrött paddeltag för att åtminstone inte glida bakåt längs de skogiga stränderna. Det var natur här, ingen bebyggelse. Bara snårig barrskog med stänk av al och asp, som fortsatte nästan ända ut i vattnet; rottrådar och vältor hängde ut här och var över den avsmalnande floden, glest mellan broarna... på bara en timme hade han kommit ut i något som nästan kunde förtjäna beteckningen vildmark, och han förstod ännu tydligare vilken lockelse Sorbinoworegionen måste ha på friluftsmänniskor av alla kategorier.

Men nog av skogsluft och naturromantik nu! Fallet. Koncentration.

Han började med gårdagen. Tvingade tankarna tillbaka till presskonferensen, som han måste erkänna att Kluuge skött med den äran. Kopplingen mellan mordet och Det Rena Livet hade tonats ner till ett minimum – Clarissa Heerenmacht var en av flickorna som vistats på lägret, hon hade lämnat området under okända omständigheter och sedan hittats död ute i skogen. Det var allt.

Inga spår. Inga ledtrådar. Inte ett ord om några anonyma telefonpåringningar.

Och inga direkta riktlinjer eller teorier att arbeta efter. Ännu så länge. Men stora personalinsatser och man gjorde vad man kunde... och en viss förtegenhet kanske herrar journalister kunde ha förståelse för så här i inledningsskedet? Förlåt, damer journalister också, naturligtvis.

Etcetera. Det hade varit över på tjugofem minuter och han själv hade inte behövt ta till orda vid mer än två tillfällen. Ett gott betyg till Kluuge, onekligen, i synnerhet om man beaktade att både Servinus och Suijderbeck varit alltför trötta för att ens orka öppna munnen. Mer än när de behövde gäspa.

Innan han gav sig iväg nu på morgonen hade han ögnat igenom de två tidningar som han också tagit med sig i portföljen. Naturligtvis ägnades mordet utrymme – konstellationen sommar-mord-ung flicka hade nu en gång för alla en viss tyngd, ändå fanns där en tydlig moderation. Man höll igen, helt enkelt. Skulle förstås bli värre i kvällspressen, men han tvivlade på att han själv skulle ha lyckats särskilt mycket bättre än vad Kluuge gjort.

Och det viktigaste av allt, förmodligen: inte ett ord om Jellineks försvinnade, om de tigande kvinnorna och konfirmanderna – av den enkla anledningen att Kluuge inte berättat något. Naturligtvis var det bara en tidsfråga innan dessa omständigheter ändå läckte ut, men det gällde att få så många timmar – gärna dagar – som möjligt dessförinnan.

Och allra helst: bryta tystnaden innan tidningarna hann få upp ögonen för den.

När han tänkte efter, märkte han att han inte riktigt kunde göra klart för sig varför dessa överväganden kändes så viktiga; detta att ändå skydda både den här förbannade profeten och hans tigande församling från världens ögon.

Varför?

Något vidare hållbart svar dök inte upp; ingenting annat än en intuitivt uppfordrande känsla av plikt, som förvisso inte rimmade ett dugg med vad han egentligen tyckte om hela anhanget, men som icke desto mindre tycktes honom obestridlig.

Ett slags brytpunkt antagligen, trodde han. Inte olik den där förfärliga rävsaxen polisen brukade sitta i när det gällde att skydda nazistvalpar från motdemonstranter. För det var naturligtvis inte bra om skinnskallarna blev misshandlade och kanske ihjälslagna medan polisen stod och petade naglarna bakom hörnet.

Eller?

Hursomhelst tyckte han illa om att tänka på Det Rena Livet. Så fort han började fundera över det där med Försakelse och Renhet och över de aningslösa flickungarna, fanns vämjelsen där och han märkte att han bara ville skjuta det ifrån sig. Ville inte veta, ens.

Så varför inte låta murvlarna hugga för sig? Varför inte låta fromlarna schavottera?

Allright, tänkte han. Måste vara min modersinstinkt som firar triumfer igen.

Eller var det bara så att han förstod att allmänhetens och massmedias inblandning i detta religiösa bakvatten skulle bli alldeles outhärdlig? Både ur moralisk och utredningsteknisk synvinkel. Kanske en troligare förklaring, när allt kom omkring.

Efter dessa humanistiska överväganden – och stärkt av en närmast klinisk systematik så långt – bestämde han sig för att övergå till själva huvudproblemet.

Vem hade mördat Clarissa Heerenmacht? Och varför?

Plötsligt kom bilden av hennes kropp för honom igen. Rampljuset ute i den mörka skogen. Hennes bleka hud. Marmoreringarna och blodet. Han mindes att hon inte ens nått fram till sin trettonde födelsedag och han kände hur vanmakten vaknade igen.

Fan, tänkte han och sköljde ansiktet med klart, kallt vatten. Jag skulle inte ha brytt mig om att titta på henne. Skulle ha låtit bli. Min kvot av lidande – andras lidande – är fylld.

Kanske dags att ligga stilla en stund, bestämde han sedan för att skingra dysterheten. Behöver väl inte ta mig ända in i mörkrets hjärta.

Efter ett visst besvär lyckades han tjudra kanadensaren genom att kila in den under ett utskjutande rotparti. Den vickade visserligen både hit och dit i strömmarna, men tycktes ändå sitta någorlunda fast. Han fällde upp paraplyet mot den allt hetare solen. Drack en halv flaska mineralvatten och åt ett bröd. Justerade kuddarnas läge och lade sig till rätta. Väntade sedan under någon minut på att en någorlunda preciserad och utvecklingsbar frågeställning skulle dyka upp, men det enda som inställde sig var samma gamla undran:

Vad i helvete är det frågan om?

Inte särskilt preciserat, det var han den förste att skriva under på.

I tur och ordning, ändå.

För det första: En okänd kvinna ringer och rapporterar ett

försvinnande. När hon tycker att polisens insatser är för sega, ringer hon en gång till.

Fråga: Vem är hon?

Ännu en fråga: Varför ringer hon?

Han låg stilla en lång stund utan att röra så mycket som ett finger, medan han lät dessa frågor vandra fram och tillbaka i medvetandet. I synnerhet den andra – Vad tusan hade hon för motiv för att ringa till polisen? – men till slut gav han upp. Inga svar skymtade och inga oväntade reflektioner inställde sig.

För det andra: Fyra dagar senare hör samma kvinna av sig igen. Ger detaljerade anvisningar om var en mördad flicka står att finna. Aspirant Kluuge följer anvisningarna och hittar den stackars Clarissa Heerenmacht, knappt tretton år gammal, deltagare i Waldingenlägret... våldtagen, strypt, död. (Men vid liv så sent som dagen före – på söndagseftermiddagen – då han själv suttit och frågat ut henne om seder och bruk hos sekten Det Rena Livet).

Slutsats ett: Om den anonyma kvinnan talat sanning även vid de första två tillfällena, kunde det inte ha varit Clarissa Heerenmacht hon avsett.

Slutsats två: Det verkade inte alldeles osannolikt att det fanns ännu ett flicklik i skogarna runt Waldingen.

Satan också, tänkte kommissarien och tog en tomat. Måste hålla det på distans. Vidare?

För det... han räknade efter... tredje: Oscar Jellinek – profet och andlig herde för avgrundssekten Det Rena Livet – går upp i rök i samband med Clarissa Heerenmachts död, efter att först ha tubbat hela sin fårskock – såväl tackor som lammungar – till tystnad. Slutsats?

Slutsats? tänkte Van Veeteren. Ja, vad fan då?

Han blundade och försökte på nytt hålla sig öppen för vilka tankar som komma månde, men det enda som inställde sig var ett frågetecken.

Så småningom dock två stycken – infantilt förenklade – alternativ.

Nummer ett: Oscar Jellinek hade våldtagit och mördat Clarissa Heerenmacht (samt eventuellt ytterligare någon eller några av sina unga konfirmander), och sedan flytt fältet för att undkomma rättvisan och räkenskapen.

Nummer två: Jellinek hade ingenting med flickans död att skaffa, men hade valt att gå under jorden hellre än att utsätta sig för de förhör och trakasserier som han förstod var oundvikliga i det uppkomna läget.

Kommentar till nummer två: Jellinek var en feg skitstövel. Stämde för övrigt bra med tidigare observationer.

Följdkonstaterande till nummer två: Jellinek måste ha vetat om mordet på Clarissa Heerenmacht innan polisen fick reda på det!

Kommissarien blundade. Fel, tänkte han. Det kunde förstås räcka med att han visste om att hon försvunnit.

Fast nog var hela resonemanget en infantil förenkling, som sagt. Tunt och hållbart som en såpbubbla, ungefär. Han suckade. Bestämde sig för att byta spår. Systematik i all ära, men kanske kunde det vara tid för lite friare funderingar.

Men innan kommissarien kunde gripa sig an dessa, märkte han att han mycket snart skulle stå inför en helt annan typ av problem:

Hur? tänkte han. Hur – i denna den bästa av världar – pinkar man från en kanot? Förbannade mineralvatten!

Under resten av dagen – i synnerhet under återfärden – funderade kommissarie Van Veeteren mest över det där med inre landskap.

Över vad det kunde vara som rörde sig bakom dessa kvinnors – Madeleine Zanders, Ulriche Fischers och Mathilde Ubrechts – nollställda och uttryckslösa ansikten. Och vad som kunde finnas inuti dessa sammanbitna tonårsflickor.

Samt över hur länge det skulle hålla.

Under gårdagskvällen hade han besökt både kolonin och mentalvårdsinrättningen där kvinnorna hölls inlåsta och åtskilda. Hade själv inte brytt sig om att attackera muren av tystnad, bara suttit med och iakttagit både när Kluuge och Remborkkriminalarna försökte bryta igenom. Det hade inte varit någon heltigenom omistlig upplevelse, men naturligtvis var det väl som aspiranten påpekat – att sannolikt skulle någon av flickorna spricka först.

Det var dock svårt att bortse från det oetiska i hela situationen. I varje fall hade han själv svårt att göra det... känslan av smutsigt och tvivelaktigt hantverk var stark och ofrånkomlig. Vad gällde småflickorna, vill säga. Visst ingick det väl i polisens roll att ibland ta på sig både det ena och det andra, men att utsätta minderåriga för regelrätta förhör i akt och mening att få dem att svika ett heligt löfte – och mer eller mindre avsäga sig sin tro – ja, nog innebar det att tänja rätt så mycket på gränserna.

Låt vara att Jellinek var galen. Låt vara Det Rena Livets obskyra läror. Låt vara mordet. Det var ändå ett inre landskap man avsåg att krossa, och nog fan skulle det komma att behövas skyddsnät, alltid.

När alla dessa vilseförda vaknade upp. För nog skulle de väl vakna?

Kanske var ändå oskrivet bäst, garderade han sig.

Med de inlåsta kvinnorna förhöll det sig förstås lite annorlunda. Han skulle inte ha haft någonting emot att grilla dem en smula; det var väl heller inte uteslutet att han fick tillfälle att ge dem en omgång under kvällen – Servinus och Suijderbeck hade tagit på sig att förhöra dem under dagen, och ju mindre vilopauser man tillät dem, desto bättre, antagligen.

En ännu mer tilltalande tanke var förstås att få sätta sig

öga mot öga med Jellinek själv. I egen regi den här gången. På hemmaplan, så att säga – över ett rankigt masonitbord i den skitigaste och mest illaluktande arrestlokal som stod att uppbringa. Spänna blicken i honom och ta i med hårdhandskarna.

Men nu var det ju som det var. Det fanns ingen Jellinek till hands. Det fanns bara fjorton moltigande vittnen. Inga öppningar. Inga trådar.

I alla händelser skulle han ha velat vandra en stund i de där inre landskapen. Det kunde ha lärt honom en del.

Människan är outgrundlig, tänkte han.

Det är därför vi kan förstå henne, tillade han efter några sekunders paddlande.

När kommissarien smidigt och elegant lade till vid bryggan nedanför Grimms hotell, hade han varit borta i över sju timmar, och vad gällde själva grundfrågorna – Vem? och Varför? – hade han väl också därvidlag kommit tillbaka till i stort sett samma punkt.

Däremot hade han bestämt sig för en viss linje. Eller vissa möten, snarare – människor han gärna skulle vilja byta ord med och ställa en eller annan ganska specifik fråga till.

Under förutsättning att det gick att få tag i folk under den här årstiden, vill säga. Det var förstås långt ifrån givet.

Den kortstubbade ynglingen hade bytt om till grön sparkdräkt, eller också var det en annan yngling helt och hållet. Kommissarien tog sig torrskodd i land och förklarade sig nöjd med både farkost och färdvägar. Därefter gick han direkt upp till serveringen och beställde en mörk öl.

Vill inte känna mig flera årtionden yngre än i morse, tänkte han och köpte också ett paket West.

Fröken Wandermeijk – unge herr Grimms trolovade, om han förstått saken rätt – kom inte bara med ölen. Det var ett meddelande från Kluuge också. Det hade kommit för tio minuter sedan, och gav vid handen att ett litet genombrott hade ägt rum.

Mer gick inte att utläsa. Kluuge hade tydligen lärt sig att vara en smula mer återhållsam i sin korrespondens, vilket naturligtvis – även detta – måste ses som ett steg i rätt riktning. Kommissarien stoppade faxet i bakfickan, men valde att avnjuta både öl och cigarrett innan han ringde till polisstationen.

– Kluuge här.

– Det är jag, förklarade kommissarien. Nå?

– En av flickorna har börjat prata, sa Kluuge.

– Utmärkt, sa kommissarien. Vad säger hon?

– Jag vet inte, sa Kluuge. Hon är på väg hit just nu med inspektör Lauremaa.

– Förträffligt, sa Van Veeteren. Jag kommer. Slarva inte bort henne.

# 19

När Van Veeteren steg in i polismästarrummet hade transporten utifrån Waldingen ännu inte ankommit. Kluuge satt bakom skrivbordet i ljusblå tennisträja och brunbrända armar, men det undgick inte kommissarien att han såg både äldre och tröttare ut.

– En hård dag? frågade han och slog sig ner i soffan.

Kluuge nickade.

– Jävla röra därute, förklarade han. Dom där psykologerna måste vi snart göra nånting åt. Uppträder som försvarsadvokater och bodyguards så fort vi kommer i närheten av tjejerna... man börjar ju undra på vems sida dom står, egentligen.

– Känner igen fenomenet, sa Van Veeteren. Hur är det med föräldrarna, då? Har dom börjat strömma in än?

– Nej, faktiskt inte. Kluuge reste sig och började torka sig med en våtservett i pannan. Inte än. Fyra stycken har hört av sig, men vi säger att läget är under kontroll och att vi vill hålla kvar flickorna några dagar till, åtminstone... dom vill ju inte hem, för övrigt.

– Jaså?

– Verkar ingå i det heliga löftet, eller vad tusan det är frågan om... att dom stannar kvar, alltså. Ja, inte vet jag, men vi får väl se vad det innebär nu när en av dom börjat snacka.

– Mhm, muttrade kommissarien och inspekterade en tandpetare. Vad heter hon?

Kluuge kastade servetten i skräpkorgen och konsulterade ett papper.

– Marieke Bergson. Jag var inte där, det var Lauremaa som ringde… för en timme sen, ungefär.

Han tittade på klockan.

– Förstår inte varför dom dröjer.

– Du vet inte vad hon har sagt?

Kluuge skakade på huvudet.

– Inte en aning. Ska vi ha kaffe?

– Tycker jag nog, sa kommissarien. Vore kanske en idé med lite coca-cola och sånt också. Och vad nu Den Andra Världen har att erbjuda…

Kluuge nickade och lämnade rummet för att delegera matfrågan till fröken Miller. Van Veeteren stoppade in tandpetaren och väntade.

Flickan som hette Marieke Bergson var blek och rödgråten.

När hon kom in i rummet tillsammans med inspektör Elaine Lauremaa från Haaldampolisen – samt en bister men välklädd barnpsykolog med sitt namn, Hertha Baumgartner, fasttejpat på bröstet – fick kommissarien en hastig association till en snattare som just blivit ertappad på bar gärning.

Kanske var det också ungefär så Marieke Bergson kände sig. Hon satte sig försiktigt längst ute på kanten av den anvisade stolen, knöt händerna i knät och betraktade intensivt sina röda gymnastikskor.

Lauremaa satte sig bredvid Van Veeteren. Psykologen ställde sig bakom flickan med händerna på stolsryggen och lät blicken vandra mellan de övriga medan hon kisade skeptiskt och bet ihop läpparna till ett tunt streck.

Kluuge harklade sig två gånger och presenterade alla för varandra. Det tog tio sekunder. Därefter blev det tyst i ytterligare fem.

Någon borde säga något, tänkte Van Veeteren, men istället knackade det på dörren och fröken Miller dök upp med kaffe, läskedrycker, chips och en del andra förfriskningar.

– Jag vill att ni tänker på vad ni säger, sa psykologen när fröken Miller försvunnit.

– En god idé, sa Van Veeteren.

– Marieke har fattat ett svårt beslut, hon lever under stark press och egentligen tycker jag inte om att hon skall utsättas för förhör. Jag vill ha det sagt.

Lauremaa suckade. Hon var en ganska kraftig kvinna i fyrtifemårsåldern och kommissarien kände en viss, omedelbar sympati för henne. Förmodligen en kvinna med tre egna barn och sunt förnuft, trodde han. Kanske ingen riktig diplomat, dock.

Kluuge hade ännu inga egna barn, men hällde ändå upp kaffe och föreföll ha återerövrat en smula av sin gamla villrådighet.

Det faller på mig, tänkte Van Veeteren. Lika bra det, förmodligen.

– Kanske går det lite lättare om vi inte är så många, föreslog han.

– Jag stannar vid Mariekes sida, sa psykologen.

Lauremaa och Kluuge bytte ett ögonkast. Så nickade Kluuge bifall och reste sig.

– Jag tror vi spelar in det också, sa kommissarien.

Kluuge och Lauremaa lämnade rummet. Efter en minut var Kluuge tillbaka med en bandspelare.

Så var det dags igen, då, tänkte kommissarien.

– Vad heter du? började han.

– Marieke, svarade flickan utan att se upp.

– Marieke Bergson?

– Ja.

– Är du torr i munnen?

– Ja.

– Drick lite mer coca-cola. Det brukar hjälpa.

Psykologen gav honom en vass blick, men Marieke Bergson gjorde som han sagt och rätade en smula på ryggen.

– Hur gammal är du?

– Tretton.

– Var bor du?

– I Stamberg.

– Och går i sjätte klass?

– Ska börja i sjuan.

– Fast nu har du sommarlov?

– Ja.

– Och är på läger ute i Waldingen?

– Ja.

– Om jag förstått det rätt, så är det nånting du vill berätta för oss.

Inget svar.

– Är det så?

– Ja. Kanske...

– Vill du att jag ska ställa frågor, eller berättar du hellre själv?

– Frågor... tror jag.

– Okej. Ta en bulle till om du vill.

Kommissarien drack själv en klunk kaffe. Flickans ansiktsfärg hade stigit några grader, tyckte han, men psykologen såg alltjämt lika gipsartad ut.

Har väl problem på hemmaplan, bedömde han och tog vid igen.

– Känner du till vad som hänt med en av dina kamrater?

Marieke Bergson nickade.

– Clarissa Heerenmacht, sa kommissarien. Hon är död.

– Ja... Rösten darrade lite.

– Det är någon som har dödat henne. Du förstår väl att vi måste försöka få tag på den som har gjort det?

– Ja. Jag förstår det.

– Vill du hjälpa oss med det?

Ny nickning och lite coca-cola.

– Kan du säga mig varför dina kamrater inte vill hjälpa till?

– Dom sa åt oss det.

– Vilka då?

– Systrarna.

– Dom sa till er att ni skulle vägra svara på polisens frågor?

– Ja, vi skulle inte säga någonting.

– Förklarade dom varför?

– Ja. Det var ett test. Gud skulle testa om vi var starka nog... om vi kunde få fortsätta.

– Fortsätta med vad?

– Jag... jag vet inte.

– Fortsätta vara på lägret?

– Jag tror det.

Marieke Bergson genomfors av en hulkning. Av hennes röda ögon att döma hade hon gråtit en del, och han hoppades att hon fått ur sig så mycket att det skulle gå att hålla henne kvar ovanför ytan. Förmodligen var varken han själv eller psykologkvinnan särskilt skickad att ta hand om ett tonårigt sammanbrott. Han erinrade sig hastigt ett och annat misslyckande från egen fatabur.

– Dom sa alltså att ni skulle bli hemskickade om ni hjälpte oss att hitta mördaren?

– Ja... nej, det var inte så det var menat. Men det blev bara fel, liksom... dom visste väl inte att det hade hänt då i måndags...

– Men dom ändrade sig inte när dom väl visste?

– Nej.

– Du vill inte tillbaka ditut?

– Nej.

Svaret var så svagt att han nätt och jämnt uppfattade det. En viskning så att inte ens Gud skulle höra, tänkte han.

– Hur fick du reda på att Clarissa var död?

Hon tvekade.

– Det var... vi visste ju på söndagskvällen att hon inte var kvar. Hon var inte med på samlingen och inte på middagen, men dom sa ingenting då.

– Ingenting?

– Inte förrän på måndagmorgonen. Då berättade syster Madeleine att hon åkt hem.

– Vänta lite. Kan du komma ihåg när du såg Clarissa sista gången?

Marieke Bergson funderade. Såg rakt på honom för första gången utan att vika undan med blicken, medan hon bet sig i läppen och tycktes räkna efter.

– Det var i söndags, sa hon. På eftermiddagen... vi fick en fritimme, klockan fyra, tror jag det var, och jag vet att hon och några andra gick nere på vägen... ja, vid halv fem, kanske.

– Ni fick en fritimme? frågade Van Veeteren. Ni skulle egentligen ha gjort nånting annat, alltså?

– Ja, vi skulle ha haft gruppspel egentligen.

– Gruppspel?

– Ja. Om budorden.

Van Veeteren nickade. Ändring i programmet, tänkte han. Varför då? Det var mindre än två timmar efter att han själv satt sig i bilen och kört därifrån.

– Och du är säker på att du inte såg henne senare?

Hon tänkte efter igen.

– Ja. Jag såg henne inte efter det.

– Vet du vilka som var med henne?

– Ja... jag tror det.

– Vi tar det sedan, sa Van Veeteren. Du visste alltså att Clarissa inte var kvar på lägret på söndagkvällen... eller åtminstone på måndagmorgonen. När fick du sedan reda på att hon inte åkt hem, utan att hon var död?

– Det var ju... ja, när ni kom och väckte oss och talade om det. Och vi fick titta på henne och det. Fast vi...

– Ja?

– Vi trodde er inte... det var liksom det det gick ut på.

– Men ni såg henne ju?

– Ja.

– Jag förstår inte. Kan du förklara det här lite bättre, tror du?

– Vi hade ju väntat på att ni skulle komma från Den Andra Världen och säga förfärliga saker, det var liksom det som var provet.

– Men du förstod väl att Clarissa verkligen var död?

Marieke Bergson snyftade till.

– Ja, när jag fick se henne visste jag det förstås...

Kommissarien nickade. Det var han själv som insisterat på saken, och även om han sedan tvivlat en del på det nödvändiga i åtgärden, insåg han nu att det förmodligen varit en alldeles riktig bedömning.

Så mycket våld som situationen krävde.

Fast visst tusan var det obegripligt att ingen av flickungarna brutit ihop i samband med konfrontationen. Klockan fem på morgonen, dragna upp ur sängvärmen för att ställas inför anblicken av en mördad kamrat. Visserligen bara ansiktet, men ändå?

Å andra sidan hade han nöjt sig med att låta dem defilera förbi ambulansen och kasta en blick in genom dörrarna. Man hade heller inte satt igång med att fråga ut dem omedelbart. Unnat dem en timmes frukost först. Innerst inne visste han ju att tillställningen också var ett slags hämndaktion riktad mot de knipkäftade systrarna, men kanske kunde det ha sparat ett dygn om man varit ännu hårdare i nyporna?

Hårdare i nyporna? tänkte han. Vad är det jag sitter och dillar om?

– Var det nånting mer? sa psykologen och han förstod att han måste ha förlorat sig i funderingar en stund.

– Javisst, svarade han. Det är mycket mer.

– Finns det en toalett? frågade Marieke Bergson. Jag skulle behöva...

– Där ute, nickade Van Veeteren och stängde av bandspelaren.

När hon återkom, tog hon initiativet direkt.

– Det är det här med Katarina också, sa hon.

– Katarina? sa kommissarien.

– Ja, hon var också på lägret i början, men så en morgon hade hon åkt hem. Hon hade gjort nånting dumt. Vi har varit kompisar sedan i våras...

– Vad heter hon mer?

– Katarina Schwartz. Hon hade sängen bredvid mig.

– Katarina Schwartz, upprepade kommissarien och antecknade. Är hon också från Stamberg?

– Ja.

– Hur gammal?

– Tretton, snart fjorton. Hon flyttade till stan i våras, bodde i Willby innan dess...

– Du har inte hennes adress och telefonnummer?

– Jo.

– Kan du skriva upp det åt mig?

Han sköt block och penna tvärs över bordet. Marieke Bergson antecknade med tungan i mungipan. När hon var klar sköt hon tillbaka blocket; kommissarien betraktade hennes runda, skolflickaktiga bokstäver en stund, innan han fortsatte.

– Nå? Hon hade gjort nånting dumt, sa du. Kan du berätta?

Marieke Bergson tvekade och bet sig i läppen.

– Hon hade svurit åt Jellinek. Hon hade djävulen i kroppen... jag tyckte hon var lite konstig fast jag kände henne, det tyckte dom andra också. Vi skulle låtsas som om hon aldrig varit där.

– Varför då?

– Jag vet inte, men det var nog rätt. Hon hade varit dum, hon hade djävulen och det var bäst att glömma henne. Vi... ja, vi glömde henne också. Jag kom nästan inte ihåg att hon varit på lägret förrän igår, då när...

Hon tystnade. Kommissarien väntade, men det kom inget mer.

– Kan du säga när det var som Katarina Schwartz försvann?

Marieke Bergson räknade efter.

– Två veckor sen, tror jag. Lite mindre, kanske... man tappar liksom räkningen, tiden är inte som vanligt på Waldingen...

Van Veeteren kände plötsligt att han skulle ha velat fortsätta förhöret med den här tonårsflickan i flera timmar, men han förstod att det måste anstå. Det gällde att prioritera, ta reda på det viktigaste först – sedan fick han väl försöka penetrera Det Rena Livets skuggsidor i lugn och ro, när det gavs tid och möjlighet.

– Jellinek, sa han istället. Vet du var Oscar Jellinek är?

Flickan skakade på huvudet.

– Du vet inte?

– Nej.

– När försvann han?

– I förrgår.

– Du är säker?

– Ja. Han var inte där i måndags morse. Han hade kallats bort då.

– Kallats bort?

– Ja.

– Vad menar du med det?

– Herren hade kallat honom till sig och han måste vara borta från lägret några dagar.

Hon drack lite coca-cola och kommissarien slöt ögonen i två sekunder.

– När i måndags?

– På morgonen. Han var inte med på morgonbönen. Syster Ulriche ledde den istället. Sedan berättade dom att Gud hade visat sig för honom under natten och gett honom ett uppdrag. Det var viktigt att vi var starka i tron, och visade oss rena och värdiga medan han var borta…

– Rena och värdiga?

– Ja.

– Jaha… Van Veeteren letade bland orden… och vad betyder det?

– Jag förstår inte, sa Marieke Bergson.

– Inte jag heller, sa kommissarien. Hur gör man när man visar sig ren och värdig?

Psykologen höjde ett varnande finger, och Marieke Bergson såg plötsligt gråtfärdig ut. Vred händerna och betraktade sina skor igen. Van Veeteren skyndade sig att byta spår.

– När såg du Jellinek senast?

– Söndag… söndag kväll, ja.

– Vad gjorde ni då?

– Kvällsbönen. Innan vi gick till sängs, alltså.

– Han sa ingenting om att han skulle vara borta då?

Marieke Bergson såg upp, men sänkte blicken igen.

– Nej, det var sen på natten han träffade Gud, det har jag ju sagt…men Clarissa var ju borta. Vi undrade lite, men han sa ingenting om henne. Sa bara åt oss att sista striden var här och att vi skulle hålla oss starka och rena.

– Sista striden?

– Ja.

– Vad menade han med det?

– Jag… jag vet inte.

– Så det var på måndagsmorgonen som ni fick reda på både om Clarissa Heerenmacht och om Jellineks uppdrag?
– Ja... fast om Clarissa visste vi ju. Att hon inte var kvar...
– Tycker du inte det verkade lite underligt? Att det skedde samtidigt, alltså?
– Nej...
– Men ni pratade väl om det?
– Nej, vi fick...
– Vad då?

Plötsligt brast det. Marieke Bergson gled av stolen och kröp ihop på golvet. Slog händerna för ansiktet och drog upp knäna ända till hakan i något slags förvriden fosterställning. Och långsamt började en lågmäld, klagande gråt stiga upp ifrån henne, ett kvidande – en oartikulerad förtvivan, som han förstod måste komma från avgrunder djupt inuti hennes trettonåriga själ. För ett ögonblick fick han ändå för sig att hon spelade teater, men han sköt undan det.

Stackars barn, tänkte han. Vad har dom gjort med dig?

Psykologen var inte sen att kasta sig över henne. Började stryka henne över armar, rygg och hår i långa lugnande tag. När flickan hämtat sig en smula, men fortfarande låg ihopkrupen och innesluten i sitt eget, personliga helvete, lyfte yrkeskvinnan blicken mot kommissarien.

– Sådärja, sa hon. Är ni nöjd nu?
– Nej, svarade Van Veeteren. Hur fan skulle jag kunna vara nöjd?

På kvällen åt han middag med Suijderbeck.

Servinus hade återvänt till Rembork för att tillbringa natten med hustru och fyra barn, men Suijderbeck hade inga sådana bindningar och föredrog att behålla rummet på Stadshotellet, där han redan bott en natt.

Det var också i Stadshotellets matsal de satt till bords. Längst inne i ett rökigt hörn av den välfyllda, sepiabruna lokalen med dukar som en gång varit vita och kristallkronor som alltid varit glas. Suijderbeck verkade om möjligt ännu dystrare än vanligt, och det var inte utan att kommissarien började känna en viss valfrändskap.

– Hur var det på dårhuset? frågade han när beställningarna var avklarade.

– Muntert, sa Suijderbeck och tände en cigarrett. Om jag finge bestämma, skulle vi låta fruntimren sitta kvar där på livstid. Ingen tvekan om att dom är kvalificerade.

– Hm, sa Van Veeteren. Dom tiger, alltså?

– Rena autismen, sa Suijderbeck. Det värsta är att dom är så förbannat överlägsna också... utvalda martyrer och alla andra är inte värda ett skit. Det riktigt lyser föraktfullhet om dom.

– Herrens utvalda hundra?

– Nånting ditåt. Vet redan allt, behöver inte nedlåta sig... trots att dom inte träffar varandra, alltså. Ger mig fan på att dom har nåt slags telepatisk kontakt. Hur går det med flickorna, då?

– En har börjat berätta.

– Jag hörde det. Fick ni ut nånting av det?

Van Veeteren ryckte på axlarna.

– Ungefär vad vi räknat med, faktiskt. Flickan lär ha försvunnit någon gång på söndagseftermiddagen... Jellinek samma natt, antagligen. Sen har dom lagt munkavle på ungarna. Ja, vad tusan det är som hänt är förstås den stora frågan, och där är vi väl inte mycket klokare... Det lär vara en till flicka som är borta, för övrigt, precis som vi trodde.

– Herren tar och herren giver, sa Suijderbeck. Vad tror du, då?

Servitören kom med två öl.

– Jag vet inte, sa kommissarien. Förbanne mig om jag vet. Skål.

– Skål, sa Suijderbeck.

När de druckit satt de tysta en stund. Sedan drog Suijderbeck en djup suck och sa:

– Det finns väl bara en väg att gå.

– Jaså? sa kommissarien.

– Vi får väl ta reda på om han satte på flickungarna också.

Kommissarien torkade av besticken på bordsduken.

– Ja, sa han. Vi får väl göra det.

– Vad är det med ditt ben? frågade han när de kommit ett stycke in i varmrätten.

Suijderbeck såg upp.

– Vill du verkligen veta?

– Varför frågar du det?

Suijderbeck drack en klunk öl.

– Därför att folk tar det så jävla dåligt.

– Jaså, sa kommissarien och funderade några sekunder. Jo, jag vill veta.

– Som du vill, sa Suijderbeck. Vi tar det efter maten i alla fall.

– Jo, jag var narkotikapolis några år, förklarade Suijderbeck.

– I Rembork?

– Nej, Aarlach. Hursomhelst var jag några rätt så tunga namn på spåren. Satt och spanade en kväll i en bil, när det plötsligt visade sig att dom var mig på spåren också…

– Jaha du, sa Van Veeteren.

– Jävligt dumt att sitta ensam i en bil, eller vad säger du?

Van Veeteren svarade inte. Tog emot en cigarrett och lät Suijderbeck tända den.

– Dom tog mig till ett ställe utanför stan. Skulle lära mig en läxa, sa dom. Att inte lägga mig i deras jobb i fortsättningen. Det var det enda dom sa, faktiskt. Tystlåtna typer. Tja, sen band dom ihop mig och drog igång den här cirkelsågen.

Han gjorde en liten paus.

– Det gick så satans fort. Inte mer än en halv sekund, men det är den längsta jävla halvsekunden i mitt liv... den kommer liksom tillbaka också.

Han tystnade. Van Veeteren stirrade på sin hand som höll i cigarretten. Kände hur någonting inuti hans medvetande långsamt gjorde helt om och gav upp. Han drog ett bloss och fimpade cigarretten.

– Ska vi betala? sa han.

– Kanske det, sa Suijderbeck.

Suijderbeck ville gå en liten promenad före sängdags, och när de kommit några kvarter frågade kommissarien:

– Hur länge sedan är det?

– Fem år.

– Varför fortsatte du inom kåren?

Suijderbeck gav upp ett kort skratt.

– Femtiåring med träben, sa han. Hört talas om arbetsmarknaden nån gång?

# 20

När t.f. polismästare Kluuge vid ettiden på torsdagen kröp in i sin varma bil ute i Waldingen – för att köra tillbaka till Sorbinowo och vara tillgänglig på polisstationen under eftermiddagen (kanske också hinna med en halvtimmes lunch med Deborah) – kunde han konstatera att det i alla fall tycktes ha börjat röra på sig.

En liten aning åtminstone. I Marieke Bergsons efterföljd hade en handfull flickor börjat spricka upp och berätta om de sista dagarna på lägret. Tillsammans med kollegerna från Haaldam – Lauremaa och Tolltse – hade Kluuge tillbringat ett par timmar av morgonen med att ta emot dessa tårdränkta bekännelser. Något direkt konkret, och för utredningen avgörande, hade dock inte framkommit. I varje fall inte såvitt man kunde bedöma på rak arm. Flickorna hade fått order – mer eller mindre uttryckliga – om att tiga, och de hade tigit.

Så enkelt var det förmodligen.

Fortfarande hade man en grupp kvar som höll fast vid den stumma linjen, och det fanns kanske anledning att tro att det också varit den gruppen som lagt de andra – dessa som nu således börjat vackla i tron – under en viss press. Dessutom hade det utkristalliserats en trio av flickor, sannolikt med Belle Moulder i spetsen (det var åtminstone Lauremaas åsikt), vilka förmodligen varit de sista som sett Clarissa Heerenmacht i livet.

Om man undantog mördaren, vill säga. Någon gång runt

fem-halvsex på söndagskvällen hade dessa flickor, inklusive Clarissa, varit nere vid "klippan" – en slät och solvarm berghäll några hundra meter väster om kolonin – och badat. Det var fortfarande oklart hur kvartetten splittrats, men de hade i alla händelser inte återvänt till kolonin i samlad tropp.

Clarissa Heerenmacht hade inte återvänt överhuvudtaget.

Clarissa Heerenmacht hade träffat sin mördare istället. Oklart hur. Oklart när och var.

De anhöriga var ett annat problem. Kluuge satte på fläkten och svängde upp på stora vägen. I gårdagens kvällstidningar – liksom i teve och radio – hade en hel del uppmärksamhet ägnats åt fallet (Kluuge hoppades innerligt att Malijsen verkligen höll sig just så isolerad som han hade utlovat; den ordinarie polismästarens plötsliga uppdykande på skådebanan skulle knappast ha någon positiv inverkan på arbetet, därom var alla inblandade helt överens, även om ingen sa det rent ut), och de flesta av föräldrarna hade också reagerat. Strax innan Kluuge lämnade Waldingen denna heta dag, hade fyra flickor blivit hämtade av oroliga mammor och pappor – naturligtvis efter att först ha tillbringat en god stund hos Lauremaa och psykologerna. Två av dessa flickor var för övrigt syskon, en detalj man tidigare inte blivit uppmärksam på.

Återstod sex stycken, hursomhelst. Tre som ännu inte vittnat, två som antagligen stod i begrepp att göra det, samt en som lättat sitt samvete och som just nu satt och väntade på att bli hämtad.

Och så Marieke Bergson, förstås. Hon befann sig fortfarande på polisstationen under överinseeende av fröken Miller och en katolsk barmhärtighetssyster; den senare kvinnan hade kommit in alldeles av sig själv under gårdagskvällen och ställt sig till förfogande (psykologen hade av yrkesetiska och fackliga skäl vid det laget för länge sedan flytt fältet).

Hon hette Vera Saarpe och hade också låtit flickan bo hos sig under natten.

Beträffande Mariekes föräldrar hade man inte lyckats få fatt i dem förrän tidigt imorse, och enligt uppgift skulle de anlända någon gång under eftermiddagen för att ta hand om sin oroliga dotter. Kluuge hade personligen haft modern på tråden och kunnat konstatera att äpplet inte verkade ha fallit särskilt långt ifrån trädet den här gången heller.

Han suckade djupt. Det var sannerligen inte lätt att hålla ordning på alltihop, tänkte han.

Sannerligen inte lätt.

Sedan suckade han ännu djupare – när han började fundera över Katarina Schwartz, flickan som av allt att döma försvunnit från lägret för tio-tolv dagar sedan. Marieke Bergsons vittnesmål angående hennes plötsliga frånvaro hade styrkts av alla andra som hittills öppnat munnen, och det verkade rimligt att anta att det var just denna Katarina som den anonyma kvinnan avsett i sina två första telefonsamtal.

Till råga på allt hade man inte heller lyckats få kontakt med föräldrarna. Tydligen var de ute på bilsemester någonstans i Frankrike – men om det ändå var så att Katarina bara rymt från lägret, var det förstås inte omöjligt att hon för tillfället satt i samma bil som sin mor och far. Eller i ett hus eller en vilstol. I Brest eller Marseilles eller var tusan de nu råkade befinna sig. Varför inte i Lourdes, förresten?

Servinus hade varit i kontakt med den franska polisen, som lovat att efterlysa det aktuella paret och den aktuella bilen, men Servinus hade haft att göra med galliska kolleger förr och såg inte särskilt optimistiskt på saken.

I vilket fall som helst fanns det tecken som tydde på att flickan kunde ha haft skäl att rymma, men hur starka dessa tecken egentligen var hade Kluuge ännu inte fått klart för sig. Ingen annan heller. Förmodligen var det inte fråga om annat än rena önsketänkandet – såväl grannar, som bekanta, som släktingar till familjen Schwartz hade förefallit ganska övertygade om att någon Katarina inte funnits med i bilen då den rullat iväg sydvästerut i förra veckan.

Men tidpunkterna hakade i varandra, hade Kluuge noterat när han funderade över saken. Om det var så att dottern plötsligt och oförhappandes dykt upp i hemmet kvällen före avresan, ja, då var det förstås inte otänkbart att hon åkt med utan att det kommit till någon utomståendes kännedom.

Och i så fall hade man kanske bara ett mord att utreda.

Vilket sannerligen var illa nog.

Det slog honom också – medan han satt där i bilen och svettades och körde alldeles för fort på den kurviga vägen – att alla dessa förhör, alla dessa telefonsamtal och åtgärder hit och dit, bara tycktes ha något slags alldeles självuppfyllande funktion. Bara kostade en förfärlig massa resurser och energi, och egentligen inte ledde någonstans.

Mer än i cirkel. Det lilla man fick reda på, var sådant man redan hade gissat sig till.

När – och hur – han skulle få tid och ork att sätta sig ner och fundera över själva mordgåtan, ja, det hade han för närvarande mycket svårt att se.

Var det så här det var? undrade han i sitt stilla sinne. I alla utredningar?

Merwin Kluuge suckade ännu en gång och såg på klockan.

Kvart i två.

Det lämnade tjugo minuters utrymme för Deborah. En halvtimme på sin höjd.

Måste köpa en blomma på fredag, tänkte han. Hinner inte idag i alla händelser.

Ungefär samtidigt som Merwin Kluuge varligt – men kanske inte riktigt lika varligt som han brukade – strök över sin hustrus mage och över sin ännu ofödde son, lämnade Van Veeteren Elizabeth Heerenmacht för att låta henne ta avsked av sin mördade systerdotter nere i kylrummet på Sorbinowos sjukhus, dit den medfarna kroppen just blivit förd efter två och ett halvt dygn på Rättsmedicinska kliniken i Rembork.

Elizabeth Heerenmacht var inte medlem i Det Rena Livets kyrka, men efter att ha tillbringat en halvtimme i hennes sällskap hade kommissarien lite svårt att förstå varför. Hon verkade minst sagt kvalificerad; det var den dystra slutsats han tyvärr kom fram till.

Fast kanske var han inte riktigt rättvis denna dystra och heta dag. Det var svårt att vara fördomsfri när svetten först lackade, sedan frös till is nere i likrummet och så började ånga igen när han återvände upp i solen.

Tidigare under morgonen hade han ägnat en del tid åt en annan kvinna – den gåtfulla Ewa Siguera. Han ville åtminstone intala sig att hon var en gåta... att det vilade lika mycket mystik över henne i verkligheten som över hennes namn och över hennes leende på det fotografi som Przebuda tagit av henne förra sommaren.

Trams, hade han sedan insett under ett ögonblick av besk självkritik. Det är inte utan att man skulle passa bättre i en roman.

Men vad fan gör man inte? tänkte han också. Ju mindre kontakt man hade med det motsatta könet, desto svagare blev man ju för det – åtminstone vissa exemplar av det. Det var ingen nyhet.

Via registermyndigheten hade han i varje fall fått fram att Ewa Siguera inte var hemmahörande i Stamberg. Han hade också bett Lauremaa och Tolltse att konfrontera de vittnande konfirmanderna med hennes bild, men såvitt han förstod hade ännu ingen kommit med någon hjälp på traven.

Mystiken tätnar, tänkte han med bister tillfredsställelse. Sedan drog han ut en söndertuggad tandpetare och skakade på huvudet. Fy fan, konstaterade han, jag är en travesti på en kriminalare! På mig själv. Är det en mördare eller en kvinna jag är på jakt efter? I mitt anletes uppvärmda kallsvett? En med kastanjefärg i håret...?

Efter någon timmes lönlöst sökande hade han ringt upp Reinhart och överlåtit ärendet. Bett honom leta reda på Ewa Siguera och rapportera omgående när han hittat henne. Naturligtvis hade det funnits andra vägar att gå, men eftersom han misstänkte att intendenten ändå bara satt och rullade tummarna i väntan på semestern – eller idkade umgänge med sin sköna och nyblivna hustru – så var det väl lika bra att låta honom göra skäl för lönen.

Reinhart hade inte haft mycket att invända. Lojalt lovat att höra av sig så snart han fick napp. Inom ett dygn som allra högst.

Så det där med tummarna och hustrun måste ha varit en alldeles riktig gissning, tänkte kommissarien.

– Och hur står det till med blodhunden själv, då? hade dock Reinhart velat veta. Sol, bad och fiske dagen lång?

– Du glömmer vinet och kvinnorna, hade Van Veeteren replikerat.

Han började med Finghers, eftersom han såg att de var hemma.

Fru Fingher, en senig bondhustru i femtiårsåldern, hann han i och för sig bara hälsa på – hon var just på väg för att se efter ett barnbarn, meddelade hon och skyndade förbi honom ut till en handmålad gammal Trotta som stod parkerad ute på vägen – men både herr Fingher och sonen Wim verkade ha gott om tid för en pratstund.

– Det är framförallt söndagskvällen jag är intresserad av

den här gången, förklarade kommissarien sedan man bänkat sig i trädgårdsmöblerna under en skuggig kastanj.

– Söndagskvällen? sa Fingher. Wim, gå och hämta ett par öl. Kommissarien vill väl ha en pilsner?

– Man tackar, sa Van Veeteren och sonen återvände in i huset.

– Varför då? frågade Fingher. Vad är det ni vill veta om söndagskvällen?

– Kan ni säga hur dags dom var här från kolonin och om det var någonting särskilt?

Fingher tänkte efter och sonen återkom med ölen.

– Nej, det var väl som vanligt efter vad jag minns. Eller vad säger du?

Han tittade på Wim, men denne ryckte bara på axlarna.

– Hur dags? sa Van Veeteren.

– Sju-halv åtta, sådär. Som vanligt.

Wim Fingher nickade bekräftande och alla tre tog en klunk öl. Den hade en oväntat stor sötma och Van Veeteren undrade om det rentav kunde vara fråga om en hembrygd. Flaskorna på bordet saknade etiketter, så det var ingen orimlig tanke.

– Gott, sa han. Och Jellinek var med?

– Va? Javisst.

– Och fyra flickor?

– Fyra stycken.

– Känner ni igen den här flickan som mördats?

Fingher nickade allvarligt.

– Visst fan gör jag det. Hon hade ju varit här några gånger, precis som dom andra. Det är för jävligt, hade man bara haft en aning skulle man ju…

– Vad då? sa Van Veeteren.

– Ja, inte fan vet jag. Snöpt den där förbannade svartrocken, till exempel. Kan ta mig fan inte förstå hur nån kan skicka sina ungar till ett sånt ställe. Vi har ju bara Wim här, men hade jag en dotter, skulle jag förbanne mig låsa in henne om en sån där var i närheten...

Plötsligt tycktes ilskan och förtrytelsen lägga lock på orden och han tystnade. Van Veeteren drack en klunk och lät några sekunder rinna undan, innan han fortsatte.

– Märkte ni någonting särskilt med honom då i söndags?

– Fan, svor Fingher. Nej, jag vet inte. Vad säger du, Wim?

Mathias Fingher tömde sitt glas i ett drag.

– Nej, sa Wim. Jag såg'en bara som hastigast. Det var väl som vanligt.

– Ingenting med flickorna heller?

Wim skakade på huvudet. Hans far rapade.

– Nej, sa han. Dom stod och höll i skrindan som dom brukade, bara.

– Hm, sa Van Veeteren. Kan ni lova att kontakta oss, om ni nu skulle komma på något? Vadsomhelst som kan verka matnyttigt.

Matnyttigt? tänkte han. Orden börjar svika mig.

– Javisst, sa Fingher och rev sig i huvudet. Klart som fan man vill hjälpa till. Fast jag måste säga att jag inte förstår vad det är ni är ute efter.

Van Veeteren ignorerade kritiken.

– I måndags då? frågade han istället. Jag utgår ifrån att Jellinek inte var här då i alla fall.

– Alldeles riktigt, sa Fingher. I måndags kom bara ett av fruntimren.

– Inga flickor?

– Inte en enda.

– Förklarade hon varför?

– Förklarade? I helsike heller. Stod bara här och såg fisförnäm ut, som om hon vore Guds morsas kusin eller nånting.

Van Veeteren harklade sig.

– Ni är inte själv religiös, herr Fingher?

– Inte ett förbannat dugg, sa bonden och rapade igen.

– Inte jag heller, förklarade hans son.

Kommissarien drack ur sitt glas.

– Tja, då så, sa han. Jag ska inte störa längre. Men hör av er om ni kommer på någonting... som sagt.

– Självklart, sa Fingher och började ledsaga kommissarien ut till vägen igen.

– Söndag kväll, sa han och spände blicken i tolvåringen.

Flickan, som hette Joanna Halle, såg ner i bordet och gned sig nervöst över handlovarna.

– Lite vänligare kanske, viskade den unga psykologen i hans öra.

– Vill du berätta lite om vad ni gjorde i söndags kväll? modulerade Van Veeteren. Då, när ni var nere vid klippan och badade.

– Vi badade, förklarade Joanna Halle.

– Jaha. Vilka var ni?

– Det var jag och Krystyna och Belle. Och så Clarissa.

– Och ni badade?

– Ja, svarade flickan.

Intelligent samtal, tänkte Van Veeteren. Går som på räls.

– Var ni kompisar, ni fyra?

– Ja... nej, inte just...

– Hur menar du?

Lär man sig inte tala i skolan nuförtiden? tänkte han.

– Vi bara var... liksom.

– Jaha? Hur mycket var klockan när ni var där ungefär?

– Vet inte, men vi var tillbaka klockan sex i alla fall, för då är det middag.

– Hände det något speciellt medan ni var nere vid klippan?

– Nej, vad skulle det vara?

– Inte vet jag. Vad pratade ni om?

– Ingenting särskilt.

– Ni blev inte osams?
– Osams?
– Ja. Vet du inte vad det betyder?
– Jo, men vi blir inte osams i Det Rena Livet. Det är bara andra som blir.
– Talar du sanning nu?
– Klart.
Klart? tänkte kommissarien. Jag måste börja arrestera fler barn, så jag lär mig kommunicera med dom.
Fast Marieke Bergson och de andra hade ju inte inneburit några problem, så han antog preliminärt att det var Joanna Halle som var en smula trögflirtad. Inte han själv.
– Var ni tillsammans alla fyra hela tiden? försökte han.
– Kommer inte ihåg.
– Kommer du ihåg hur ni gick därifrån?
Joanna Halle såg ut att tänka efter för första gången.
– Jag gick med Krys, sa hon.
– Krystyna Sarek?
– Ja.
– Så Clarissa och Belle Moulder följdes åt?
– Jag tror det.
– Men du vet inte?
– Jo, dom var kvar när vi gick. Åtminstone Belle.
– Men du såg inte Clarissa när ni gick från badklippan?
– Jo, hon var nog där.
– Nu måste du bestämma dig. Var Belle ensam eller var de tillsammans när du och Krystyna gick iväg?
– Dom var där bägge två.
– Säker?
– Klart.
Kommissarien suckade och kastade en blick på psykologen, men hon såg lika outgrundlig ut som en potatis med glasögon. Tinget-i-sig, tänkte han dystert.
– Och du såg inte till Clarissa senare någon gång?

– Nej... nej, det gjorde jag inte.

– Minns du om du såg Jellinek någonstans när du kom tillbaka hit?

– Jellinek?

– Ja. Blir det lättare om jag ställer varje fråga två gånger?

Han fick en vass blick från psykologen.

– Nej, det behövs inte, sa Joanna Halle. Nej, jag såg inte Jellinek förrän vi gick till gården.

– Du menar att du var med och hämtade mjölk i söndags kväll?

– Javisst. Det var ju min tur.

Hon betraktade honom med något som han förstod skulle föreställa milt förakt.

– Vilka var det mer?

Hon tänkte efter.

– Krys och systrarna.

– Systrarna?

– Ja, Lene och Tilde.

Van Veeteren nickade.

– Om vi går tillbaka till badklippan... såg ni till några andra medan ni var där?

– Nej, det var bara vi.

– Inga andra vuxna heller?

– Nej.

– Och inga som ni inte kände igen.

– Nej, jag säger ju att det bara var vi.

– Hur länge var ni där?

– Vet inte... inte så länge.

– Märkte du om Clarissa var ledsen på något vis?

– Nej... nej, hon var som vanligt.

– Och det var ingenting annat med henne som du tänkte på?

– Nej.

– Hon sa inte att hon ville vara ensam, eller så?

– Nej.

– Och det var ingen som var dum emot henne på något sätt?

– Vi är inte dumma mot varandra, har jag ju sagt.

Nehej du, din lilla gås, tänkte kommissarien med en hastigt uppflammande irritation. Men nu är det så att Clarissa Heerenmacht mötte sin mördare någon gång sedan du larvat hem igen, och det kunde förmodligen lika gärna ha varit du.

– Tänker du sluta vara med i den här kyrkan nu? frågade han.

Joanna Halle blev plötsligt röd i ansiktet och han kunde inte avgöra om hon var arg eller generad. Det kunde hon tydligen inte själv heller, så istället började hon gråta.

– Tack, det var allt, förklarade han och skyndade ut i solskenet med psykologens blickar i ryggen.

Det var när han fyrtifem minuter senare körde in för att tanka på bensinstationen vid infarten till Sorbinowo, som han förstod att den fjärde statsmakten nu hunnit ikapp polismakten.

SEXPRÄSTEN PÅ RYMMEN!

stod det med feta svarta bokstäver över löpsedlarna:

NYTT SPÅR I FLICKMORDET!

Han funderade en stund på om det var någon som läckt, men förstod sedan att informationen måste ha kommit via de flickor som redan hade lämnat Waldingen – kanske också Det Rena Livet – bakom sig.

Jaja, tänkte han. Dags att sätta på sig lösmustaschen och gömma sig i skogarna, antagligen.

Allt har sin tid.

# 21

Vid fredagens genomgång i fallet Clarissa Heerenmacht uppmättes temperaturen i polismästare Kluuges tjänsterum till 33 grader Celsius. Ändå var det bara förmiddag och det var första gången hela spaningsledningen samlades under samma tak.

– Vi är förmodligen dom enda idioterna i hela stan som sitter inomhus, sa Suijderbeck.

– Förmodligen, sa Servinus.

Förutom Remborkparet närvarade de bägge kvinnliga inspektörerna från Haaldam – Elaine Lauremaa och Anja Tolltse – spaningsledare Kluuge, samt konsultkommissarie Van Veeteren från Maardamskriminalen. Inalles sex stycken således; spaningsledaren iförd kortbyxor, men det syntes inte när han satt bakom skrivbordet.

– Ett visst rabalder i media, konstaterade Suijderbeck och lade ifrån sig Neuwe Blatt, som förutom framsidan ägnade två helsidor åt händelseutvecklingen ute i Sorbinowoskogarna.

Och åt Det Rena Livet. Spekulationerna kring den försvunne andlige ledaren och kring sektens förehavanden i stort var yviga i de flesta media. Den gamla rättegången hade grävts upp, avhoppade medlemmar uttalade sig i oförblommerade ordalag, och en av tevekanalerna hade tangerat till och med sin egen anständighetsgräns i och med ett reportage om en av de hemvändande flickorna – en starkt realistisk skjutjärnsintervju med stammande, försagda föräldrar och en rödgråten trettonåring, vilka alla försökte ta sig från sin bil in till sitt eget ägandes radhus i utkanten av Stamberg.

– Ja, vad fan, sa Servinus. Klart dom skriver! Vad kan man mer begära? Sommar. Mord. Ung flicka, galen präst! Om dom inte säljer lösnummer med den brygden, kan dom lika gärna kasta in handduken och börja ägna sig åt Hembygdsjournalen istället.

– När gick efterlysningen av Jellinek ut? frågade kommissarien.

– Igår eftermiddag, sa Kluuge. Vi tyckte det var lika bra när det nu ändå var ute.

– Riktig bedömning, sa Suijderbeck. I och för sig hotade jag nornorna igår med att lämna ut honom... om dom fortsatte tiga efter klockan tolv idag, men dom läser ju inga tidningar, så mitt samvete är rent.

– Det här med kondomspåret? undrade Tolltse. Vad är det för nånting?

– Hrrm ja, sa Kluuge. Vi kanske skulle försöka ta saker i tur och ordning. Läget ute på kolonin först, tror jag. Det är väl snart tomt nu?

Anja Tolltse såg på klockan.

– En flicka och en psykolog kvar. Och två konstaplar som håller vakt. Flickan blir hämtad om en halvtimme, om dom håller tiden. Ja, sen kan vi väl summera våra insatser därute, antar jag.

– Mycket journalister? frågade Servinus.

Tolltse nickade.

– Ett par bilar när jag åkte därifrån. Dom smyger mest omkring och fotograferar. Kommer inte nära flickan – fast det finns förstås ingenting som hindrar att dom hänger på när föräldrarna hämtat upp henne. Om dom nu vill ha ett nytt snaskigt scoop... ett par av dom andra har ju blivit attackerade, menar jag.

– Fint, sa Suijderbeck. Hedervärd yrkeskår, det där. En

dag ska jag ta mej fan sluta läsa tidningar.

– Allright, sa Kluuge. Den här spaningspatrullen går i varje fall en runda i skogen idag också… för att leta efter den andra flickan, alltså. Vi får väl hoppas att dom inte hittar nåt.

– Och att dom inte talar om för murvlarna vad dom letar efter också, sa Lauremaa. Om vi nu inte vill släppa ut att det saknas en till, alltså.

– Förstår inte varför vi inte efterlyser henne också, sa Tolltse. Det vore väl lika bra?

Ingen svarade. Suijderbeck ryckte på axlarna och Kluuge sökte förgäves få ögonkontakt med Van Veeteren, som satt och blundade med en tandpetare stickande ut ur ena mungipan.

– Tja, sa kommissarien efter några sekunders tystnad. Jag tror inte det spelar så stor roll. Hon lär inte bli mördad medan vi sitter och undanhåller hennes försvinnande i varje fall.

– Är hon död så är hon, sa Suijderbeck.

– Otvivelaktigt, sa kommissarien. Nej, vi bör ha tag i föräldrarna först. Ska vi gå vidare?

– The Weird Sisters? frågade Kluuge och såg ovanligt oförstående ut.

– Förlåt, sa Van Veeteren. Det var en anspelning, bara. Macbeth. Hur står det till på Wolgershuus, alltså?

– Åjovars, sa Suijderbeck. På västfronten intet nytt, om vi nu skall vara litterära. Dom är fanimej inte kontaktbara längre. Möjligen finns det en gnutta hopp för Mathilde Ubrecht, men det är bara en spekulation. Om vi ändå tänker oss att plocka ut någon av dom för lite… extraordinära åtgärder, ja, då vill jag nog rekommendera henne.

– Alltid något, sa Van Veeteren. Ja, jag kanske tar mig en sväng dit i eftermiddag.

– Man kan injicera alkohol på folk som är lite motvilliga, har jag läst, sa Servinus. Få upp promillen till 1,5-2,0, sisådär... då brukar det vara svårt att låta bli att snacka.

– Jag tror jag vill prova den nyktra linjen först, sa kommissarien. Förefaller en smula mer etiskt.

– Etiskt? muttrade Servinus. Visste inte att vi spelade cricket.

Kommissarien log invärtes men det syntes inte på utsidan.

– Hur länge kan vi hålla dom inlåsta på dom här villkoren? undrade Lauremaa. Måste vi inte häkta dom snart?

– Måndag, sa Servinus. Om ingenting nytt tillstöter. Men ingen av dom har begärt att få en advokat, och ingen har sagt ett ord om att få komma ut, så jag vet inte...

– Nog bäst att hålla på formerna, sa Suijderbeck. Dom kan använda sig av det i fortsättningen annars.

– Korrekt, sa kommissarien. Vi bör knäcka dom under helgen. Är det inte någon av damerna som är intresserad...?

Han pekade i tur och ordning med tandpetaren på Tolltse och Lauremaa.

– ... har en känsla av att det finns en liten könsbarriär, nämligen.

– Ajdå, sa Lauremaa.

– Skulle inte ha nånting emot att komma hem en stund först, sa Tolltse. Vi har suttit här i fyra dagar nu.

– Vad säger spaningsledaren? frågade Van Veeteren och pekade på nytt med tandpetaren.

– Tja..., sa Kluuge. Jag vet inte riktigt.

– Söndag, avgjorde kommissarien. Jag gör nog ett försök innan dess, som sagt, men går jag bet får ni hela sabbaten på er.

– Tack, sa Lauremaa. Det ska bli trevligt.

– Vidare, sa kommissarien. Vad har vi mer?

För första gången på länge fanns det ett stråk av otålighet

i hans röst. Han noterade det själv och undrade lite vagt om det berodde på värmen eller på omgivningen. Båda delarna förmodligen; han skulle i varje fall inte ha haft någonting emot att ha Münster och Reinhart tillgängliga för ett litet tankeutbyte.

Man har blivit bortskämd med åren, insåg han. Utsliten och desillusionerad och gudvetvad, men också bortskämd. Lika bra att ha i åtanke, kanske.

– Inga kända våldtäktsmän går lösa tydligen, läste Servinus från ett papper. En som just blivit frisläppt från Ulmenthal, men han har bevisligen befunnit sig långt härifrån... ja, vi har antagligen att göra med ett nytt namn i branschen. Om han nu heter Jellinek eller nånting annat...

Kommissarien nickade.

– Vidare, upprepade han.

– Vi har inte så mycket, sa Kluuge. Lite mer tekniskt finns det förstås efter rapporten från rättsmedicin...

Han bläddrade i en mapp som låg på skrivbordet.

– ... det här om gummifragment kunde kanske vara värt att uppmärksamma... kondom eller nåt.

– Det var just det jag undrade, sa Tolltse. Brukar våldtäktsmän köra med kondom? Har i alla fall jag aldrig hört talas om.

Det blev tyst några sekunder. Suijderbeck kliade sig på träbenet.

– Finns alla varianter, sa Van Veeteren. Tro mig... alla.

– Behöver inte vara en kondom heller, påpekade Servinus. Dom betonar ju att det är fråga om ytterst små fragment och att det lika gärna kan ha varit nånting annat.

– Vad då till exempel? frågade Kluuge, men han fick inget svar.

Och för en sekund var det alldeles tydligt att hela spaningsledningen satt och letade efter samma bild i sitt inre.

Samma infernaliska, undanglidande bild.

Efter presskonferensen – som den här gången tog över en timme i anspråk, och där framförallt kommissarien själv och inspektör Lauremaa fick dra ett tungt lass åt den alltmer tröttkörde Kluuge – åt Van Veeteren lunch tillsammans med Suijderbeck på Florian's. Det hade gått ganska precis en vecka sedan han satt där förra gången, och som han bedömde sakernas tillstånd fanns det skäl att unna sig en stund av det goda.

Kanske till och med av det bästa.

– Jävla cirkus, sa Suijderbeck. Jag tror jag tar ål.

– Nja, sa Van Veeteren, det är nånting med drunknade kroppar och ålar, om du ursäktar... vad menar du med cirkus?

– Dom här massmedieclownerna förstås. Men du är väl van vid skiten, förstås?

Van Veeteren ryckte på axlarna.

– Svårt att bli van, sa han. Men det finns en viss diskrepans i alla fall.

– Diskrepans? sa Suijderbeck och luktade på sitt ölglas.

– Mellan vad som skrivs och vad som görs. Det händer betydligt mer i tidningarna än i utredningen.

Suijderbeck smakade på ölen och nickade.

– Riktigt, sa han. Vad som sker och vad som synes ske. Har vi kommit fram till en vägg, tycker du?

– Vad tycker du själv? sa kommissarien. Flickorna är skingrade. Kvinnorna tiger. Jellinek är försvunnen.

Suijderbeck funderade.

– Katarina Schwartz, sa han.

– Inte ett spår, sa kommissarien. Vare sig av henne eller föräldrarna.

Suijderbeck satt tyst en stund och sög på ölen.

– Okej, sa han sedan. Vi har kört fast. Vad ska vi göra?

– Svårt att säga, sa kommissarien. Men ta din ål du, så börjar jag med lite krabba.

Men när de väl fått maten på bordet, visste han att det var fåfängt. Allt hade sin tid, som sagt, och att ens tänka på sin egen hunger dessa dagar, föreföll med ens närmast oanständigt. Han sneglade modstulet över bordet, där Suijderbeck med god aptit tog sig an sin drypande feta fisk.

Trots alla marmorerade flickkroppar. Trots alla infinitesimala fragment av gummi. Trots alla cirkelsågar.

Perverst, tänkte han. En dag kommer jag inte att stå ut längre i den här världen.

Det är bara en tidsfråga.

## 22

Han väntade in den första svaga kvällsbrisen innan han gav sig iväg. Solen höll just på att sjunka ner bakom skogsranden i väster, och han lyckades ta sig hela vägen upp i skugga och relativ svalka.

Wolgershuus var beläget ett par kilometer utanför samhället, i behaglig avskildhet ute i skogen ett gott stycke från stora vägen. En vidsträckt, muromgärdad park med ett halvdussin olika byggnader från tidigt 1900-tal, alla i samma milda, blekgula kalkstenston. Van Veeteren hade läst genealogin: från början sanatorium och kurhem för de välbärgade samhällsklasserna, senare – under krigsåren – utbildningsanstalt för kvinnliga sjukvårdare och annan frivillig personal, och sedermera – från och med femtitalet och framåt – behandlingshem och förvaringsplats för människor med olika psykiska och psykosomatiska sjukdomsbilder.

Med tiden en allt starkare inriktning på förvaring, om han läst rätt mellan raderna.

Redan på långt håll – när han just lämnat stora vägen och börjat vandringen uppför det smala asfaltbandet genom skogen – kunde han höra en röst. Ett entonigt klagande som kom däruppifrån parkområdet. En ensam, anonym stämma som trängde ut genom ett öppet fönster, antagligen, och som svävade över skogen och sommarkvällen som ett uttryck för och en påminnelse om lidandets givna plats i världen.

En flyttfågels sorgsna rop, slog det honom. En flyttfågel

som blivit kvar. Ett språklöst djurs fåfänga kontaktförsök med en kall och oförstående omgivning. I samma stund som han stannade utanför de låsta grindarna upphörde det. Tycktes ändå hänga kvar som en outfylld tystnad under träden, och han blev stående en stund medan det klingade ut.

*Wolgershuushemmet*
*Sluten psykiatrisk vårdanstalt*

stod det på en blå-vit emaljskylt, fastskruvad direkt i den kompakta tegelmuren.

Farliga dårar! tänkte Van Veeteren. Så skulle det ha hetat i en annan tid, och så hette det kanske fortfarande i folkmun.

Fast numera fanns det förstås medicin mot farligheten.

Han gick fram till glasluckan i portalen och förklarade sitt ärende. Den unge, korsordslösande vakten tryckte på en knapp och han släpptes in genom gallerdörren. Fick sedan vända sig till en ny vakt i en ny lucka, där han erhöll instruktioner om vägen samt ett litet vitt plastkort för att bereda honom fri passage.

Samma kort som man skrivit ut förra gången – då, när han bara suttit och lyssnat till Servinus och Suijderbecks fåfänga försök att klämma svar ur de tre nornorna.

Den här gången var det hans tur, och han hade inte för avsikt att återvända tomhänt.

Han fortsatte rakt fram längs den välkrattade grusgången. Ännu fanns någon timme kvar av kvällsljuset och här och var kunde han se små grupper av människor. Vitklädda vårdare och vakter, mörkgröna interner – med stora, vida jackor och oformliga byxor, som erinrade honom om det slags grötmundering han själv då och då tvingats bära under sin militärtjänstgöring en gång i tidernas morgon.

Bland de gröna också en och annan ensling. En man som

satt på en bänk och rökte med ett tomt hundkoppel i handen. En annan som låg raklång mitt på gräsmattan och tycktes sova. Under ett träd ett stycke längre bort en kvinna; lutad med pannan mot stammen stod hon där och vaggade, medan hon utförde långsamma, svävande simrörelser med armarna.

Över alltihop – över parken, över byggnaderna, över den omgivande skogen – en stillhet. En dov, nästan tryckande stillhet, som tycktes bära med sig inte bara illusionen av ett annat land, utan också av ett annat vara.

En dimension med en farlig dragningskraft, det visste han; ett sug som han i ett visst läge – med vissa rudimentära skyddsmekanismer satta ur spel – skulle ha svårt att värja sig emot.

Djupast nere i medvetandet fanns också den dunkelt skimrande bilden av hans egen far, och av ett samtal mellan denne och den ende brodern. Hans fars ord och oförklarliga avståndstagande. Bestämda steg som skyndade bort i gruset och en tung grind som slog igen.

Hans egna fyra- eller femårsben som först tvekar om vägen, och som sedan måste springa för glatta livet för att inte bli kvar innanför murarna. Bli kvar tillsammans med farbror Bern.

Obegripligt då. Obegripligt nu; men ändå en bit av den mall, det förklaringsraster, han fått i arv.

Hans privata födelsemärke. Ett av dem.

Han tog av till höger framför huvudbyggnaden, följde den upptrampade gången ner i svackan och kom fram till samma låga, långsmala byggnad under almarna som förra gången. Visade sitt plastkort för en skäggig ung man i en ny glaslucka och släpptes in.

Aspirant Matthorst satt i kafferummet och rökte och såg på teve. Verkade närmast generad över att ha blivit ertappad under sådana triviala omständigheter och skyndade sig att eskortera kommissarien bort till det rum i en av korridorerna där Mathilde Ubrecht hölls förvarad sedan tre och halvt dygn tillbaka. Han låste upp och Van Veeteren steg in.

Hon satt uppkrupen på sängen och läste i en bibel. Samma bleka lärftvarelse som alltid. Samma stripiga, färglösa hår. Samma inåtvändhet. Kommissarien tvekade en stund innan han vände på skrivbordsstolen och slog sig ner mittemot henne, på mindre avstånd än en meter.

Han väntade. Tog upp en tandpetare ur bröstfickan och vägde den i handen. Fann den för lätt och stoppade tillbaka den. Såg ut genom det gallerförsedda fönstret. Ett tätt och ganska otuktat syrenbuskage skymde det mesta av utsikten. Han återgick till att betrakta kvinnan på sängen.

Väntade. Lyssnade till tystnaden och till det mycket svaga ljudet från något slags ventilationssystem. Efter kanske fem minuter stängde hon igen bibeln. Höjde blicken och mötte hans.

– Jag föreslår en promenad i parken, sa Van Veeteren. Det är en vacker kväll.

Hon svarade inte. Dröjde med blicken vid honom, medan hon tummade över bibeln och andades med halvöppen mun. Han undrade om hon möjligen led av astma eller något slags allergi, det verkade så. Efter en stund nickade hon vagt och reste sig. Matthorst, som uppenbarligen stått och väntat utanför dörren, föjde dem ut genom korridoren, och när de passerade teverummet gav kommissarien honom en nick till tecken på att han kunde återgå till sitt tittande.

Eller till ädlare intressen, om han nu hade några sådana.

De sista solresterna hade försvunnit när de kom ut, och grupperna av gröna och vita människor hade gått in för natten. Van Veeteren lät Mathilde Ubrecht välja väg, och de började långsamt förflytta sig i riktning mot dammen i den avlägsnaste delen av parken. Nordväst, om han inte tog fel. Kvällsbrisen, den milda viskning som funnits i skogen medan han vandrade upp till Wolgershuus, hade nu lagt sig helt och hållet; de enda ljud som återstod var deras steg i gruset och Mathilde Ubrechts lätt ansträngda andning. Det fanns en svag aura av spänning över hennes rörelser, och han såg till att hålla sig en halvmeter bakom henne, för att på intet vis styra hennes steg och eventuella beslut.

Yttrade heller inte ett ord förrän de var framme vid den konstgjorda dammen med näckrosor och stillsamt porlande vatten ur en mytologisk bronsfigurin. De satte sig på en av de brunbetsade bänkarna och Van Veeteren tände en cigarrett.

– Jag har tre frågor, förklarade han. Din tystnad skyddar en mördare. Jag förutsätter att du kommer att ge mig ärliga svar.

Mathilde Ubrecht svarade inte. Gjorde överhuvudtaget inte min av att hon ens hört vad han sagt. Han drog ett bloss på cigarretten och tog sats.

– Fråga nummer ett, sa han. Vet du vem som mördade Clarissa Heerenmacht?

Tystnad. Han höjde blicken och betraktade den mörka skogen över murkrönet. Hon kommer inte att svara, tänkte han.

– Nej, sa hon.

Van Veeteren nickade. Lät en minut rinna undan. Fimpade cigarretten.

– Nummer två, sa han. Vet du vad som hänt med Katarina Schwartz?

Samma väntan. Sedan drog hon ett djupt andetag; han kunde höra det oregelbundna pipandet i hennes bronker.

– Nej.

– Tack, sa kommissarien. Min sista fråga gäller Oscar Jellinek. Vet du var han finns?

Hon dröjde längre den här gången, men när svaret kom, lät det lika otvetydigt som de tidigare.

– Nej.

Han satt kvar en stund och överlade med sig själv.

– Är det någonting annat du vill berätta?

Istället för att svara reste hon sig och tecknade åt honom att hon ville återvända inomhus. Han nickade och de började gå tillbaka genom den allt blåare tystnaden.

Matthorst mötte redan ute vid entrén och Van Veeteren förstod att han stått och iakttagit dem i fönstret.

Han följde henne inte in. Lämnade bara över henne på assistentens ansvar, men fick ändå en sekunds ögonkontakt med henne innan hon försvann in genom dörren, och det var denna avskedsblick som han sedan bar med sig under hela återvandringen.

Genom sjukhusparken. Genom den mörka skogen. Utefter den glest upplysta vägen ner mot samhället.

Tre negativa besked på sina tre frågor hade han fått. Samt en blick som sade... ja, vad då?

Intuitivt – innan han börjat analysera och väga – hade han svaret klart för sig:

Jag har talat sanning. Tro mig.

Men sedan kom det av sig. Vågade han lita på det? Vågade han verkligen tro på att denna galna prästinna – eller vilket epitet man nu ville hänga på henne – faktiskt inte hade några upplysningar av värde att komma med?

Vare sig angående mordet, angående flickan som försvunnit eller herden som gjort detsamma.

Han visste att allt hängde på hans bedömning av dessa frågeställningar, och det var ju för övrigt inte uteslutet att hon blandat sin brygd... serverat honom två sanningar och en lögn – eller det omvända – och när han långsamt tog sig ner mot samhället igen var det inte utan att hans promenad kom att kännas som det där vanliga gamla balansprovet. På den oskarpa och besudlade eggen mellan sant och falskt.

Hur mycket kunde han lita på henne? På hennes tre nej. Hur mycket var hans intuition värd den här gången?

Och när han en stund senare slog sig ner vid ett tomt bord i Grimms matsal, visste han fortfarande inte. Hade ändå fattat ett och annat beslut.

För någon måste ju, trots allt, plocka upp och väga de korn som ströddes i deras väg. Mene tekel.

Mene mene tekel.

# 23

Suijderbeck brydde sig inte om varningsskylten; slog istället upp grinden på vid gavel så det sjöng i staketet. En halv sekund senare kom mycket riktigt två femtikilos schäfrar rusande runt husknuten.

Suijderbeck stannade upp.

– Plats! röt han när bestarna befann sig på två meters håll och adrenalinet stod som ett moln av ånga kring käftarna på dem.

Det hade samma verkan som vanligt. På ett ögonblick transformerades hundarna till två flegmatiska svarta får, vars enda strävan tycktes vara att sjunka igenom jorden framför sin nyvunne härskares fötter.

– Ynkryggar, muttrade Suijderbeck och fortsatte uppför grusgången.

En kvinna i avklippta jeans och rutig herrskjorta kom ut på altanen med knytnävarna i sidan. Suijderbeck stannade upp och betraktade henne ett par sekunder. Förstod att det kanske inte skulle förslå med enkla kommandorop i hennes fall.

Fast det skulle ha varit roligt att försöka. Onekligen.

– Fru Kuijpers? sa han istället.

– Och vem fan är ni?

– Suijderbeck, polis, sa Suijderbeck och klev uppför trappan med artigt utsträckt hand.

– Legitimation, sa kvinnan istället för att hälsa.

Suijderbeck fiskade fram den ur innerfickan. När han höll upp den en decimeter framför kvinnans ansikte, kunde han också känna spritdoften i hennes andedräkt. Han bestämde sig för att ta av silkesvantarna.

– Jag har ett par frågor att ställa till er, sa han. Vill ni följa med i bilen eller kan vi klara av det här?

– Vad fan? sa kvinnan. Komma här och…

– Det gäller mordet nere i kolonin, avbröt Suijderbeck och tecknade med handen bort mot skogen och utefter vägen som han kommit körande på. Jag antar att ni känner till vad som hänt.

– Javisst… hon verkade genast lite spakare, konstaterade han… Eh, varsågod och sitt.

Hon slog sig själv ner i en av plaststolarna ute på altanen och Suijderbeck satte sig mittemot.

– Men vi har ingenting gjort…, fortsatte hon oombedd. Jag menar, Henry kom ut i våras och sen dess har vi levt som änglar härute.

– Verkligen? sa Suijderbeck.

– Vem i helvete är det? hördes en grov mansröst inifrån huset.

– Polisen! ropade kvinnan i ett brustet ackord mellan hopp och förtvivlan.

Mannen kom ut genom dörren. En kopia av sin hustru egentligen, noterade Suijderbeck. Stor, kraftig, sliten. Knappt femti, antagligen.

Fast det var bara kvinnan som körde med blonderat hår och näsring.

– Kuijpers, sa mannen och sträckte fram en hårig näve. Jag är oskyldig som en brud.

Han skrattade rosslande och Suijderbeck tände en cigarrett. Vilka idioter, tänkte han. Om jag bara håller käften, kommer dom att ha erkänt både hembränning och häleri inom en kvart.

– Jaså ja, sa Kuijpers. Det gäller flickstackarn, förstår jag.

– Just det, sa Suijderbeck. Vet ni nåt?

Båda skakade på huvudet. Kvinnan hickade och satte handen för munnen.

– För jävligt, sa Kuijpers. Nej, vi har inte haft nån kontakt med dom. Och den där svartrocken på rymmen... ja, nej, jag saknar ord.

– Det var en annan polis här för några dagar sen, sköt kvinnan in.

– Jag vet det, sa Suijderbeck. Jag vill bara kontrollera några uppgifter.

– Jaha? sa mannen och kliade sig i skrevet.

Suijderbeck tog upp sitt block och bläddrade framåt ett par sidor.

– Vi vet ingenting, sa kvinnan nervöst.

– Tjata inte, sa mannen.

– Hm, sa Suijderbeck. Ni har alltså inte talat med någon av dom? Vare sig flickorna eller ledarna... på hela sommaren. Det är ju bara en kilometer härifrån.

Mannen skakade på huvudet igen.

– Det var ett litet gäng här några gånger, sa kvinnan. Plockade väl blåbär eller nåt, men hundarna håller dom flesta på avstånd, liksom...

Hon tecknade med huvudet utåt gården, där schäfrarna strök omkring i utdragna, tvehågsna cirklar.

– ... dom flesta alltså, tillade hon försiktigt.

– Vi har bara kört förbi när vi ska in till stan, förklarade mannen. Men snacka med dom? Nej, jag betackar mig... kan tamejfan inte säga att jag är förvånad ens. Såna där lönnkåta präster, ja, dom kan fanimej hitta på vad som helst.

Suijderbeck började rita en fet präst i sitt anteckningsblock.

– Vad gjorde ni i söndags natt? frågade han. Jag avser alltså förra söndagen, den här natten när flickan blev mördad?

– Va? sa mannen. Hela natten? Ja, vi var hemma förstås. Som vanligt...

– Ni hade inte besök av någon?

Kuijpers ruskade på huvudet och tittade frågande på sin hustru.

– Nej, bekräftade kvinnan. Det var bara vi.

– Minns ni om ni hörde någon bil köra förbi under natten?

– Nej, sa mannen. Den förra snuten frågade också om det, men vi hörde ingenting. Fast vi låg ju och sov...

– Det kommer väl inte så många bilar förbi här? frågade Suijderbeck och såg sig om efter ett ställe att fimpa cigarretten på. Fastnade slutligen för en uttorkad krukväxt som stod alldeles invid hans träben.

– Två-tre i veckan, sa mannen och visade tänderna. Antagligen var det ett leende.

– Men inget som ni kommer ihåg från den här natten?

– Inte ett skit, sa mannen.

– Har ni några barn?

– Va? sa mannen.

– Vi har en dotter, förklarade kvinnan. Hon heter Ewa och hon flyttade hemifrån för... hur länge sen är det nu?

– Fyra år, sa mannen. Hon är tjugofyra nu. Var tjugo när hon stack.

– Med en utlänning, preciserade hustrun.

– Jag är inte hennes riktiga farsa, sa Kuijpers.

Suijderbeck antecknade.

– Jaha, sa han och funderade en stund. Och det är ingenting annat som ni tror vi kunde ha nytta av?

Kuijpers rynkade pannan och hans hustru drog bekymrat i sin näsring.

– Nej... nej, det finns nog ingenting.

– Vad jobbar ni med?

– Sjukskriven, sa mannen och tog sig åt ryggen.

– Keramik, sa kvinnan. Har en liten verkstad. Målar en del också.

Suijderbeck nickade och stoppade undan blocket. Kisade upp mot himlen.

– Varmt, sa han. Måste vara skönt att ha så nära till sjön i alla fall. Ni har båt också, antar jag?

– Jovisst fan, sa mannen. Fiskar lite grann, men det gick bättre förr. Är en massa utsläpp och skit...

– Mycket skit nuförtiden, bekräftade Suijderbeck. Nej, nu ska jag inte trakassera er längre.

Han reste sig upp.

– Tack i alla fall, sa han. Vad satt ni inne för, förresten?

– Bankrån, sa mannen och rev sig i skäggstubben. Men jag har gjort mitt nu. Hädanefter är det den smala vägen som gäller.

– Det hoppas jag, sa Suijderbeck. Annars kanske jag återkommer.

– Hehe, sa mannen, men leendet fick inte fäste den här gången heller.

– Tack för besöket, sa kvinnan.

– Adjö, sa Suijderbeck.

Så snart han kommit ner på gårdsplanen, försvann hundarna in under ett korrugerat plåttak på kortsidan av huset. Kryp, tänkte Suiderbeck. Sådana herrar, sådana hundar.

Och inte kunde han påstå att det varit någon särskilt väl använd eftermiddagstimme.

Fast visst var den i gott sällskap i den här förbannade historien, det kunde inte förnekas. Mycket gott sällskap.

– Var ringer ni ifrån? sa Kluuge.

– Stamberg, sa mannen. Det har jag ju förklarat.

– Jaja, sa Kluuge och torkade svetten ur pannen. Vad vill ni då?

– Det berättade jag för flickan i växeln.

– Jamen nu talar ni med mig. Ta det en gång till.

– Allright, sa mannen. Jag heter Tomasz Wack och jag tror att jag kan hjälpa er.

– Med vad då?

Han antecknade namnet.

– Med mordet förstås. Wassingenmordet. Det är väl ni som håller i det, så jag inte behöver redogöra en gång till?

– Ja, det är jag, erkände Kluuge.

– Bra. Så här alltså... Kluuge kunde nästan höra hur han rätade på ryggen och tog sats... Jag tror jag vet hur det har gått till, det är så att jag...

Det blev tyst.

– Ja? sa Kluuge.

– Tror ni på försynen, herr kommissarie?

– Jag är inte kommissarie än... men strunt i det. Vad menar ni med försynen?

– Vet ni inte vad försynen är för något? Det som styr och råder, naturligtvis. Det som ställer till rätta och som vi kan förlita oss på alldeles blint, oavsett vad som...

– Jag förstår, sa Kluuge. Vill ni komma till sak nu, herr... han tittade på anteckningsblocket... herr Wack. Vi har en del att stå i och tiden är knapp.

– Ja, hrrm, det tror jag nog. Jag kan alltså förklara hur det här mordet har gått till och vad det hade för syfte...

– Syfte?

– Ja, syfte. Herrens vägar kan ju framstå som outgrundliga för oss vanliga, enkla människor, men det finns alltid ett syfte... en plan och en mening. Med allt, herr kommissarie, och jag menar allt...

– Stopp nu, avbröt Kluuge. Vill ni vara snäll och berätta vad tusan ni vill ha sagt nu, istället för att hålla på och svamla om en massa annat, annars lägger jag på luren.

– Jag har haft en vision, förklarade mannen. Och i den visionen såg jag hur allt gick till och hur det hänger ihop...

– Vänta, sa Kluuge, vänta ett tag! Hur har ni det med

religionen, herr Wack, kan ni berätta det?

– Jag tror på den ende guden.

– Är ni medlem i Det Rena Livet?

– Sedan starten, förklarade Tomasz Wack upprymt. Ända från begynnelsen.

Kluuge stönade och sparkade av sig skorna under bordet. Förbannade fårskallar! tänkte han.

– Vet ni vem som mördade Clarissa Heerenmacht? frågade han.

Herr Wack harklade sig högtidligt.

– Det var ingen som mördade Clarissa Heerenmacht, förklarade han allvarligt. Ingen alls. Hon togs hem av Herran. Det var ett löfte och ett straff som uppfylldes på samma gång... och en stor nåd.

– Tack, herr Wack, sa Kluuge och insåg att det lät som ett idiotiskt rim ur en barnbok eller nånting. Jag har noterat allt ni sagt.

Han slängde på luren och ropade på fröken Miller. Efter en halv minut uppenbarade hon sig i dörröppningen, lika sval och oberörd som alltid.

– Ja?

– Fröken Miller, har jag inte förklarat att ni inte får släppa igenom vilka idioter som helst på telefon? Det här var den tredje idag, och jag har faktiskt åligganden som...

– Jag förstår, sa fröken Miller innan han hunnit till punkt. Någonting annat?

– Nej, det var allt, suckade Kluuge. Jo förresten, har vi några sodavatten kvar i kylskåpet?

– Jag ska se efter, sa fröken Miller och efter ytterligare en halv minut var hon tillbaka.

– Nej, dom är slut, konstaterade hon likgiltigt och lämnade honom.

Ja, vem fan är inte slut, tänkte Kluuge och började ta av sig strumporna också.

# 24

– Men vad är det du tror har hänt, egentligen? frågade Przebuda och tände pipan. Om vi nu skulle övergå en smula till verkligheten istället.

Van Veeteren drack ur sitt vinglas och betraktade resterna av måltiden som hållit dem sysselsatta den senaste timmen. Det var lördag kväll, mörkret hade börjat sänka sig och Andrej Przebuda hade just varit uppe och hämtat ett par vaxljus vars fladdrande lågor nu kastade ett oroligt sken över bordet. För ett ögonblick kände kommissarien hur hans varseblivning höll på att krackelera... hur han med ens istället tycktes befinna sig mitt inne i en film; när han långsamt gick med blicken över föremålen i rummet, dess dunkla konturer och sparsamt belysta ytor, förstod han också hur det måste kännas att sköta kameran åt en Kieslowski eller en Tarkovskij. Eller att vara själva kameraögat, rentav. Det var naturligtvis ingen tillfällig eller slumpmässig inramning heller. Przebuda var inte den som slarvade med detaljer. På nytt hade man talat om film; om dess uttrycksmedel och dess förutsättningar när det gällde att gestalta och göra osynliga saker synliga. Eller förnimbara i varje fall. Det här speciella rastret som på den enkla tvådimensionella duken kunde få den mångtydiga och irrationella världen att bli alldeles klar och begriplig. I rätta händer, vill säga; det fanns så många klåpare också... så otroligt många.

– Verkligheten? svarade kommissarien när han blundat

bort illusionerna. Jaså, den... jo, förmodligen tror jag alldeles för mycket. Finns för många underligheter i den här historien och det är svårt att hålla dom borta... för många underligheter i den här sekten, rättare sagt. Deras förbannade stollerier och sjuka idéer förvrider liksom hela perspektivet. Bort från det väsentliga... jag tror vi talade om det här förra gången.

– Och vad är det som är det väsentliga? frågade Przebuda och blåste ut ett tungt rökmoln, som fick bordet och lämningarna på det att för ett ögonblick framstå som ett slagfält i minatyr.

– Det väsentliga, återtog kommissarien sedan röken skingrats, är att en flicka mördades ute i Waldingen i söndags kväll. Om vi bara koncentrerar oss på det, och lämnar Det Rena Livets övriga förehavanden därhän, ja, då kan vi kanske komma någonstans.

– Jag förstår, sa Przebuda. Nå, rekonstruera söndagseftermiddagen då, så får vi se. Jag är idel öra.

– Hm, sa Van Veeteren. Har lite svårt att begära att du både dukar upp den här utomordentliga taffeln, och sedan får sitta och ta hand om mina arbetsuppgifter också...

– Nonsens, avbröt hans värd. Tror du jag är så förtjust i att vi har våldsmän springande omkring i våra skogar häruppe? Dessutom får jag erinra om att jag har en liten tidning... så vems arbetsuppgifter det är fråga om tror jag vi ska låta vara osagt.

Kommissarien föll till föga och tog en ny cigarrett. Det hade börjat bli en vana igen; hade inte smakat gott på flera dagar, men bara han kom härifrån någon gång, skulle han se till att sätta nya och tydligare gränser. För både det ena och det andra.

– Allright, sa han och rätade på ryggen. Eftersom du insisterar. Hrrm! Söndag eftermiddag, vi börjar med söndag eftermiddag... Jag tillbringar alltså ungefär två timmar därute.

Talar med Jellinek, med alla tre kvinnorna och med två av flickorna. Vill inte påstå att jag lägger fingrarna emellan i någon högre utsträckning, och när jag åker därifrån vid tretiden, har jag antagligen rört om en del… satt vissa saker i gungning uppenbarligen, frågan är bara vilka.

Han gjorde en paus, men Przebuda satt bara tillbakalutad i sin stol på andra sidan bordet och betraktade honom över kanten på sina halvglas.

Med koncentrerat allvar, såg det ut som. Kanske spetsat med en droppe milt överseende. Kommissarien drog ett djupt andetag och fortsatte.

– I alla händelser hade det rubbat cirklarna för eftermiddagen. De aktiviteter som var planerade – något slags grupparbete om budorden, tydligen – inställdes och flickorna fick ett par timmar ledigt istället. Fritt fram att göra vad de ville, mer eller mindre, ett ganska ovanligt inslag i programmet, såvitt vi förstår; det normala var annars att hålla dem sysselsatta med fromlerierna från morgon till kväll. Timme ut och timme in… utan chans till eftertanke, det var väl det som var själva poängen, antagligen. Jag vet inte alls vad Jellinek och hans frillor har för sig under de här eftermiddagstimmarna, men förmodligen sitter dom och trycker någonstans alla fyra. Diskuterar läget eller nånting. Klockan sex serverar man middagen som vanligt i alla händelser, med undantag av att Jellinek själv inte är närvarande. Soppa med grönsaker och nudlar… bröd, smör och ost. Lite spartanskt kan det tyckas, men det var ingenting ovanligt.

– Jellinek…? började Przebuda.

– Deltar inte i måltiden och inte i den föregående bönen heller. Däremot går han som vanligt tillsammans med en kvartett flickor och hämtar mjölk hos Finghers mellan sju och kvart i åtta, ungefär. Sedan dyker han upp strax efter nio, det är vad vi fått fram i varje fall. Då leder han aftonsamlingen precis som han brukar… dessförinnan har dock flickorna – genom kvinnornas försorg – fått veta att Det Rena Livet blivit angripet av fienden, och att stora och avgörande ting är i görningen.

– Vad fan? sa Przebuda och la ifrån sig pipan. Säger dom sådana där saker?

Van Veeteren nickade.

– Utan tvivel, sa han. Men om vi backar tillbaka lite och koncentrerar oss på flickorna istället, så tillbringar dom alltså friheten under eftermiddagen på lite olika sätt. Några badar nere vid sjön, några ligger och läser – inomhus eller utomhus, och naturligtvis bara de bleksiktiga alster som tillhandahålls därute. Helgonberättelser och församlingsblad och allsköns jox – några vandrar i skogen och en kvartett av dem beger sig bort till ett ställe som dom kallar badklippan. Två av dessa flickor är identiska med dem som jag suttit och pratat med några timmar tidigare – Belle Moulder och Clarissa Heerenmacht. Alla fyra badar och är tillsammans en stund, men strax före halv sex ungefär går de två andra tillbaka till kolonin på egen hand... det rör sig om knappt fyrahundra meter, inte mer. Kvar är Belle och Clarissa, fjorton respektive tolv år gamla.

Han gjorde ett kort uppehåll, men hans värd rörde inte en min.

– En halvtimme senare sitter den äldre flickan i matsalen och ber sin bordsbön. Den yngre... Clarissa... tja, hon är nog fortfarande i livet, men har antagligen börjat umgås med sin mördare så smått. Hon har i varje fall inte många timmar kvar att leva.

– Usch, sa Przebuda och tog av sig glasögonen. Nej, jag vill inte byta jobb med dig, det hoppas jag du ursäktar. Men vad säger den här Belle då? Var det så hon hette?

Kommissarien nickade.

– Belle Moulder. Det är här vi har problemet. För det första säger hon inte särskilt mycket. Hon är den i hela gruppen som håller ut längst... som bryter tystnaden sist av alla. Uppenbarligen är hon någon sorts ledare för hela gänget, och ingen särskilt god sådan, om jag tolkat tecknen rätt. För det andra tror jag att hon ljuger när hon äntligen kläcker ur sig någonting. Hon påstår att hon ville att Clarissa och hon skulle göra sällskap från klippan, men att Clarissa ville vara ensam en stund för att fundera över någonting. Så hon lämnade henne där.

– Jaha, sa Przebuda. Och vad tror du hände, då? För i det här fallet ser jag att du har en uppfattning.

– Jag tror att hon skällde ut henne, sa Van Veeteren.

– Skällde ut? sa Przebuda och började kratsa ur pipan med en tändsticka. Varför då?

– Därför att hon varit en smula för frispråkig när jag talade med dom.

– Aha, sa Przebuda. Hade hon varit det då?

Kommissarien suckade.

– Inte fan. Men dom är ju som dom är.

Przebuda funderade en stund.

– Nåja, sa han sedan. Jag kan ändå inte se att det skulle ha någon avgörande betydelse. Den äldre flickan lämnar den yngre, antingen efter ett gräl eller på någorlunda god fot. Vad spelar det för roll?

– Jag vet inte, sa Van Veeteren. Kanske ingen alls, men det finns en liten detalj till. Det mesta tyder på att Belle Moulder också haft ett enskilt samtal med Jellinek senare på kvällen... någon gång efter samlingen men innan det var dags att gå till sängs, alltså. Halv tio ungefär. Ett par av flickorna antyder att de sett dem tillsammans... men bara vagt, det ska gudarna veta, och själv nekar hon.

– Och vad skulle det betyda om hon pratat med Jellinek?

– Svårt att spekulera i. Det troligaste är förstås att han velat ha uppgifter om Clarissa Heerenmacht. Han måste ju ha upptäckt att hon saknas vid den här tidpunkten i alla fall.

Om det är han själv som dödat henne vet han det förstås i ännu högre grad.

Przebuda nickade och började stoppa pipan.

– Jag förstår, sa han. Ja, jag tror jag har bilden klar för mig. Vill du ha ett glas till?

– Ska det verkligen vara nödvändigt? sa kommissarien. Nåja, låt gå för ett par droppar, då.

Andrej Przebuda reste sig och gick bort till hörnskåpet.

– Sedan då? sa Przebuda. Därnere vid klippan, alltså.

– Bra fråga, sa kommissarien. Ja, sedan – förmodligen inom en kvart efter att Belle Moulder lämnat henne – kommer mördaren in i bilden. Antingen finns han redan nere vid klippan eller också dyker han upp någonstans när hon är på väg tillbaka till kolonin. Jag tror inte flickan bestämde sig för att hoppa över middagen, även om det naturligtvis inte är uteslutet.

– Du säger ”han”, påpekade Przebuda.

– Låt oss anta att det är en man, sa kommissarien. Han våldför sig på henne och dödar henne genom att strypa henne, och sedan har vi nästa komplikation.

– Verkligen?

– Platsen, förklarade kommissarien. Jag vill gärna tro att det finns något slags logik även i de mest perverterade handlingsmönster, det här har vi ju talat om. Mördaren dödar henne någonstans, och det enda vi med säkerhet kan säga, är att det inte skedde där vi senare hittar henne. Det finns inga tecken på strid eller våldsamheter vid själva fyndplatsen, vilket innebär att hon måste ha blivit dittransporterad efteråt. Alldeles efter dådet eller senare. Av mördaren eller av någon annan.

– Av mördaren eller av någon annan...? upprepade Przebuda med lätt höjda ögonbryn.

– Skälet till att flytta på kroppen är också en smula inverterat, fortsatte Van Veeteren. I vanliga fall flyttar man kroppen för att gömma den, men här verkar det ha varit precis tvärtom – för att hjälpa oss att hitta den.

Andrej Przebuda nickade.

– Den här telefonkvinnan...?

– Ja, sa kommissarien. Kom ihåg att inte skriva om henne bara, så är jag tacksam. Kanske är det alldeles galet, men spaningsledningen har bestämt att hålla hennes existens hemlig tills vidare. Nå, vad drar du för slutsatser?

Det blev tyst en stund. Van Veeteren betraktade cigarrettpaketet framför sig på bordet, men lät det ligga. Knäppte händerna bakom nacken istället och lutade sig tillbaka. Funderade på om han fått med det väsentliga, eller om där saknades några detaljer.

Och om det överhuvudtaget var möjligt att komma fram till några vettiga konklusioner.

– Två, avgjorde Przebuda till slut. Två slutsatser. Hon verkar veta vad hon talar om och hon vill hjälpa polisen. Den här kvinnan, alltså.

Van Veeteren svarade inte.

– Två frågor också, fortsatte Przebuda. Varför? Och vem fan är hon?

– Redaktören bubblar av intelligenta frågeställningar, konstaterade kommissarien. Men det finns en till.

– Jag vet, sa Przebuda. Hur? Hur i helvete kan hon veta så mycket?

– Exakt, sa Van Veeteren. Jag har stirrat på dom här obegripligheterna några dagar nu: Vem är hon? Hur kan hon veta? Varför vill hon hjälpa oss?

– Det är väl ändå så..., började Przebuda men avbröt sig.

– Vad då?

– Jo, det måste ju vara så att det räcker om du får svar på en av dom. Sedan ger sig det andra också. Eller hur?

Kommissarien suckade.

– Förmodligen, sa han. Kan man få ett förslag, då? En på tre borde väl en rutinerad gammal skriftställare klara?

Przebuda skrattade till. Sedan harklade han sig och blev allvarlig.

– Nej, sa han. Men inte är det väl möjligt att herr kommissariens intuition legat och sovit hela veckan? Tror du det är en av dom? Dom här kvinnorna på kolonin, alltså?

Van Veeteren betraktade de fladdrande ljuslågorna i tio sekunder.

– Jag vet inte, sa han sedan. Jag tror jag kan utesluta en av dom i varje fall.

– Alltid något, sa Przebuda.

Via kyrkogården i västra utkanten av samhället samt en slingrande cykel- och promenadväg bort mot villaområdet Kaasenduijk – där för övrigt t.f. polismästare Kluuge bodde tillsammans med sin Deborah – tog de sig i en väl avvägd halvcirkel tillbaka in mot Sorbinowo från norr. Inalles en timmes promenad; tre-fyra kilometer genom den doftrika sommarkvällen i maklig takt. Till en början underhöll Przebuda med strödda iakttagelser om både det ena och det andra som kom i deras väg – byggnader, lokal kuriosa, flora och fauna (företrädesvis myggor samt nötboskap i svartvitbrokig tappning) – men så småningom tröttnade han, och de återgick till den dagordning som tycktes vara den överenskomna och ofrånkomliga.

– Den här figuren Jellinek... han ger sig alltså av någon gång under natten, eller...?

– Samma sak här, muttrade kommissarien. Vi vet inte. Ingen av flickorna har sett honom senare än kvart i tio på söndagskvällen, så vi räknar med att han stuckit före gryningen i varje fall. Det finns en flicka – men bara en, nota bene – som tror att hon hört en bil starta någon gång under natten.

– En bil?

– Ja, dom hade en bil därute. En gammal Vauxhall, registrerad på Madeleine Zander. Jellinek har inte körkort ens.

– Men den fanns där sedan?

– Javisst. Stod parkerad på det vanliga stället på måndagsmorgonen. Hon – eller någon av de andra – kan ha kört honom någonstans under natten, men det är ingalunda bekräftat.

– Hur skulle han annars ha kommit iväg?

Van Veeteren ryckte på axlarna.

– Vete fan. Jo, visst är det troligast att han försvann med hjälp av den där bilen, men vart kommer vi med det?

– Hur är det med grannar därute? frågade Przebuda.

– Finghers åt ena hållet, sa Van Veeteren. Dom hade dom lite kontakt med. Ett par som heter Kuijpers lite längre in i skogen. Det var folk hemma på bägge ställena den där natten, men ingen har hört någon bil. Fast det betyder naturligtvis inte ett skit. Man får väl anta att Jellinek sitter gömd hos någon annan undersåte i församlingen... dom är uppemot tusen stycken, så det krävs en del resurser om vi vill börja leta på allvar. Polisen borta i Stamberg håller förstås på och sätter klorna i dom man råkar få tag på, men det verkar inte ge så mycket. Det är ju semestertider också... förutom det här med bristande samarbetsvilja, alltså.

– Jaha ja, sa Przebuda och viftade undan en knottsvärm. Det blåser inte medvind precis.

De fortsatte ett par minuter under tystnad.

– Varför? återtog redaktören, när han väl följt den egna tanketråden till nästa knut. Varför gav han sig iväg om han nu skulle vara oskyldig? Tyder det ändå inte på att det är han?

– Mycket möjligt, sa kommissarien. Fast han kan ha haft skäl att gå under jorden i vilket fall som helst. Har varit ute för polisen tidigare, och om det nu börjat försvinna flickor från hans läger, är han inte dummare än att han inser att han ligger illa till. Det är naturligtvis ett jäkla sätt att fly fältet, men ingalunda oförklarligt. Vi ska inte glömma bort att vi under alla förhållanden har att göra med en skitstövel. En riktig skitstövel.

– Så det finns ändå en viss logik, menar du?

– Utan tvivel, sa kommissarien. Jag har tänkt på det, och det skulle egentligen ha varit konstigare om han stannat kvar. I synnerhet om man betänker den här andra flickan som är borta – kom ihåg att det här också är mellan fyra ögon; du är den ende redaktören i landet som känner till saken – och i synnerhet om man betänker vilket skrot och korn Jellinek är gjord av, som sagt.

– Jag förstår, sa Przebuda. Fast jag begriper inte riktigt vad kontentan blir... det finns alltså ingenting som direkt binder Jellinek och hans anhang till dom här vidrigheterna?

– Nej, suckade Van Veeteren. Inga särskilt starka band i varje fall. Såvitt jag kan se är det mycket möjligt att vi har att göra med en alldeles anonym galning som stryker omkring därute i skogarna.

– Utan anknytning till Det Rena Livet?

– Utan minsta koppling.

– Det var som fan, sa Przebuda.

– Fast det kan naturligtvis lika gärna vara dom som ligger bakom också.

– Naturligtvis, sa Przebuda. En eller annan av dom åtminstone.

Han stannade upp och tände pipan, och sedan försjönk både han och kommissarien i privata funderingar en lång stund, medan de spankulerade – mycket makligt – sida vid sida alldeles i trakterna av upploppet på assistent Kluuges joggingbana. Fast om just detta geografiska faktum hade inte ens redaktören någon kännedom.

– Tja, sa Przebuda när de börjat komma in i bebyggelsen igen. Enten eller... en vidrig historia är det i alla fall. Jag hoppas ni klarar upp den. Måste väl tillstå att jag inte har mycket att bidra med... jag tror förresten våra vägar skiljs åt här framme. Du har Grimm's där nere, som du ser... fast om du behöver en doktor Watson någon mer gång, så står givetvis min klena hjärna till förfogande.

– Man tackar, sa Van Veeteren. Ja, två klena hjärnor är ju i alla fall mer än en.

De tog avsked, men innan Andrej Przebuda hunnit fem steg upp mot Kleinmarckt, hejdade han sig.

– Tror du att du klarar upp det här, förresten? frågade han. Brukar du lösa dina fall?

– De flesta, sa Van Veeteren.

– Men det finns några olösta?

– Ett, konstaterade kommissarien. Låt oss inte tala mer om den saken. Var dag har nog av sin egen plåga... som sagt.

– Förvisso, sa Przebuda och Van Veeteren tyckte sig kunna höra hur han log i mörkret. Godnatt, kommissarien. Må änglar sjunga dig till ro.

Nej, tänkte kommissarien dystert, när redaktören försvunnit. Låt oss inte börja fundera över fallet G också. Det är nog som det är.

När han klev in genom de mjölkvita glasdörrarna på Grimms hotell, hade missmodet hunnit ifatt honom.

Borde ha tagit upp andra saker, tänkte han. Borde ha riktat fokus mot någonting annat.

Katarina Schwartz, till exempel. Eller Ewa Siguera. Eller potentiella våldsverkare i omgivningarna. Ger mig fasen på att han hade haft något att komma med!

Fast kanske var självkritiken orättfärdig. Hursomhelst var flickan Schwartz' försvinnade ännu så länge – efter snart en veckas rampljus – en sak de lyckats gömma undan från journalisterna. Det hade förmodligen mera med tur än med skicklighet att göra, och för övrigt kunde man ju fråga sig om det var någon större poäng med undanhållandet? Kanske, kanske inte.

Och från den franska polisen hade inte hörts ett ljud.

Stiltje, tänkte kommissarien (som bara suttit i en segelbåt två gånger i sitt liv – vid båda tillfällena i sällskap med Renate). Under hela denna lördag hade det knappast blåst så mycket som en fläkt över Sorbinowo, och fallet hade inte rört sig framåt en millimeter.

Stiltje, således.

Han erinrade sig gårdagens suggestiva stillhet uppe vid Wolgerhuus och förstod att den där frågan om avstannande och död nog hade fler aspekter än man vanligen brukade föreställa sig.

Madeleine Zander och Ulriche Fischer! tänkte han sedan med avsmak, medan han stod vid receptionsdisken och väntade på nyckeln. Var det verkligen så illa att han skulle behöva ge sig i kast med dom också?

Och när den unge nattportieren sedan dök upp, visade det sig att det fanns ännu ett kvinnonamn som gäckade honom.

Fast på lite annorlunda sätt.

Reinhart hade skickat ett meddelande, nämligen. Det var kort och koncist:

*Finns ingen jävla Ewa Siguera i hela landet. Ska jag fortsätta med resten av världen?*

Van Veeterens svar var i stort sett lika stringent:

*Räcker med Europa. Tackar på förhand.*

Nåja, tänkte han när han väl kommit i säng. Lika gott att fortsätta som planerat i vilket fall som helst.

# 25

Det andra offret för sektmördaren – som flera tidningar senare skulle komma att kalla vederbörande – hittades vid sextiden på söndagmorgonen av två scouter, en sextonårig pojke och en femtonårig flicka, som befann sig på en större hajk i skogarna nordväst om Sorbinowo. På bägges enträgna begäran blev det aldrig utrett vad det egentligen var som fört dem mer än fyra kilometer bort från lägret vid en sådan tidpunkt på dygnet, men polismästare Kluuge – som återigen var förste man på plats – hade naturligtvis sina aningar.

Kroppen av den unga flickan låg under en hög av ris och torra trädgrenar cirka tjugo meter från den smala väg som löpte från Waldingen ut mot Limbuis och Sorbinowo, och avståndet bort till den närmaste kolonibyggnaden var inte mer än drygt hundrafemti meter. Sträckan mellan den nya och den gamla fyndplatsen uppmättes senare till ungefär det tredubbla, och kanske borde man haft rätt att begära att den spaningspatrull som under två dagar genomsökt omgivningarna efter det första mordet skulle ha upptäckt kroppen, och kanske – tänkte Kluuge apropå ingenting – kanske kom sig den ovanligt bleka färgen i ansiktet på flickscouten av att hon hade svårt att glömma vad hon haft för sig alldeles i anslutning till, och i skydd av, den aktuella rishögen.

Det var i alla fall hans bedömning när han betraktade henne, och han visste också att dessa ganska ovidkommande spekulationer – medan alla tre satt på en trave timmerstockar och väntade på att läkar- och brottsplatsteamet skulle anlinda och såg solen gå upp över skogen till en ny dag – bara dök upp i huvudet på honom för att hålla tankarna i schack.

När han jämförde den Katarina Schwartz som tillbringat nästan två veckor i form av en död kropp, reducerad till kemiska processer, med den bild av en leende ung flicka med blonda flätor som han hade i sin plånbok, rådde det inget tvivel om att hans tankar behövde all den distraktion de kunde få.

Jag har blivit gammal, tänkte han. Ändå har det inte gått mer än en vecka sedan jag blev vuxen.

En första rapport från en någotsånär samlad expertis var klar strax efter klockan ett på eftermiddagen, och gav vid handen att den döda var en viss Katarina Emilie Schwartz, 13 år gammal och hemmahörande i Stamberg. Hon hade våldtagits (inga spår av sperma) och strypts, företedde i stort sett samma typ av skador som det tidigare offret, Clarissa Heerenmacht, och hade sannolikt mött sin baneman någon gång för mellan tolv och sexton dagar sedan. Inga kläder – eller spår av kläder – hade tillvaratagits på eller i närheten av fyndplatsen, och det bedömdes som mycket sannolikt att flickan bragts om livet på annan plats än den där hon hittats. I den presskommuniké som sändes ut under eftermiddagen meddelades alla kända omständigheter angående den tragiska upptäckten – förutom den att polisen redan sedan tidigare satt inne med vissa kunskaper om flickans försvinnande.

Samtidigt med pressmeddelandet skickades också ut två stycken efterlysningar.

En upprepad av sektledaren Oscar Jellinek.

En ny av flickans föräldrar.

Som av en händelse kom också lite senare samma eftermiddag ett fax från den franska polisen – man hade hittat herr och fru Schwartz på en s.k. gîte på en bondgård i Bretagne –

och innan solen gått ner över Sorbinowo denna långa söndag hade det stackars paret redan påbörjat hemfärden, för att så fort som möjligt få konfronteras med de jordiska kvarlevorna av sin dotter.

Och när gamla fru Grimm – hotellägarinna och i grunden kallsinnig för allt som inte hade med kungligheter eller böhmiskt porslin att göra – ännu senare på kvällen gick igenom gästliggaren, kunde hon konstatera dels att det var fullbelagt, dels att antalet övernattande som angivit ”journalist” – eller därmed besläktad verksamhet – i yrkeskolumnen var påfallande stort.

Beträffande herr Van Veeteren (urmakare och horolog), som bott i nummer 22 i tio dagars tid, så hade han ännu vid midnatt inte återkommit från den utfärd han begivit sig iväg på under förmiddagen.

Men eftersom han tycktes ha lämnat större delen av sin packning kvar på rummet, hyste hon inga farhågor om att han skulle ha avvikit och inte avsåg att komma tillbaka och betala sin räkning.

På det hela taget hade han ju gjort intryck av att vara en hederlig karl.

# V

## 28–31 juli

# 26

De första milen kände han sig nästan som en lycklig rymling.

Bara sådär måttligt skuldmedveten. Ungefär som under gymnasietiden, erinrade han sig, en sådan där försommardag då han struntat i franskan eller fysiken och istället cyklat med någon likasinnad ner till kanalen för att titta på flickornas simträning. Eller ut till Oudenzee för att bara ligga på stranden och smygröka.

Skolk, således. Inget tvivel om att han lämnade Kluuge och de andra i sticket. Och följaktligen heller inget tvivel om att Krantzes' nog var ett ganska gångbart alternativ när allt kom omkring.

Lite märkligt i alla fall att han lyckades hålla det på distans. Åtminstone kändes det så när han satt bakom ratten i den glesa förmiddagstrafiken. Servinus hade informerat honom per telefon om det nya fyndet redan vid åttatiden. Det nya flickliket. Efter att ha kämpat ner den första vämjelsen hade han talat omväxlande med Kluuge, Lauremaa och Suijderbeck flera gånger under morgonen, men han hade inte återkallat sina planer.

Hade inte åkt ut till Waldingen för att bilda sig en personlig uppfattning och hade inte dåligt samvete... eller bara måttligt dåligt, som sagt. Hade dock känt tröttheten börja växa, och det gällde att hålla den stången, förstås... denna molnbank som drog in över själens landskap och lade det i dödsskugga, tänkte han i ännu ett anfall av formuleringsnoja… trötthetens och ledans mörka himmel. Han hade ju vetat om det. Hade väntat under alla dessa dagar på just den här upptäckten, och nu hade bekräftelsen kommit.

Så detta med distansen var kanske inte mer än en mur mot maktlösheten, när allt kom omkring. Förberedd och försvarbar på sätt och vis. Han var ju trots allt ingen ungdom längre. Hade varit med förr.

Hade varit med lite för ofta.

– Jag har ett par spår, hade han förklarat. Förmodligen ingenting av vikt, men jag tror det är bäst om jag följer upp dom. Ni klarar er själva. Det var ju det här vi väntade på, eller hur?

Kluuge hade inte vågat protestera. Hade antytt att ytterligare förstärkning nog var på gång, och att han hoppades att kommissarien snart skulle vara tillbaka.

– Vi får se, hade Van Veeteren svarat. Om det inte ger nånting, kanske jag dyker upp redan i kväll.

En grov lögn, förvisso. Åtminstone två nätter hade han för avsikt att tillbringa i Stamberg, och det var bara för skams skull som han inte checkat ut från Grimm's helt och hållet.

Men hellre ett par dubbla övernattningar, alltså – som väl skulle åstadkomma en och annan kommentar från löneavdelningen – hellre detta än att behöva stå öga mot öga med ett nytt, malträterat flicklik.

Eller förklara varför han inte stod ut med tanken. Det var som det var. Inte förhandlingsbart, helt enkelt.

Och när han så småningom började skärskåda dessa överväganden och beslut lite närmare – medan kilometrarna rullade undan och medan Boccherini smekte ur högtalarna – förvånades han visserligen en smula, men det var en förvåning som bar den resignerade mättnadens prägel. Även denna. Ingenting han upprördes över och ingenting han kunde göra någonting åt.

Jag har fått nog, tänkte han. Jag vill inte stå och glo på ännu en död trettonåring. Det har kommit till en punkt, äntligen. Klargjorts och hunnit ifatt mig.

Beslutet är taget.

Han stannade ungefär halvvägs – efter dryga åtti kilometer – på ett rastställe i höjd med Aarlach. Molntäcket hade tätnat under hela förmiddagen, en ganska kraftig nordväst drog över de öppna fälten och han gissade att det nog skulle komma regn före kvällen. Ändå slog han sig ner vid ett utomhusbord med kaffe och mineralvatten och den tidiga upplagan av kvällstidningarna. Både den Poost och Neuwe Gazett.

Det stod ingenting om det nya mordet i Waldingen, inte ännu, men det skulle förstås inte dröja många timmar förrän de första löpsedlarna drabbade honom. Det var inte särskilt svårt att gissa sig till formuleringarna. Inte heller att föreställa sig det uppskruvade läget borta hos spaningsledningen.

Eller hungern hos de horder av journalister som just i denna stund var på väg mot Sorbinowoskogarna för att få sätta tänderna i en ny, färsk flickkropp.

Nej, inte så färsk förresten, korrigerade han sig. Snarare ett par veckor gammal vid det här laget.

Vilket knappast gjorde saken bättre.

Han rös till av olust och drack vattenflaskan i botten.

Därefter tände han en cigarrett och försökte koncentrera sig på vad som möjligen låg framför honom i Stamberg istället. Nog av med rymningstankar.

Samtalet med intendent Puttemans tog runt en timme, och hela tiden satt han och betraktade regndropparnas långsamma färd nerför det lite vågiga fönsterglaset. Oklart varför, men det var någonting med dessa tunna, oregelbundna strömmar som tilltalade honom och som han ogärna ville släppa kontakten med. Inte gå miste om det oförutsägbara ögonblick då en av alla dessa oändliga droppar plötsligt fick nog och bestämde sig för att rinna uppåt istället; ja, förmodligen var det någonting sådant som föresvävade honom. Någonting som hade med revolt och själsfrändskap att göra.

Eller med de första tecknen på Alzheimer, tänkte han förfärat.

När man var klara skakade man hand. Puttemans återvände hem till familjen och den väntande söndagsankan (som Van Veeteren vänligt men bestämt tackat nej till), medan han själv stannade kvar en stund i polishuset och ringde upp några av de personer som kollegan vaskat fram åt honom.

Gjorde upp om möten under följande dag, och när han lagt på luren efter det sista samtalet kunde han konstatera att det fortfarande regnade.

Och att dropparna behöll sin fallande riktning.

Han satt kvar i ytterligare tjugo minuter, medan han gick igenom anteckningarna från samtalet med Puttemans. Därpå rökte han en cigarrett och sedan upphörde regnet. Han lämnade polishuset. Strövade tvehågset omkring en stund i de centrala delarna av staden. Vände två gånger i dörren in till barer som såg lika ödsliga ut som hans motiv för att slinka in på dem, innan han strax efter klockan fem hittade ett hotell av ungefär den kaliber som föresvävat honom.

Glossmann's hette det. Undangömt. Litet. Säkert femti år på nacken.

Diskret matsal med vita dukar samt teve på rummet.

Det senare en eftergift åt läget, givetvis. Han checkade in och förklarade att han avsåg att stanna i två nätter. Eventuellt ytterligare en eller ett par. Tog med sig två öl från receptionen, och unnade sig sedan ett långt och vederkvickande bad i sällskap med dessa samt en rad tankehärvor av mer eller mindre martialisk natur.

I kraft av ålder och betydenhet innehöll staden Stamberg ett antal kyrkor från olika sekler och byggnadsstilar (bland annat den s.k. Moriska basilikan i kärnan av gamla staden, med altare av Despré, eller någon av lärjungarna), men när Van Veeteren äntligen letat sig fram till Det Rena Livets helgedom, förstod han att det här rörde sig om en annan sorts andlighet.

Helt annan. Sen sextitalsarkitektur uppenbarligen – i den mån det nu fanns arkitekter på den tiden. Smutsgrå betong med inskott av billigt, rödbrunt tegel. Oproportionerliga fönster i vågräta, godtyckligt avklippta segment. En sporthall eller en sommarstängd högstadieskola, var de första associationer som dök upp i kommissariens huvud. Intrycket av övergivenhet och tristess var slående; de vanskötta rabatterna och maskrosorna i stenläggningarnas sprickor gav tydligt för handen att verksamheten låg nere. Djupt nere. Att det var sommar och att andens åker befann sig i träda.

Gudsförgätet! konstaterade han och sparkade in en ölburk i den spretiga spireahäcken. Avlägset beläget var det också; ute i något som började likna industriområde – med stumma, fyrkantiga fabrikskomplex och avfolkade gator utan trottoarer. Inte precis kyrkan mitt i byn. När han tagit sig runt den långsmala byggnaden, förstod han också att det fanns externa krafter som tagit till uppgift att hålla de troende borta.

”Mördarjävlar” stod det sprejat med darriga, halvmeterhöga bokstäver diagonalt över entrédörrarna på gaveln. ”Död åt svinen” kunde han läsa lite längre ner – vilket tillsammans med ett stort antal ”Fuck” och andra allmänna obsceniteter och tags gav ett rätt så beklämmande helhetsintryck. Han hade också på känn att det mesta var av ganska sent datum; att dessa unga, anonyma al fresco-artister med största sannolikhet varit i farten under någon av de allra senaste dagarna.

Eller nätterna, snarare.

Den Andra Världen, tänkte han och började vandra bort från eländet.

Och – slog det honom – om det nu verkligen var så att parallellen med de första kristna och förföljelsen av dem utgjorde något slags dogm i Det Rena Livets katekes, så tycktes man åtminstone i det hänseendet ha fått en droppe vatten på sin kvarn.

Vilket förmodligen, under rådande omständigheter, knappast var någon tröst.

Efter en utdragen middag i den glest befolkade matsalen, var han tillbaka uppe på rummet precis i tid för tionyheterna. Han knäppte på teven och lutade sig tillbaka i sängen.

Sändningen varade i tjugo minuter, och med dyster avsmak kunde han konstatera att nästan hälften av tiden ägnades åt utvecklingen borta i Sorbinowoskogarna.

Bilder från fyndplatserna – både den nya och den gamla. Bilder av kolonibyggnaderna och av de bägge döda flickorna – fast i levande, glatt leende tillstånd. Uppgifter om ålder, hemort och intressen. Pedagogiska kartor med tydliga kryss och pilar. Omständlig sammanfattning av utredningsarbetet fram till dags dato och sedan intervjuerna.

Först Kluuge, som såg svettig och besvärad ut och knappast gav något särskilt vederhäftigt intryck, måste han tyvärr konstatera. Sedan Suijderbeck, som släppte ifrån sig fyra svordomar på en halv minut och verkade ha uppenbara svårigheter med att inte be den vattenkammade reportern dra åt helvete.

Så slutligen ett klipp från presskonferensen och här flöt äntligen det första lite ljusare tecknet upp till ytan på ganska länge.

Åtminstone enligt Van Veeterens sätt att se. På de bägge platserna längst ut till höger i polisens femmannapanel satt nämligen inga mindre än intendent Reinhart och assistent Jung – förlåt, inspektör Jung, skulle det numera heta – och även om ingen av dem verkade ha några leenden på lut (Reinhart såg närmast ut som om han satt och ruvade på en trasig glasflaska), så kunde kommissarien inte undgå att märka hur det ryckte upprepade gånger i kindmuskeln. Hans egen, den högra.

Det gick visserligen över så snart kollegerna försvunnit ur rutan, men deras oväntade inhopp på scenen förde onekligen med sig en svag känsla av förtröstan och försiktig optimism. Den första på länge.

Undrar om dom tagit in på Grimm's, tänkte Van Veeteren. Man kanske skulle slå en signal?

Vid närmare eftertanke lät han det vara. Ägnade istället två timmar åt att läsa igenom alla papper om Det Rena Livet och dess anhängare som han fått av Puttemans, och när han var klar kunde han konstatera att det förmodligen bara varit fråga om bortkastad möda.

Också detta.

# 27

På morgonen ringde han i alla fall.

– Vi har ingenting med utredningen att göra, förklarade Reinhart. Vi har kommit för att spåra upp en gammal kriminalkommissarie som försvunnit.

– Jag är honom på spåren, sa Van Veeteren. Oroa er inte

– Skönt, sa Reinhart. Vad fan håller du på med?

– Följer upp ett par lösa trådar.

– Det där är ett citat.

– Må så vara. Jag återkommer imorgon eller i övermorgon, hursomhelst. Hur ser det ut?

– För jävligt, sa Reinhart. Det måtte väl du veta. Vem är det som har gjort det? Den här Messias-nissen?

– Mycket möjligt, sa Van Veeteren. Jag vet inte.

– Var gömmer han sig då?

– Ingen aning. Här kanske. Finns åtminstone femhundra hushåll i Stamberg, där man skulle vara villig att hysa in honom. Dom flesta är i och för sig undersökta, men man vet ju aldrig.

– Nej, man gör inte det, sa Reinhart och morgonhostade. Jag har lite svårt att föreställa mig dig gå runt och knacka dörr bara, men det är ju inte mitt bekymmer. Nåja, om det nu inte är han, vem är det i så fall?

– Då är det någon annan, sa Van Veeteren.

– Jag ska anteckna det, sa Reinhart. Och vad tycker kommissarien jag ska använda mina pigga grå till en sådan här dag, då?

Van Veeteren funderade ett ögonblick.

– Hitta mördaren, avgjorde han. Ja, det skulle förbättra dina positioner en del.

– Jag antecknar det också, sa Reinhart. Om du ringer ikväll, ska du få en rapport. Förresten, allvarligt talat...

– Ja?

Det gick tre sekunder.

– Jag tycker inte om den här historien.

– Inte jag heller, sa Van Veeteren.

Ny paus, medan Reinhart förmodligen letade efter pipa och tobak.

– Såna här barnamördare är tamejfan det värsta jag vet.

– Desto större anledning att sätta fast dom, sa kommissarien.

– Exakt, sa Reinhart. Jag ska göra vad jag kan. Hur är kollegerna, från det ena till det andra?

– Godkända, sa Van Veeteren. Suijderbeck är nog bäst.

– Han med lösbenet?

– Ja.

– Då säger vi så, sa Reinhart och lade på luren.

Kvinnan betraktade honom först en god stund genom fiskögat i dörren. Fick honom också att hålla upp legitimationen intill det lilla hålet, innan hon omständligt började låsa upp. Denna procedur tog ytterligare en halv minut och han började undra om hon var vid riktigt sunda vätskor.

Fast kanske var det så här med dom allihop, tänkte han sedan, när hon äntligen var klar och han kunde stiga in i den trånga tamburen.

Med varenda fårskalle i denna aningslöst fromlande hjord.

Å andra sidan – med tanke på vissa tidningsskriverier och vissa väggskriverier – fanns det kanske god anledning att barrikadera sig en smula dessa dagar. Om man nu ville undvika alltför närgången kontakt med Den Andra Världen. Vem var han att avgöra?

Hennes handslag var kallt och fuktigt. Hon gick före in i vardagsrummet och gestikulerade ner honom i en blommig soffa framför ett ovalt bord där hon dukat fram te och småkakor.

– Varsågod, sa hon och rösten bar inte riktigt.

– Tack, sa Van Veeteren.

Hon hällde upp blekt te ur kannan och han betraktade henne förstulet. En tunn och lite anemisk kvinna. Några och fyrti, gissningsvis. Samma anstrykning av blodfattigdom som hos nornorna borta i Sorbinowo, noterade han och han undrade vad det kunde bero på.

En andlighet som höll på att kväva alla kroppsliga funktioner och behov? Viljans triumf?

Eller var det bara hans vanliga fördomar och traditionella könsrollstänkande? Svårt att säga. Renate dök upp för hans inre öga under ett kort ögonblick i alla fall. Blängde förebrående på honom och försvann.

– Kan ni berätta lite om församlingen, bad han. Vad ni sysslar med, hur ni skiljer er från andra samfund... och sådana saker.

Hon skramlade med koppen mot fatet.

– Jo... började hon och harklade sig ett par gånger... vi tror på den levande guden.

– Ja? nickade kommissarien uppmuntrande.

– På den levande guden...

Van Veeteren tog en kaka.

– Jesus finns mitt ibland oss.

– Jag har hört sägas det.

– Den som en gång sett trons ljus...

– ...?

– ... det är en nåd att få vara med.

– Det har jag förstått, sa kommissarien. Och hur länge sedan är det ni gick med i Det Rena Livet?

– Två år, svarade hon rappt. Två år, två månader och elva dagar... det var under vårkampanjen som Kristus uppenbarade sig för mig.

Van Veeteren tog en klunk av teet, som smakade varmt vatten med en mild touch av mynta. Han svalde med viss svårighet. Höjde blicken och betraktade tavlan bakom kvinnans rygg istället. En ganska stor olja med några vitklädda gestalter mot ljusa björkstammar och en blek, svagt skimrande himmel. Välling, tänkte han. I motljus. Nå, fortsätt då i herrans namn!

– Ni kan inte föreställa er, förklarade kvinnan, nu med en frisk dos salvelse i rösten. Ni kan inte det! Om ni verkligen visste vad det innebär att leva i ljuset, skulle ni bryta upp från ert gamla liv den dag som idag är.

– Halleluja, sa Van Veeteren.

– Va?

– Ursäkta. Kan ni berätta om Oscar Jellinek istället? Ni känner ju till vad som hänt borta i Waldingen.

Kvinnan knäppte händerna i knät, men svarade inte. Den friska optimismen var som bortblåst. Han förstod att han sårat henne. Redan.

– Har ni varit där någon gång?

Hon skakade på huvudet.

– Vad har ni att säga om Jellinek då?

– Oscar Jellinek är vår ledare.

– Jag vet det.

– Han är länken med den levande guden.

– Hur då?

– Hur då? Ja, han har den här kontakten tack vare sin renhet och sin upphöjdhet.

– Jag förstår, sa Van Veeteren. Vet ni var han befinner sig just nu?

– Nej.

– Men ni känner till att han rymt från lägret i Waldingen?
– Ja... nej, inte rymt.
– Vad vill ni kalla det då?
– Han följer bara Guds röst.
– Guds röst?
– Ja.
– Har ni sett vad man skriver i tidningarna? Det finns många som tror att det är Jellinek som ligger bakom morden.
– Det är omöjligt. Det är lögn och förtal. Folk är fulla av avund och ondska, det är därför man säger sådana här saker. Kristus blev också förföljd...
Förtrytelsens rosor började slå ut över hennes hals och kinder. Kommissarien väntade några sekunder medan han försökte fånga in hennes irrande blick.
– Ni är säker på det här?
– Oscar Jellinek är en helig man.
– Och det ger honom rätten att skydda en mördare?
– Jag förstår inte vad ni menar.
– Förstår ni inte? Det är väl den enklaste sak i världen att förstå. Håller ni med om att de här flickorna är döda?
– Ja, jag antar...
– Att de skändats brutalt och mördats?
– Jo, men...
– Tycker ni det vore rätt att låta deras mördare gå fri?
– Nej, det gör jag förstås inte...
– Hur kan ni då försvara att de enda som kan ge oss upplysningar väljer att inte säga något? Varsågod, jag vill gärna ha en förklaring på den frågan.
Hon svarade inte.
– Vet ni var Oscar Jellinek befinner sig?
– Jag?
– Ja.
– Naturligtvis inte.

– Tycker ni det är riktigt att tiga?

– Jag vill inte tala om det här. Jag tror...

– Mördaren går fri för att Det Rena Livet vägrar samarbeta med polisen, fortsatte kommissarien oförtrutet. Ni står hand i hand med brottslingar, kriminella och... och ja, med djävulen själv. Det finns folk som tror att ni är satanister, förresten. Känner ni till det?

Hon svarade inte nu heller. Van Veeteren tystnade. Lutade sig tillbaka och betraktade hennes stumma förvirring under en halv minut. Insåg att han gått för långt, men det var inte lätt att modulera i alla lägen. Han bytte spår.

– Är ni bekant med de här tre kvinnorna som var med på lägret. Ulriche Fischer, Madeleine Zander och Mathilde Ubrecht?

Hon ryckte vagt på axlarna.

– Lite grann.

– Vad menar ni?

– Vi lever alla i samma familj.

– I Det Rena Livet?

– Ja.

– Men dom här tre är inga av era närmaste vänner?

– Jag umgås mer med några av de andra.

– Har ni några vänner som inte är med i församlingen?

Hon tvekade ett ögonblick.

– Inga riktiga vänner.

– Så ni sa upp hela er bekantskapskrets när ni mötte Jesus för två år sedan?

– Nej, ni förstår inte...

Publikaner och syndare, tänkte Van Veeteren.

– Varför står er kyrka övergiven, kan ni upplysa mig om det, då? Jag var därute igår. Har ni inga sammankomster alls under sommaren?

– Vi har... vi har en period.

– En period?

– Ja.

– Vad då för period?

– Av ensamhet och rannsakan.

– Bön, försakelse och renhet, kanske?

– Jo, fast det är grundpelarna. Dom gäller alltid.

– Så det förekommer inga gudstjänster när herden är borta?

– Nej. Varför...?

– Ja?

– Varför är ni så arg på mig?

Därför att jag får sura uppstötningar hela tiden, tänkte kommissarien.

– Jag är inte arg. Kan ni ändå inte försöka förklara varför dom här kvinnorna valt att inte samarbeta med polisen? prövade han på nytt. Om nu Jellinek är oskyldig.

Hon ryckte på axlarna igen.

– Jag vet inte.

– Är det för att Jellinek sagt åt dom?

Hon svarade inte.

– Vet ni om att alla tre har sexuella förbindelser med honom?

Hon reagerade inte som han trott.

Hon reagerade inte alls. Satt bara kvar i den ljusblå fåtöljen med tekoppen i knät och munnen tunn som ett rakblad.

– Eller är det så att alla kvinnor i församlingen har ihop det med honom?

Kanske som ett slags initiationsrit? kom det för honom. Men herregud, dom måste ju vara flera hundra! Och det fanns trots allt andra män i församlingen, även om de inte var många. Kvinnan flyttade blicken några gånger mellan tekoppen och hans slipsknut. Sedan sa hon:

– Får jag be att ni lämnar mig ifred nu. Jag tror inte ni är någon god människa.

Van Veeteren harklade sig.

– Tack, sa han. Jag försäkrar er att ingenting skulle kännas mer tilltalande än att få gå härifrån. Men nu är det så att jag har ett jobb att sköta. Min uppgift är att hitta en mördare, och är det så att ni föredrar det, kan vi lika gärna åka ner till stationen och fortsätta vårt samtal där.

Hon ryckte till och ställde ifrån sig tekoppen. Knäppte händerna hårdare och slöt ögonen. Han ignorerade gesten.

– Ett par frågor till bara, förklarade han. Har ni barn?

Hon skakade på huvudet.

– Varit gift?

– Nej.

– Tror ni att ni känner till något som vi skulle kunna ha nytta av i den här historien? Vad som helst.

Ny huvudskakning. Han reste sig. Har du varit i lag med en karl någon gång? tänkte han.

Inte förrän han stod ute i tamburen fyrade han av den sista frågan.

– Ewa Siguera, förresten. Vem är det?

– Siguera?

– Ja.

– Jag har ingen aning. Kan ni inte lämna mig ifred. Jag måste få vara ensam.

Han såg att hon börjat få tics nu. Små ryckningar runt ögonen och munnen, och han undrade om hon faktiskt led av någon somatisk sjukdom också, till råga på allt annat.

– Allright, sa han. Jag ska inte störa er längre. Tack för ett mycket klargörande samtal.

Han försökte öppna dörren, men det var inte förrän hans värdinna hjälpt till med två av låsen som han kunde slippa ut i trapphusets höga luft igen. Han hörde reglarna skjutas till, den ena efter den andra, och han drog två djupa andetag.

Fy fan, tänkte han. Finns det inte en enda människa i hela församlingen som skulle klara en sinnesundersökning?

Ett skolmognadsprov åtminstone?

Så erinrade han sig att kvinnan som just låst in sig uppgivit lågstadielärare som yrke i telefonkatalogen, och för en sekund svartnade det för hans ögon.

Lärare?

Fast man kunde kanske nära en from förhoppning om att hon hade tjänstgöringen förlagd till den egna skolan. Församlingens privata uppfostringsanstalt. Det skulle väl i så fall begränsa skadeverkningarna en smula.

Men ändå – barnen? Han tog trappan i långa, nästan desperata kliv. Oavsett om de bodde i Ljuset eller i Den Andra Världen – vilka födelsemärken skulle man inte vara behäftad med efter en sådan skolgång? Outplånliga för evärdliga tider.

Vanmakt, kom i min famn! tänkte Van Veeteren och skyndade ut på gatan. Fy fan!

Och av den där liberala, religiösa toleransen, som han flirtat med för några dagar sedan, kände han för tillfället inte så mycket som en pust.

Rött vin, bestämde han istället. Klockan var ännu inte mer än elva på förmiddagen, men det var sannerligen inte en minut för tidigt för ett glas och en cigarrett. Herregud.

# 28

Baren hette Platons grotta, och medan han satt därinne bland skuggorna ägnade han sig mest åt den där frågeställningen som kommit upp vid det senaste samtalet med Andrej Przebuda.

Att det här med att ge sig på barn – utsätta dem för det ena eller andra, och på det ena eller andra sättet beröva dem deras barndom – egentligen var det enda brott, den enda gärning, som aldrig kunde förlåtas.

Frånsett möjligen det att – utan grund – anklaga någon annan för just detta.

Vilken balans, tänkte han. Vilken förbannat delikat balans! I den ena vågskålen alla barn som blivit utsatta för incest utan att gärningsmännen fått sitt straff.

I den andra alla som fått ett straff, trots att de var oskyldiga.

För visst hade det förekommit häxprocesser. Både här och var.

Det var förvisso ingen ny problematik, men den skeva paradox som tycktes värka både inuti honom själv och inuti detta fall, föreföll honom ändå alltmer motbjudande för snart sagt varje timme som gick.

För varje timme och varje nytt meningslöst förhör.

Den som vore en skugga ändå, tänkte han och såg sig om utefter väggarna.

Eller satt under en platan i Spili.

Under eftermiddagen talade han med ytterligare två frälsta. En man och en kvinna i tur och ordning. Båda var i trettifemårsåldern, båda var ensamstående och hade varit med i församlingen i fyra respektive sex år. Mannen – en viss Alexander Fitze – såg ut att ha legat och långkokat i barndom till en bra bit över tjugo, tyckte Van Veeteren. Han talade med en utpräglad försiktighet, som om bokstäverna vore gjorda av porslin, men lyckades ändå uppträda både forcerat och nervöst. Kommissarien kom att tänka på en gammal språklärare som han haft någon gång under de tidiga tonåren, och som hade betett sig ungefär på det här viset månaderna innan han bröt ihop och hängde sig uppe på vinden.

Kvinnan hette Marlene Kochel och hade en betydligt mer flegmatisk framtoning – med sälaktig kroppsbyggnad och läspande, sävliga svar – men beträffande själva vittnesmålen, vilka kommissarien tvingades lyssna till under dessa allt hetare eftermiddagstimmar, så uppvisade de ändå en påfallande samstämmighet.

Samma, i stort sett kliniska, brist på redovisning av det egentliga innehållet i Det Rena Livets läror och budskap.

Samma förmenta fraser om Ljuset, Renheten och Det Upphöjda Livet.

Samma devota utgjutelser om Oscar Jellinek, om hans gudomliga gåvor och härliga helighet.

Samma saliga svammel. Gång efter annan kom Van Veeteren på sig med att sitta och tänka på annat, alltmedan tiraderna staplades på varandra och bet sig själva i svansen. Eller med att bara sitta där och iaktta – betrakta – sitt intervjuoffer från en helt annan utsiktspunkt än vad det brukade vara fråga om i sådana här situationer. Eller borde vara fråga om.

En disträ och uttröttad åhörare, som i långt högre grad än att lyssna till och försöka bilda sig en uppfattning om vad som sades (och den eventuella trovärdigheten därav) mest ägnade sig åt att undra över vad det var för en egendomlig varelse som satt och pladdrade (eller läspade) i stolen mittemot. Som fjärtade ur sig dessa meningslösa haranger utan minsta förankring vare sig i verkligheten eller i något slags logiska strukturer. Ord, ord, ord. På ett språk han inte förstod.

Som en främmande art, nästan. Någonting i grunden obegripligt.

Fast likväl – en tanke som aldrig var långt utom räckhåll – kunde det ju vara han själv som var det innestängda djuret. Betraktelseobjektet. Ensamt och övergivet och blickande ut genom gallret mot en hel värld av... ja, just det, obegriplighet. Folie à deux, tänkte han. Det finns ingen objektiv verklighet.

– Vad anser ni om teodicéproblemet? frågade han en gång.

– Vad hette han? sa herr Fitze och log nervöst.

Beträffande spörsmål av mer påtaglig natur – nakenhet, djävulsutdrivning, konfirmationsundervisning och slikt – lyckades väl samtalen skingra en del dimmor, men långtifrån alla. Visst förekom det nakensammankomster. Att möta sin gud i samma fria och otvungna tillstånd som man kommit till världen i, var uppenbarligen en av Jellineks kungstankar. Och när det gällde att piska ut synder, eller djävlar till och med, så var det naturligtvis till stor underlättnad om vederbörande syndare hade så lite kläder på sig som möjligt. Det tog liksom bättre då, det borde väl till och med en sekulariserad kriminalkommissarie begripa?

Konstaterade Marlene Kochel med ett listigt leende.

Att såväl änglar som Gud Fader själv plägade ströva omkring nakna över de himmelska nejderna var också ett faktum vilket omfattades med dogmatisk självklarhet – så varför inte börja vänja sig redan på den här sidan gränsen, när man nu ändå råkade tillhöra de utvaldas skara? Barn som vuxen.

Ja, varför inte?

Men köttslighet? Icke. Erotik och lössläppthet och okontrollerade knullerier (kommissariens term, ej uttalad)? Icke en millimeter. Saken förnekades bestämt och med sådan fermitet och läspande frenesi, att han å ena sidan förstod att det inte gick att komma vidare i detta spår – å den andra anade att allt nog inte stod riktigt lika oklanderligt till som det hävdades.

Och angående profeten och hans lägerfrillor hade varken Alexander Fitze eller Marlene Kochel någon kommentar. Frågan tycktes höjd långt ovan en kriminalkommissaries förmenta fattningsförmåga; en andlighet av sådan dignitet att man borde hissna. Hissna och hålla käften.

För att tala prosa.

Så, på det hela taget, särskilt mycket klokare kände sig inte Van Veeteren när han äntligen kom ut i det befriande människovimlet efter det sista samtalet. I och för sig inte särskilt mycket dummare heller, och det som väl låg närmast till hands var förstås att bara sätta en parentes om hela eftermiddagen och lägga den till handlingarna. En i raden.

I synnerhet som ingen hjälp stått att få i frågan om Ewa Siguera här heller.

Nåja, tänkte kommissarien med luttrad klarsyn. Så har man åldrats några timmar med en viss värdighet igen.

Sedan insåg han att klockan hunnit bli nästan sex och att det inte fanns mycket mer än en timme att vinka på, om han nu skulle lyssna till kroppens signaler om middag.

Mötet med Uri Zander var utsatt till klockan halv åtta, nämligen, och såvitt han förstod låg adressen någonstans ute i förorterna.

Mat, således! Och inget velande mellan menyerna.

Mindre än fem minuter tog det honom också, både att hinna bänka sig och att beställa en stor, substantiell köttbit på en av restaurangerna mittemot järnvägsstationen.

Nog av eter och hänryckning nu, tänkte han och tog en tandpetare medan han väntade. Mitt behov av andlighet är tillfredsställt för två år framåt.

De goda föresatserna till trots kom hans andra kväll i Stamberg att glida över i annat.

Den i och för sig spänstiga biffen lierade sig lömskt med det mörka vinet och hans egen tröghet, och istället för att kasta sig ut i okända förortskvarter, ringde han upp herr Zander från telefonen i entrén och sköt upp mötet till nästföljande dag. Blev sedan sittande ytterligare en timme med en ostbricka och ett par grälla kvällstidningar, innan han återvände under blå skymning till hotellet.

Två öl, tionyheterna på teven (denna kväll med Sorbinowohändelserna nedkrympta till halvannan minut) samt fyra kapitel ur Klimkes *Betraktelser* tog honom över midnatt, och han somnade med ett vagt men välbekant dåligt samvete och utan att ha borstat tänderna.

Ett tecken på förfall, utan tvivel, och under hela dagen hade han knappast ägnat en tanke åt vare sig Ulrike Fremdli eller Krantzes antikvariat. Så fort drömmarna kastat sig över honom, var det dock dessa bägge storheter som pockade på uppmärksamhet. Kanske var det också så, anade han med ett ännu vaket känselspröt, att det bara var just detta allt-ihop var frågan om.

Drömmar.

# 29

Reinhart tömde sitt glas med citronvatten och vinkade på servitören efter en nytt.

Efter att ha utsatts för tio timmars mer eller mindre kontinuerlig information (avbrott för några timmars nattsömn samt individuella toalettbesök), hade han och Jung dragit sig tillbaka till en avskild och någotsånär sval vrå av Hotell Grimms matsal. Klockan var elva på förmiddagen och ännu så länge höll sig lunchgästerna borta. Ett par journalister från teve satt visserligen vid ett fönsterbord och drack morgonpilsner, men det var tydligt att de inte var riktigt på bettet än.

– Jaha ja, sa Reinhart. Vad tycker du?

– Ingen vidare trevlig historia, sa Jung.

– Inte ett dugg, sa Reinhart. Inte ens med våra mått mätt.

– Nej, sa Jung. Vad tror du själv, då?

Reinhart ryckte på axlarna.

– Vet inte. Men om VV nu har gett sig iväg till Stamberg, så är det väl inte omöjligt att lösningen finns där. Han brukar ju snubbla över saker och ting när han är ute och reser.

Jung nickade.

– Eller också har han bara fått solsting, utvecklade Reinhart och tog emot nästa citronvattenflaska.

– Eller struntar i det.

Reinhart tog fram pipa och tobak.

– Hrrm ja, muttrade han. Verkar inte likt honom att släppa nånting sånt här, bara, men det går ju vissa rykten.

– Det gör ju det, sa Jung och gäspade. Nå, vad ska vi ägna

oss åt, då? Tyckte inte den där Kluuge strödde direktiv omkring sig precis. Verkade mest hoppas på att vi skulle fixa det här åt honom... vi eller VV, alltså. Eller dom där andra, fast det tvivlar jag ärligt talat på...

– Fromma förhoppningar, sa Reinhart. I vilket fall som helst tycker jag vi sätter igång. I likhet med tillförordnade polismästaren har jag en gravid hustru och jag har tamejfan ingen lust att vara borta längre än nödvändigt.

– Det visste jag inte, sa Jung. Får man gratulera.

– Det får du visst det, sa Reinhart. Nå, var vill du börja?

Jung funderade.

– Vore kul att hitta Jellinek.

– Genialt. Var tänker du leta?

– Det var just det, sa Jung. Fast han är ju efterlyst, så det kanske ordnar sig utan min hjälp... tycker man ser hans nuna i vartannat teveprogram nuförtiden. Det är väl bara att vänta på att han dyker upp, kanske.

– Eller på att nånting annat dyker upp, sa Reinhart och betraktade sin pipa. Fy fan, jag måste säga att den här skiten ger mig kväljningar... nå, om du inte tänker snoka efter falska profeter då, vad har du mer på önskelistan?

Jung drack en halv liter mineralvatten innan han svarade.

– Det där hemmet, sa han sedan. Wolgershuus eller vad det heter. Om inte annat kunde det vara intressant att titta på dom där kvinnorna.

– Och lyssna till tystnaden? föreslog Reinhart.

– Kanske det, sa Jung. Det finns mycket i tystnaden.

Som för att understryka visdomen i detta, satt Reinhart tigande i en halv minut medan han kisade ut mot solskenet och torkade runt i piphuvudet med en spetsad servett.

– Varmt idag också, konstaterade han eftersinnande. Allright, du får knäcka prästinnorna. Kör med din blygsamma stil, så får vi se. Jag tror knappast kollegerna firat några psykologiska triumfer.

– Jo, sa Jung. Man har ju sina talanger. Vad tänker intendenten göra själv, då?

– Tja, sa Reinhart. Återstår väl bara dom lite yngre årgångarna... antar jag.

– God jakt, sa Jung och reste sig.

– Tack ska du ha, sa Reinhart. Då ses vi framåt aftonen.

Belle Moulder såg trumpen och rädd ut. Och i oansenligaste laget, tyckte Reinhart, i synnerhet med tanke på att han tillbringat över två timmar i telefon och bil för att komma fram till henne.

Efter det brådstörtade uppbrottet från Waldingenlägret hade flickan tydligen stannat två dagar i hemmet i Stamberg, varefter hon skickats till en någotsånär likasinnad faster i Aarbegen, där hon nu förväntades tillbringa de återstående veckorna av sommarlovet med att bedja, bada i floden samt företa långa, stärkande cykelturer under överinseende av två fetlagda kusiner... för att på så vis slicka sina sår och komma över de traumatiska dagarna ute i Sorbinowoskogarna, fick man väl anta.

Därmed intet ont sagt om Det Rena Livet. Gud förbjude.

Edwina Moulder tog emot i shorts och gul hammock, och det var uppenbart att hon inte hade för avsikt att lämna sin brorsdotter ensam med den tillresta kriminalintendenten.

Inte för en sekund, så tolkade Reinhart hennes distinkta munvinklar. Han övervägde läget och strategierna under ett ögonblick, sedan föll han till föga och slog sig ner i den framsatta trädgårdsstolen under parasollet.

– Jag är ledsen att jag måste besvära er, sa han. Men vi är ju tvungna att få tag på den här galningen.

– Vi förstår, sa Edwina Moulder.

– Bra, sa Reinhart och kastade en blick på flickan. Jag hade i och för sig tänkt ta med mig Belle till stationen, men det vore förstås skönt om vi kunde klara av det härute istället.

– Belle har verkligen sagt allt hon vet och för övrigt...

Reinhart höjde ett avvisande finger.

– Sakta i backarna. Er brorsdotter hörde ju till dem som obstruerade polisens arbete allra mest i början, så det hänger på hennes samarbetsvilja helt och hållet.

– Vad...?

– Om ni låter bli att blanda er i, så får ni gärna sitta med, förklarade Reinhart. Men jag kräver att ni håller tyst. Har ni förstått?

– Va? Kommer ni här och...?

– Har ni förstått? upprepade Reinhart.

– Hnn, sa Edwina Moulder.

Reinhart drack en klunk av det lankiga kaffet. Rättade till stolen så han slapp titta på det myckna solsvedda och istället fick flickan i fokus.

– Belle Moulder?

– Ja.

– Du har ju talat med polisen flera gånger om de här obehagliga sakerna...

Flickan nickade utan att möta hans blick.

– ... och i början betedde du dig ganska dumt.

Belle Moulder tittade på sin tumnagel.

– Men vi bryr oss inte om det nu. Jag förutsätter att du talar sanning och hjälper mig så mycket du kan. Om jag märker att du hittar på saker eller om du vägrar att svara, så måste jag ta med dig in till stan och förhöra dig på polisstationen istället. Du förstår väl det här?

– Ja, men...

– Utmärkt. Det jag är mest intresserad av är vad som hände den där söndagskvällen när Clarissa Heerenmacht försvann. Jag antar att du kommer ihåg det rätt väl?

– Sådär.

Flickan ryckte på axlarna och försökte se nonchalant ut. Reinhart kom hastigt att tänka på Winnifred och på deras väntade barn.

Inte kunde det väl bli frågan om en sån här?

Han harklade bort tanken och fortsatte.

– Varför lämnade du Clarissa ensam kvar nere vid badklippan?

– Hon ville vara ensam.

– Varför då?

– Jag vet inte.

– Hade ni grälat?

– Nej.

– Säkert?

– Ja.

– Var Clarissa ledsen när du gick ifrån henne?

– Nej.

– Glad?

– Hon var som vanligt.

– Hur var hon när hon var som vanligt?

– Som... vanligt.

Reinhart smakade av kaffet igen. Det hade inte blivit bättre.

– Och sedan pratade du med Jellinek.

– Va?

– Du hade ett samtal med Jellinek senare på kvällen. När var det?

– Ja, det... det var efter kvällsbönen.

– Hur dags?

– Halv tio... kvart i, kanske, jag vet inte. Dom har frågat om det här förut, vi håller... höll... inte reda på tiden så noga i Waldingen. Det behövdes inte, vi blev alltid kallade ändå... men det var någon gång då i alla fall.

– Mellan halv tio och kvart i?

– Ja.

– Vad talade ni om?

– Om Clarissa.

– Varför då?

– För att hon var försvunnen, förstås.

– Ni kände till att hon var försvunnen?

– Det är klart. Hon var ju inte med på middan. Inte på övningarna och inte på bönen heller...

– Vad var det Jellinek ville ha reda på?

Belle Moulder tvekade en sekund.

– Om jag visste nåt. Ingen hade ju sett henne efter att vi var vid klippan, jag var väl den sista som var med henne.

– Kommer du ihåg precis vad Jellinek sa?

– Han frågade om jag visste var hon var.

– Och vad svarade du?

– Att jag inte visste, förstås.

– Sedan då? Ni pratade ju i tio minuter, var det inte så?

– Nej, inte så länge. Han satt tyst och funderade också.

– Men han måste väl ha frågat om annat också?

– Ja, om vad vi gjort under eftermiddagen och så, men det var ingenting speciellt.

– Ingenting speciellt?

– Allt det här har Belle redan redogjort för, avbröt Edwina Moulder.

– Hur vet ni det? sa Reinhart.

– Va?

– Jag frågade hur ni kan veta det, upprepade Reinhart irriterat. Har ni tillgång till polisens protokoll? Om ni inte kan hålla tyst, får jag be att ni går och klipper häcken eller vad fan som helst. Är det klart?

Edwina Moulder öppnade munnen och stängde den igen. Sedan slog hon ner blicken och verkade finna det säkrast att inte svara.

– Nå, återtog Reinhart. Mera då?

– Vadå mera?

Samma snorkiga nonchalans igen, noterade han. Trots att hon fortfarande såg rädd ut. Fast det kanske var så dom var i den här åldern?

– Vad sa Jellinek mera? Spela inte dum, fröken.

– Eh? sa Belle Moulder. Ja, han sa inte så mycket faktiskt.

– Han bad dig hålla tyst, eller hur?

– Ja, det förstås... fast det var mest systrarna som sa senare.

– Jaså?

– Ja, och sedan bad vi en bön.

– Du och Jellinek?

– Ja.

– Vad då för bön?

– Va?

– Vad var det för bön? Vad innehöll den?

– Det... nej, jag förstår inte vad ni menar.

– Läs upp bönen för mig, då!

– Nej, det går inte.

– Varför då?

– Ja, det var ju han som bad, liksom. Jag bedde bara tyst.

Han bad, jag bedde, tänkte Reinhart och suckade.

– Så du minns inte orden?

– Nej... nej, det gör jag inte.

– Och det här tog tio minuter?

– Han satt och funderade också, det har jag ju sagt.

Reinhart tände pipan och väntade en stund.

– Allright, sa han sedan och kastade en blick på Edwina Moulder. Rörde han dig?

– Va? sa Edwina Moulder.

Reinhart blåste ut ett rökmoln i ansiktet på henne.

– Sista varningen, förklarade han och spände åter blicken i flickan. Nå, rörde han dig?

– Höll om mig, bara.

– Höll om dig, bara?

– Ja.
– Hur då?
Hon måttade lite valhänt.
– Bakifrån alltså?
– Ja.
Reinhart bet i pipskaftet.
– Medan ni bad?
– Ja.
– Bara då?
– Ja.
Edwina Moulders solbränna verkade plötsligt ha runnit ut i den gula hammocken, och hennes käkar rörde sig med ett svagt gnisslande.
– Och sedan?
– Sedan? Ja, sedan gick han.
– Vart då?
Axelryckning igen.
– Vet inte. Neråt sjön, tror jag.
– Badklippan?
– Kanske det.
– Men du vet inte? Han sa inte vad han skulle göra?
– Nej, men...
– Ja?
– Han tänkte nog gå ner till klippan... han kanske sa det också, förresten... nej, jag minns inte.
Reinhart gjorde en paus, men det kom ingenting mer, vare sig från flickan eller fastern.
– Så du tror alltså, återtog han, att Oscar Jellinek gick ner till badklippan någon gång strax före klockan tio på söndagkvällen?
– Ja. Kanske i alla fall.
– Såg du honom någon mer gång sedan?
Hon funderade.
– Nej... nej, det gjorde jag inte.

– Vet du om någon annan såg honom senare?

– Det vet jag inte. Ingen av flickorna gjorde det nog…

Han väntade några sekunder igen, men hon satt bara och betraktade sina knän, i synnerhet det högra där han kunde se de smutsiga reminiscenserna av ett plåster. Han stoppade undan pipan.

– Så du var alltså den sista som såg Clarissa Heerenmacht i livet, och kanske den sista som såg Oscar Jellinek innan han försvann… har du berättat det här med att han kanske gick till badklippan för polisen?

Hon tänkte efter.

– Nej, jag tror inte det.

– Varför då?

– Det är ingen som har frågat.

– Ingen som frågat?

– Nej.

Typiskt, tänkte Reinhart.

Sedan lämnade han faster och brorsdotter åt deras öden och gick ut till bilen.

# 30

Uri Zander var klädd ungefär som på sextitalet, och över manchestersoffan i vardagsrummet hängde en signerad affisch med en popgrupp som hette Arthur and the Motherfuckers. Det var väl heller inte omöjligt att herr Zander faktiskt var identisk med någon av dessa fyra bistra ynglingar med brynjor och solglasögon, men Van Veeteren brydde sig inte om att utreda frågan närmare.

I alla händelser hade tiden farit fram en del med Uri Zander; håret var numera långstripigt bara på sidorna och i nacken – upptill var det tomt – och en tilltagande hängmage i förening med påtaglig kutryggighet gjorde att han mest påminde om ett slarvigt ritat frågetecken.

Han såg heller inte särskilt lycklig ut.

– Vill ni ha nåt? frågade han när kommissarien försiktigt satt sig i en röd tingest av mjukplast.

Van Veeteren skakade på huvudet.

– Jag har nog inget hemma, förresten.

Han tog av sina runda glasögon och började putsa dem på en flik av skjortan. Det var en trång och blommig historia; kommissarien trodde sig minnas mönstret från en av de där somrarna i tidernas morgon – sextisju eller sextiåtta var det väl – när han själv ännu var så pass ny i gamet att han då och då fick finna sig i att bli utkommenderad som uniformerad representant för de samhällsbevarande styrkorna. När ordningspolisen hade ont om folk, vill säga, och det hade dom jämt.

Till dessa haschdoftande musikfester och kärleksmanifestationer, alltså, vilka – åtminstone i retrospektion – måste ha stått som spön i backen på den tiden.

Det fanns bättre minnen, till och med i hans liv.

– Ja, som jag förklarade, började han, så är det inte er vi är intresserade av, utan er förra hustru. Madeleine Zander.

– Usch ja, sa herr Zander.

– Jag antar att ni känner till läget, fortsatte kommissarien. Vi arbetar ju med flickmorden borta i Sorbinowo, och på det ena eller andra sättet är den här sekten som hon är med i inblandad. Det var tre kvinnor med på lägret, Madeleine är en av dem... som ni kanske hört har dom vägrat att samarbeta med polisen ända från första stund. Jag vet inte hur ni ser på det här...

– Jävla idioter, sa Uri Zander.

Då så, tänkte Van Veeteren. Skönt. Han hade visserligen knappast befarat det, men det hade förstås funnits en viss risk för att Uri Zander skulle ställa sig på sin ex-hustrus sida. Det var mer än tydligt att detta varit obefogade farhågor.

– Den där förbannade kyrkan, utvecklade hans värd. Och den där prästen... ja, enligt min mening borde man spärra in hela rasket, dom är en skam för stan. För mänskligheten tamejfan.

– Ni känner till dom väl? frågade kommissarien.

– Går det att undvika dessa dagar? kontrade Uri Zander och satte tillbaka glasögonen. Tydligen var han inte nöjd med resultatet, för han tog omedelbart av dem och började putsa igen.

– Hur länge var ni gift med Madeleine?

– Åtta år, svarade Uri Zander. Mellan -74 och -82. Hon var bara tjugo när vi träffades... blev på smällen första gången vi gängade också. Vi var på turné, jag trodde förstås hon var en vanlig groupie, men hon var nästan oskuld och, ja, så gick det som det gick...

– Ni gifte er innan barnet föddes?

– Javisst. Ja, jag tyckte ju om henne på den tiden. Det var dags att lägga av med spelandet också. Det var lite för mycket av både det ena och det andra, om ni förstår hur jag menar?

Van Veeteren nickade rutinerat.

– Jo, vi stadgade oss, kan man väl säga. Jag började jobba på riktigt och Madeleine tog hand om Janis, våran dotter, alltså... ja, och det hade kanske kunnat gå bra, vi höll ihop i åtta år i alla fall, dom flesta kraschar ju betydligt tidigare. Eller hur?

– Kanske det, sa Van Veeteren som för egen del hållit ut mer än tre gånger så lång tid. Inga fler barn?

Uri Zander skakade på huvudet.

– Nix. Fast när man tänker efter så inser man ju att det var kört från början.

– Hur menar ni?

– Tja, jag vet inte. Hon var ju så jävla ung och oerfaren. Jag är sju år äldre, och, ja, det var som om hon var tvungen att pröva på allting när väl moderslyckan runnit ut... och den rann ut ganska fort, det ska gudarna veta.

– Berätta, sa Van Veeteren.

Uri Zander fick äntligen på sig glasögonen och började treva efter cigarretter istället. Så småningom hittade han ett paket under bråten av tidningar och papper som låg på bordet. Med viss diskretion räknade han först över beståndet, sedan bjöd han kommissarien på en och tände åt dem båda.

– Jo, alltså, fortsatte han. Hon var ju inte direkt nöjd med att sitta hemma med ungen... Janis, menar jag. Var inte direkt nöjd med nånting, om man ska vara ärlig. Hade en förbannad massa idéer om allting, men inte fan var det nåt som dög i längden.

– Vad var det för idéer? frågade Van Veeteren.

– Allt, fnös Uri Zander så att röken vällde ut genom hans

håriga näsborrar. Allt, tamejfan! Hon var feminist och buddist och spiritist och till slut vart hon lesbisk också.

– Verkligen? sa kommissarien.

– Ja, fast det gick visst över. Allting gick över, en del saker varade bara några månader, andra lite längre, och varenda gång hon började på nånting nytt var det som om ingenting av det gamla räknades. Som om... som om hon måste starta ett nytt liv två gånger om året, ungefär. Knappast nån bra trygghet för ett barn heller, eller vad säger ni? Det var det där jävla fladdrandet som fick mig att inte stå ut till slut.

– Jag förstår, sa Van Veeteren, för det gjorde han. Men det här med Det Rena Livet har ändå hållit i sig, tydligen?

Uri Zander rökte och nickade.

– Ja, det verkar ju så. Man kan undra varför, jag tror hon varit med ända sen starten, faktiskt... måste vara över tio år nu. Hade förstås varit bättre om hon stannat i nåt annat läger istället, men numera skiter jag i det. Janis är utflugen och nån ny morsa tänker hon nog inte skaffa sig.

– Vem tog hand om henne? frågade kommissarien. Efter att ni skilt er, alltså.

– Jag naturligtvis, sa Uri Zander och kanske fanns det ett stråk av ödmjuk stolthet i hans röst. Inte fan kunde hon bo hos den där virrpannan! Dom träffades över helgerna dom första åren, men sen åkte Madeleine till USA ett halvår – det var nån annan frigörelsesekt, jag tror dom var inblandade i nån skandal senare, men då hade hon slutat – ja, och sen dess har dom egentligen inte haft nån kontakt alls. Janis ville inte, och inte virrpannan heller, tror jag...

Van Veeteren begrundade denna familjeidyll en stund.

– Vet ni mycket om Det Rena Livet? frågade han sedan. Vad dom har för sig och så?

Uri Zander drog ett par uttråkade bloss och såg ut genom fönstret.

– Nej, sa han. Inte mer än vad man läst i tidningarna...

och vad dom snackar om nu efter dom här mordhistorierna, förstås. Ja, jag tycker naturligtvis att dom är en samling skitstövlar, och att det är ett jävla sätt att lura till sig en massa stackars satar som är så urblåsta att dom inte kan skilja mellan sitt eget rövhål och en grop i marken... både unga och gamla och alltihop bara för att knulla med prästen och sätta på varandra.

– Ni tror att det är det, det är frågan om?

– Ja, sa Uri Zander. Det tror jag. Och det är jag inte ensam om.

Van Veeteren funderade en stund.

– Vad har ni för åsikt om morden? frågade han så.

Uri Zander fimpade cigarretten och anlade en tankfull min.

– Vet inte, sa han. Den här Jellinek kan nog vara en riktig jävla psykopat, det tvivlar jag inte en sekund på... jo, när jag tänker på det, så tror jag nog att det är han som gjort det. Och nu sitter han förstås och trycker nånstans här i stan hos nåt galet fruntimmer i församlingen, det finns ju gott om dom... eller ligger och pippar henne, snarare. Ja, fy fan. Det Rena Livet, fuck me!

– Hm, sa kommissarien och kastade en hastig blick på affischen. Varför tiger Madeleine och dom andra då, tror ni?

– Därför att han sagt åt dom, förstås. Han är ju överste knullguden och dom lyder naturligtvis vartenda ord han hasplar ur sig. Ni känner väl till rättegången mot honom för några år sedan?

– Javisst, erkände Van Veeteren.

– Ja, jag kan bara säga att jag hoppas ni hittar honom och får slut på både honom och hans förbannade anhang, konstaterade Uri Zander. Det är för jävligt att dom kan få hålla på... och en skola har dom också. Tänk att tvinga på ungar sån här skit!

Van Veeteren började inse att det mesta förmodligen var

uttömt, och att det nog inte var någon större poäng med att sitta och lyssna till herr Zanders utgjutelser mycket längre. Just nu trevade han på nytt i cigarrettpaketet. Tydligen var det för dåligt beställt för att tåla en ny bjudrunda, så han sköt tillbaka det under en tidning.

– Er exhustru...? sa Van Veeteren. Ja, Madeleine, alltså... ni har inte gift om er?

Uri Zander skakade bestämt på huvudet.

– Har ni någon hälsning till henne? Någonting ni vill ha framfört? Vi håller dom ju i förvar i Sorbinowo än så länge, jag kommer nog att träffa henne i morgon eller i övermorgon...

Uri Zander såg förvånat på honom.

– En hälsning till Madeleine? Nej, det kan ni ge er fan på att jag inte har.

– Tror ni att er dotter skulle ha det? Lust att att säga någonting åt henne, alltså?

– Dom har ingen kontakt, det har jag ju förklarat.

– Jo, visst har ni det, sa kommissarien.

Allright, tänkte han och tog sats för att komma upp ur den anpassliga sittmöbeln. Det fick väl vara nog så här, då. Till syvende og sidst hade han ändå fått en ganska fyllig bild av Madeleine Zander – i synnerhet om han jämförde med det egendomligt undflyende intryck han bar med sig från de lärftbleka konfrontationerna ute i Waldingen.

Fast om det var till någon nytta, var förstås en helt annan fråga.

– Ewa Siguera, förresten? erinrade han sig när de redan stod ute i tamburen. Vet ni vem det är?

– Siguera? sa Uri Zander och kliade sig i sitt förlorade hårfäste. Nej, nån sån känner jag inte till... om ni inte menar Figuera, vill säga. Ja, jag tror det var så hon hette...

– Figuera?

– Ja.

– Och vem skulle Ewa Figuera vara?

Uri Zander ryckte på axlarna.

– Tja, jag känner henne förstås inte, förklarade han, men om jag inte minns fel, så var det ett fruntimmer som Madeleine bodde ihop med ett tag... kanske var hon lesbisk också, mer vet jag inte.

– När var det här?

Uri Zander tänkte efter.

– Minns inte riktigt, sa han. Det var Janis som sa det... ett par år sen, skulle jag tro. Vi mötte dom av en slump bara, nere vid ån.

– Finns hon kvar i stan? frågade Van Veeteren.

– Hur fan ska jag veta det? sa Uri Zander. Varför kollar ni inte i telefonkatalogen?

Ingen dum idé förmodligen, tänkte kommissarien och tog farväl av sin dystre värd.

Ännu en inblick i ännu ett intressant liv, summerade han sedan när han kommit ut i solskenet igen. Och han insåg att han inte ens brytt sig om att ta reda på vad Uri Zander egentligen sysslade med nuförtiden. Om han nu överhuvudtaget sysslade.

Fast det stod kanske i telefonkatalogen, det också, om nu behovet att utröna frågan skulle bli alltför pockande.

– Figuera? muttrade han sedan och stoppade en frisk mentoltandpetare mellan framtänderna – som motvikt till den zanderska inpyrdheten. Tänk om det visade sig att hela det här fallet hängde på en löjlig felskrivning?

F istället för S.

Det fanns förstås ingenting som talade för en sådan lösning, men det skulle inte förvåna.

Inte ett förbannat dugg. Egendomligare saker hade hänt.

# 31

Eftersom inspektör Jung sin vana trogen varit ute i god tid, fick han sitta och vänta på Ulriche Fischer en stund.

Det spelade i och för sig inte så stor roll. Han tackade vänligt men bestämt nej till aspirant Matthorsts sällskap. Slog sig istället ner vid ett bord under en av kastanjerna som omgärdade den stora gräsplanen (där en och annan intern, och en och annan vårdare, släntrade omkring i uppenbar planlöshet) – och hade på så vis utmärkta möjligheter att planera en smula och finslipa taktiken inför det väntande samtalet.

Problemet var bara att han inte kunde koncentrera sig. Inte för mer än tre sekunder i taget i varje fall. Hur han än försökte tämja och styra tankarna, återvände de med sömngångaraktig envishet till samma föremål.

Semestern.

Den förestående semestern och resan med Maureen och Sophie. Se däri ligger knuten! tänkte han förvirrat. Nånting han läst, antagligen.

Maureen. Med vissa smärre avbrott hade han varit tillsammans med henne i fyra år nu, och under hela denna tid hade det aldrig kommit till att de borde flytta ihop – på riktigt, så att säga. Alltihop berodde förstås av en rad diffusa faktorer och omständigheter, men framförallt – härom kunde det knappast råda något tvivel – på hans egen feghet och ådagalagda ambivalens.

Om man nu kunde ådagalägga en ambivalens?

Skulle vara jag i så fall, tänkte Jung.

Nu var det dock inte långt borta, det visste han. Avgörandet, alltså. Det fanns punkter då man antingen måste gå vidare med saker och ting eller ge alltihop på båten, det begrep till och med en nyutnämnd kriminalinspektör. Och den här gemensamma semesterresan – tre veckor med bil i England och Skottland med Maureen och med hennes femtonåriga dotter – ja, det var en sådan punkt. Inget tvivel, som sagt. Det var förstås lika outtalat som mycket annat i deras förhållande, ändå var det lika glasklart som... ja, glas. Just det.

Han suckade och drack en klunk av juicen som ett blont biträde varit ute och bestått honom med.

Han tyckte ju om dem. Bägge två. Kanske älskade han till och med Maureen; åtminstone ibland, och förmodligen skulle han aldrig – aldrig någonsin – komma att hysa starkare känslor för någon annan människa överhuvudtaget; han trodde inte det i varje fall. Så varför tveka? Varför?

Men om han verkligen kunnat begripa varför han tvekade – hade det egentligen gjort saken så mycket lättare?

Kanske inte, tänkte han, och när han försökte föreställa sig en framtid – och en tilltagande medelålder – utan vare sig Maureen eller Sophie, så inte var det några särskilt glättiga bilder som målades upp för hans grumsiga ungkarlsöga.

Fotboll. Öl. One-night-stands, som Rooth brukade uttrycka det. Ensliga tevekvällar och tröstlösa smutstvättshögar som han aldrig orkade ta itu med. Och enerverande telefonsamtal från en senil moder som undrade varför hon aldrig fick några barnbarn att virka julhalsdukar åt.

Virka på du, brukade han säga. Det är på gång. (Hon glömde ju ändå bort allt vad man sa.)

Samma bilder som innan han träffade Maureen, med andra ord. Bara en smula äldre och några toner gråare.

Så varför tveka, alltså?

Maureens styrka? Hennes lugna målmedvetenhet? Skulle det vara ett hot? Sophies skoltrötthet och perioder av oresonligt ättikshumör?

Rädslan för att bli dominerad?

Knappast något skäl.

Ge upp någonting som han inte längre visste vad det var? Var det detta saken gällde?

Att försvinna? Ditt liv är ett fotspår i vattnet, brukade Reinhart säga. Så vad spelade det egentligen för roll?

Fan också, tänkte Jung och drack ur glaset. Jag får singla slant. Eller också får jag fråga henne och lita på att hennes omdöme är bättre än mitt. Ja, det vore förstås en smidig lösning.

Lika bra att göra det innan vi reser också, bestämde han sig för just som Matthorst kom ut och meddelade att Ulriche Fischer var redo att ta emot honom.

Så nu vore det förmodligen inte så dumt med lite koncentration till slut. Vad var det Reinhart hade sagt? Reinhart, som till och med han skulle gå och bli far...

Blygsamhet?

Låt gå då.

– Förlåt, sa han och tappade anteckningsblocket i golvet. Förlåt om jag... att jag tränger mig på, men dom andra har liksom skickat hit mig.

Hon svarade inte. Möjligen tunnade de bägge rynkorna mellan näsvingar och mungipor ut en smula, men det var en högst osäker observation.

– Jag har några frågor, men ni behöver förstås inte bry er om att svara om ni inte vill...

Han stoppade pennan på tvären i munnen och bläddrade framåt i blocket.

– ... jag var själv med i en kyrka när jag var yngre, men sedan förbjöd min mor mig att gå dit.

– Förbjöd er?

– Ja... jag heter Jung, förresten.

Hon betraktade honom misstänksamt, men sedan avtog skärpan i hennes blick igen.

Första versen, tänkte Jung. Hur fan kan hon se så blek ut i det här vädret?

– Det jag tyckte bäst om var friheten, förklarade han. Att få ge sig hän... ja, jag var ju bara femton-sexton, så jag förstod väl aldrig själva kärnan i budskapet, men jag tyckte om stämningen. Ljuset, liksom, men det var ju inte det vi skulle tala om...

– Driver ni med mig? sa Ulriche Fischer.

Jung blev röd i ansiktet. Det var en färdighet han utvecklat genom åren, och numera kunde han klara av det på kortare tid än en sekund.

– Förlåt, sa han. Det var inte meningen... jag ska ställa mina frågor nu.

Ulriche Fischer muttrade någonting som han inte kunde uppfatta.

– Det är väl antagligen samma frågor ni hört förut, är jag rädd. Åtminstone en del av dem, jag har just blivit inkopplad på det här fallet... Fast jag har förstås blivit insatt i alltihop. Det är hemskt, fruktansvärt hemskt, jag hoppas verkligen vi får tag i honom innan han gör det igen... ni har inte barn själv, fröken Fisch? Jag menar Fischer.

Hon gjorde en ansats, men det stannade vid en struprörelse.

– Inte jag heller, sa Jung. Men det vore roligt att få nån gång. Det dom framförallt vill ha reda på den här gången är när – alltså precis när – under den där söndagsnatten som eran präst försvann... eller om det nu var på måndag morgon?

Hon svalde igen. Och höjde blicken en smula.

– Och om han talade om sina planer för er...

– ...

– För närvarande lutar dom visst åt att ni inte vet var han håller hus. Att han på nåt vis höll det hemligt för att skydda er... det skulle ju vara en ädel handling på sätt och vis.

– ...

– Det är ju trots allt inte så konstigt att han håller sig dold, menar jag. Kanske skulle dom vara villiga att ge honom något slags amnesti...

– Vad för något? sa Ulriche Fischer.

– Ja, jag vet inte egentligen, sa Jung. Jag har bara försökt tolka stämningen. Det är ingen som har sagt det rent ut.

Han väntade. Undvek att se på henne, medan han kliade sig lite nervöst över handlovarna. Hon kommer inte att säga ett skit, tänkte han. Vad tusan skulle hon välja att tala med just mig för, om hon nu suttit och tigit i... hur länge var det egentligen?

En vecka?

Nej, mer. Uppemot tio dagar måste det röra sig om.

Meningslöst alltså. Han suckade.

– Det var på kvällen, sa hon plötsligt.

Han ryckte till och vågade inte säga något. Det gick fem sekunder.

– På kvällen, upprepade hon. Vi såg honom inte efter det.

– Jaså? sa Jung.

– Han har ingenting med flickans död att göra, förklarade hon efter en ny tankepaus, som var så lång att Jung trodde den redan lagt lock på varje fortsättning.

– Ingenting? frågade han.

– Nej.

Ny tystnad. Han funderade på om han skulle tappa blocket igen, få en hostattack eller rodna, men ingetdera kändes riktigt adekvat och trots allt var hans repertoar en smula begränsad.

– Vad var klockan ungefär? frågade han till slut. När ni såg honom för sista gången, menar jag.

Hon gjorde en egendomlig åtbörd med armarna. Eller skuldrorna, snarare... som om hon skyttlade med vingarna, tänkte Jung och höll på att le. Änglaträning.

– Halv tio ungefär.

– Men hur kan ni vara säker på att inte era medsystrar träffade honom senare än det?

– Därför att vi är en ande och ett kött.

– Va? sa Jung.

Hon är galen, tänkte han. Hur fan kunde jag glömma bort att hon är galen?

– Jag tror jag förstår, sa han. Ni menar det här med treenigheten.

Plötsligt drogs hennes mungipor upp till ett leende och han fläskade på med en präktig rodnad.

– Äsch, sa han. Jag begriper inte det här. Det är ju så länge sen jag själv var med.

Leendet skrumpnade och dog.

– Men herregud, försökte han. Då innebär det ju att ingen faktiskt har en aning om var han befinner sig? Eller har ni hört av honom?

Ulriche Fischer svarade inte.

– Halv tio på söndagkvällen, återtog han. Var såg ni honom då?

Men det var tydligt att hon meddelat sig färdigt med honom nu. Det där med anden och köttet var förstås tänkt som själva slutklämmen, gissade han. Leendet som hon åstadkommit var säkert bara ett uttryck för vansinne i största allmänhet.

Han funderade en stund. Sedan gav han upp och började lugnt och metodiskt haspla ur sig frågorna i blocket – arton stycken – men på ingen av dem lyckades han få något svar ur henne.

Inte ett enda svar, och inte så mycket som en rynkad panna.

Satt väl och ångrade sig förstås, antog han. Att hon öppnat munnen överhuvudtaget.

Hela tiden iakttog han dock samma oklanderliga försiktighet och korrekthet, även om det förvisso stod honom ett gott stycke upp i halsen under slutronderna. Som motdrag mot hennes tystnad gjorde han för varje fråga som hon ignorerade ett tydligt, och fullt hörbart, streck i blocket, och det fanns någonting i dessa korta, skarpa ljud – återkommande och obönhörliga som rakblad – som ändå hade något djupt tilltalande i sig.

Som kirurgsnitt, tänkte han.

Tio minuter senare lämnade han Wolgershuus – hela besöket, inklusive hans privata funderingar under kastanjen, hade tagit mindre än en timmes tid i anspråk, och det var svårt att sia om hur mycket de brottstycken han fått ur Ulriche Fischer egentligen kunde vara värda.

Fast naturligtvis fanns det andra som var bättre skickade än han själv att bedöma den saken.

Tänkte inspektör Jung med sedvanlig klädsam anspråkslöshet och började vandra tillbaka genom skogen. Det luktade varm kåda mellan granarna, kände han, och innan han ens sett en skymt av samhället Sorbinowo, märkte han hur skjortan klibbade mot ryggen och hur vätskebalansen svackade.

Om inte Reinhart är tillbaka, tar jag en simtur i sjön, bestämde han.

Och en öl.

# 32

Efter samtalet med Uri Zander åkte kommissarie Van Veeteren först tillbaka in till stan och åt lunch på restaurang Stamberger Hof. Klockan var i det närmaste halv två när han började, och eftersom han den här dagen inte nöjde sig med mindre än tre rätter – paté, sjötunga och konjaksfikon – hade den hunnit bli ett stycke över tre innan han var klar.

Efter viss tvehågsenhet (men med en förståndig utslagsröst i samklang med matsmältningsfrågan) satte han sig efter avslutad måltid på nytt i bilen och begav sig ut från Stamberg. Körde rakt österut under femton minuter och hittade sedan, utan särskilt mycket besvär, en tilltalande och skuggig boksluttning invid floden Czarna. Där redde han sig ett enkelt läger med hjälp av en filt och en kudde, tog av sig skorna och lade sig för att sova middag.

Återigen drömde han så om ett fridfullt antikvariat, en kastanjehårig kvinna och ett blånande hav, och när han vaknade efter fyrtio minuter insåg han att han faktiskt hade biljett till ett flyg som skulle avgå från Maardam om knappt två dygn. Han satte sig upp.

Lite märkligt onekligen, både drömmen och framtidsutsikterna. I synnerhet i beaktande av att han just nu satt vid en okänd, trög flod och betraktade några lika tröga och okända nötkreatur som stod och glodde på honom ur högt gräs från andra sidan.

Vad fan håller jag på med? tänkte han och han visste att

det var en mycket gammal och beprövad fråga. Och obesvarad.

Femton mil bort satt en spaningsledning och hundra journalister och väntade på att konturerna av en dubbelmördare skulle klarna.

Eller kanske på att just han – den famöse kommissarie Van Veeteren med bara ett enda olöst fall bakom sig – skulle gräva fram honom.

Eller henne?

Han flyttade sig två meter, lutade ryggen mot en bokstam och erinrade sig plötsligt ett av Mahlers favoritcitat:

*Livet är inte en vandring över ett öppet fält*

Ryskt, antagligen, trodde han. Det hade liksom den bärigheten.

Så tände han en cigarrett och försökte få styr på tankarna.

Två flickor.

Tolv och tretton. Skändade och mördade.

En veckas mellanrum ungefär. Först Katarina Schwartz. Så Clarissa Heerenmacht. Fast hittade i omvänd ordning.

Båda hemmahörande i Stamberg. Båda deltagare i den obskyra sekten Det Rena Livets sommarläger i Sorbinowo.

Den sköna, lite vilda Sorbinoworegionen.

Och så prästen.

Strax före upptäckten av den yngre flickans döda kropp går den förmente gudsmannen, församlingens andlige ledare, Oscar Jellinek upp i rök. Övriga inblandade, dvs sekten, förseglar sina läppar. Den yngre generationen – ett dussintal pubertetsflickor – börjar så småningom läcka ur mungiporna, men vad de har att berätta har egentligen inte särskilt stor relevans för själva mordgåtan.

Eller har det det? tänkte Van Veeteren och betraktade en av korna, som just för tillfället vänt bakdelen åt honom och demonstrerade sin högst utmärkt fungerande matsmältning.

Så har hon förmodligen inte heller ätit konjakspäron till lunch, antog kommissarien och fortsatte tanketråden.

Hade man missat något väsentligt i flickornas tårögda berättande? Fanns det något mer – någonting djupare fördolt – i alla dessa vittnesmål om renhet och försakelse och nakenhet? Mer än själva tvivelaktigheterna i sig, alltså?

Han visste inte. Bilderna av flickornas stiliserade badande i strandkanten från den där första dagen kom för honom igen, och han undrade om det var just en sådan bild som fanns med i mördarens bagage också.

I själva motivet. I den mån det nu alls var meningsfullt att tala om motiv i ett sådant här fall. Kanske och kanske inte; hursomhelst var det knappast någonting som gick att bygga vidare på.

Kvinnorna då? Dessa bevakade prästinnor, som antagligen satt inne med en hel del men som hade valt den smala vägen att tiga. Var det i själva verket så att gärningsmannen var en av dom? Det var förvisso ett alternativ som funnits i reserv hos honom från allra första början. Förvisso. Ett blankt kort i rockärmen. En gärningskvinna?

Fast inte kunde han påstå att det blivit mera spelbart med tiden. Å andra sidan inte mindre heller.

Kunde man inte åtminstone få räkna med att det var en av dem som hade ringt och tipsat polisen?

Kanske.

Nog fan låg väl deras medskyldighet i öppen dager, hursomhelst?

Högst sannolikt, bestämde han.

Frågan var bara till vad. Medskyldiga till vad?

– Fan också! muttrade kommissarie Van Veeteren. Jag kommer ingenstans.

Och under ett bistert självkritiskt ögonblick insåg han att korna på andra sidan floden förmodligen inte bara var en sinnebild för den oåtkomliga visheten – demiurger och det ena med det andra – utan också en spegelbild för hans egen oförlösta tröghet.

Han tände en cigarrett och bytte spår.

Figuera då? tänkte han.

Ewa Figuera? Tja, han måste ju i varje fall leta upp henne och ta reda på varför hon fanns med tillsammans med de andra prästinnorna på Przebudas fotografi. Vad hon hade haft för sig därute i Waldingen föregående sommar.

När han nu ändå kommit till rätta med stavningsproblematiken.

Och när han ändå följt sin omhuldade intuition och rest hit till Stamberg. Hittills hade det sannerligen inte varit mycket bevänt med hans ansträngningar.

Eller fanns det dolda korn i de senaste dagarnas samtal också? Hade dessa virriga församlingsmedlemmar ändå bidragit med någonting han inte var i stånd att upptäcka?

Fan också, tänkte Van Veeteren på nytt. Vilken analytiker man är! Först säger jag A, sedan säger jag icke-A. Hela tiden.

Han suckade. Någonting mer än just denna dialektik, samt den mörka floden, som egentligen skilde honom från korna, kunde han för tillfället inte komma på.

Ergo? tänkte han dystert. Kunde det överhuvudtaget ges tydligare tecken på att det var dags att lämna in legitimationen? Knappast.

Fanns det några andra tecken? Någonting som pekade i andra riktningar? Knappast.

Han kom på fötter och bestämde sig för en halvtimmes biltur i sällskap av Fauré istället för detta tröstlösa vegeterande.

Sedan fick det bli telefonkatalogen.

Just så. Allt har sin tid.

Halvtimmen blev en hel och Fauré fick tillökning i form av Pergolesi. När kommissarien parkerade bakom Glossmann's var klockan redan sju och den värsta dagshettan var över. I receptionen väntade ett fax från Reinhart, men det innehöll bara en dålig vits om att dom i spaningsledningen som inte hade träben, verkade ha träskalle istället. Van Veeteren slängde det i papperskorgen och bad att få med sig en telefonkatalog över Stamberg upp till rummet. Förutom de två obligatoriska ölen.

– Finns en katalog i skrivbordslådan, förklarade den alltid lika sömnige portieren. På vartenda rum. Ljusa eller mörka?

– Det vanliga, sa Van Veeteren och fick en av varje.

Väl uppe på rummet sträckte han ut sig på sängen med den första flaskan, den ljusa, samt Stambergskatalogen – vilken mycket riktigt varit tillfinnandes under bibeln och brevpapperet med hotellets logotyp i skrivbordet.

Han tog en klunk och började bläddra. Det var ingen av de tjockare telefonluntorna; Stamberg var nu bara en stad på – Vad skulle han tro? Femtitusen innevånare? – och han hittade rätt nästan med en gång. Det var tydligt att han fortfarande behärskade alfabetet.

Han skummade över raderna med namn, och så kom det.

Bara en darrning, egentligen. Ett kort litet svirrande i någon luguber vindling av hans gamla, trötta hjärna, men han förstod att någonting äntligen gick i lås.

Eller sattes i rörelse, snarare.

Det var förbanne mig på tiden, tänkte han.

Han stirrade på uppgifterna under några sekunder. Blundade sedan och lutade sig tillbaka mot kuddarna, medan han försökte rensa medvetandet fritt från slagg och bråte. Kor, präster och annat. Låg kvar där en god stund utan att röra sig och utan att tänka en enda tanke.

Och så dök de upp ur glömskans träsk – två strörepliker

som han hört en eftermiddag för snart två veckor sedan.

Eller var det två skilda eftermiddagar när allt kom omkring?

Han mindes inte och det spelade naturligtvis ingen roll.

Ännu några minuter lät han flyta undan, men det hände egentligen ingenting mer. Bara dessa kataloguppgifter och dessa repliker – när han öppnade ögonen igen förstod han också att det knappast var fråga om mer än en aning.

Men, insåg han, om det var någonting han lärt sig under alla dessa år, någonting alls, så var det väl just konsten att väga en aning.

Han drack ur sina bägge öl. Började därefter ringa och avtala möten för morgondagen.

När han var klar, läste han ytterligare två kapitel i Klimke, duschade och gick till sängs.

Klockan två minuter över sju nästa morgon ringde telefonen.

Det var Reinhart, men innan kommissarien hunnit be honom dra åt helvete, hade han tagit kommandot.

– Har du teve på rummet?

– Ja...

– Sätt på den då! Kanal 4.

Sedan lade han på. Van Veeteren fick fatt i fjärrkontrollen och lyckades hitta rätt bland knapparna. Tre sekunder senare var han klarvaken.

Morgonens ordinarie nyhetssändning, av allt att döma. Upphetsad speakerröst. Fladdrande bilder över en byggnad i ljusan låga. Brandmän och sirener. Starkt realistisk intervju med sotigt befäl.

Han kände igen sig från första stund. Under några sekunder svepte till och med kameran över de där okvädingsorden han stått och glott på häromdagen.

*Mördarjävlar* och det andra.

Annars verkade det mesta övertänt, och brandchefen gav heller inte mycket hopp om att någonting skulle kunna räddas. Insatserna koncentrerades istället på att hindra eldens spridning till omkringliggande byggnader, förklarade han. Det blåste en del. Så kyrkan var det nog finito med, ansåg han.

Fast annars var det under kontroll.

Anlagt?

Naturligtvis var det anlagt. Larmet hade kommit klockan fyra på natten, man hade varit på plats efter tjugo minuter, och då hade alltihop varit övertänt.

Anlagt så inihelvete. Kunde man kanske begripa också...

Van Veeteren stängde av teven. Låg kvar och funderade under en halv minut. Därpå satte han på sig skjorta och byxor, åkte ner till receptionen och skickade ett fax till Wickers resebyrå i Maardam.

Avbokade sin beställda charterbiljett till den första augusti.

Sedan återvände han upp till rummet och tog den längsta duschen i sitt liv.

# 33

I rent fysisk bemärkelse var t.f. polismästare Kluuge denna morgon ett vrak.

När han klev av cykeln utanför polishuset i den sköna morgonluften, märkte han att han flåsade och att hjärtat slog dubbelslag i bröstet på honom, och dessvärre stod det nog lika illa till med hans andliga sida. Han insåg att det knappast var något att förundras över; de senaste tre nätterna hade han inte sovit mer än sammanlagt tio timmar, och någonstans kom man förstås alltid fram till en gräns. Eller en vägg.

Måste bli ett slut på det här snart, bestämde han. Två sådana här dygn till och jag sjukskriver mig.

Å andra sidan var det inte mer än fem dagar kvar tills Malijsen skulle vara tillbaka i tjänst, så det vore kanske bäst att hålla ut trots allt.

Egendomligt förresten att han inte hört av sig, tänkte Kluuge medan han fumlade med blocklåsen. Hur isolerad han än var däruppe vid sina fiskevatten, så visst verkade det på gränsen till det orimliga att han inte fått kännedom om saker och ting? Att det överhuvudtaget kunde finnas någon enda människa i landet som inte kände till vad som utspelats i Sorbinowo under dessa heta sommarveckor... ja, nog var det märkligt.

Alldeles extra märkligt, naturligtvis, om man dessutom råkade vara ordinarie polismästare på stället.

Men Malijsen var förstås Malijsen. Har väl grävt ner sig i väntan på japanerna antagligen, gissade Kluuge och torkade svetten ur pannan.

I dörren mötte han Suijderbeck.

– Ska du inte vara med på genomgången?

– Röka, muttrade Suijderbeck och spottade i rabatten. Går bort till kiosken, är tillbaka innan du hinner pinka.

Trevligt, tänkte Kluuge. Gott kamratskap och fin stämning, precis som dom sa på polisskolan. Han steg in i tjänsterummet, som den senaste tiden genomgått en del möblematiska förändringar i takt med den pågående utredningens krav. Skrivbordet stod dock kvar där det stod, och han sjönk ner bakom det sedan han nickat åt de andra.

Servinus satt på sin plats. Tolltse och Lauremaa också, liksom ett av de senaste tillskotten – kriminalinspektör Jung från Maardamspolisen. Det andra tillskottet, den här egendomlige intendenten Reinhart, stod och rökte pipa ut genom det öppna fönstret, och kommissarie Van Veeterens stol var tom, som vanligt.

Jaha ja, tänkte Kluuge när Suijderbeck återigen uppenbarade sig. Dags att köra igång igen, då.

– Dags att köra igång, då, sa han följaktligen.

– Ingen dum idé, sa Reinhart.

– Måste säga, erkände Servinus, att det berör mig lite illa när folk börjar bränna kyrkor. Min djupt rotade ateism till trots, alltså.

– Börjar bli lite mycket nu, instämde Kluuge.

– Mobben tar över, sa Lauremaa. Finns nog all anledning att vi reder ut det här snart. Ni hörde väl psykologen på teve? Såna här saker inspirerar alltid till efterföljd... och vi vet ju hur pyromaner fungerar, eller hur?

– Förvisso, sa Reinhart. Men nu skiter vi i Stamberg. Dom har väl en egen poliskår därborta, förhoppningsvis.

– Jo, jag tror det, sa Suijderbeck. Vi blir nog av med femti journalister också, så vi behöver kanske inte gråta hela dan...

– Nej, nu vill jag bli informerad, avbröt Reinhart. Vetenskapen först, om man får ha ett önskemål.

– Allright, sa Kluuge och sträckte på sig. Ja, alla gissningar är bekräftade, kan man väl sammanfatta. Katarina Schwartz hade varit död i knappt två veckor när hon hittades... vi hamnar då någonstans runt den 16 juli. Såvitt jag förstår skulle det stämma bra överens med vissa andra uppgifter. Tolltse?

Inspektör Tolltse bläddrade i sitt block.

– Stämmer nog, sa hon. Vi... inspektör Lauremaa och jag, alltså, har pratat med fem av flickorna på nytt, och det tycks som om Katarina Schwartz skulle ha försvunnit någon gång då. Förmodligen någon dag tidigare, den 14 eller 15, men dom har väldigt dålig reda på datumen. Ingen har fört någon dagbok och det verkar knappast ha funnits någon almanacka därute, ens. I varje fall inte hos flickorna.

– Utanför tid och rum, muttrade Servinus.

– Omständigheterna då? sa Reinhart otåligt. Man kan väl ändå begära att hon försvann vid en viss tidpunkt på dagen. Eller blev hon bara liksom gradvis upplöst?

– Jo, det finns omständigheter, bekräftade Lauremaa. För det första ville man ju få allihop att glömma bort att hon ens varit på lägret... det måste ha varit hennes försvinnande som den anonyma kvinnan ringde om första gången, men redan från början förnekade både ledningen och flickorna att det någonsin varit mer än tolv deltagare på lägret. Det är förvisso inte lätt att begripa motiven och logiken i det här – personligen tycker jag nog att det visar Jellineks galenskap tydligare än någonting annat – men när flickorna till slut börjar erkänna att det faktiskt funnits en Katarina Schwartz ibland dem fram till... låt oss säga den 15 juli, ja, då kryper det också fram en del annat.

– Vad då till exempel? sa Reinhart.

– Tidpunkter för det första, tog Tolltse över. Hon försvann under en natt. Gick och la sig som vanligt i sin säng på kvällen och var borta på morgonen.

– Säkert? undrade Suijderbeck.

– Säkert, sa Lauremaa.

– Vad fan? sa Suijderbeck. Det måste ju betyda att gärningsmannen dragit upp henne ur sängen praktiskt taget. Begränsar inte det urvalet av kandidater rätt så rejält?

– Jo, sa Lauremaa. Om det inte var så att hon gick ut, förstås.

– Gick ut? sa Suijderbeck. Vad fan skulle hon ute att göra?

Lauremaa ryckte på axlarna.

– Fråga inte mig. Det är ingen omöjlighet i alla fall, men visst verkar det lite osannolikt.

– Inte mycket som har med sannolikheter att göra i den här historien, sa Servinus. Vidare då?

Tolltse vände blad.

– Vi har en liten sak till, sa hon. Kanske bara en bagatell, men man vet ju aldrig. Tydligen hade det varit något slags kontrovers också, där Katarina var inblandad. Det här antydde ju redan Marieke Bergson, för övrigt... den här första flickan som kommissarien förhörde, alltså.

– Kontrovers? sa Reinhart. Vad då för kontrovers?

– Nånting mellan henne och Jellinek, sa Lauremaa. Hon hade misskött sig på något vis. Sagt nånting åt honom eller så, men vi har inte lyckats få det specificerat från någon av flickorna.

– Dom är uppenbarligen en smula rädda för det här också, förklarade Tolltse.

– Aha, sa Reinhart. En liten rebell i paradiset?

– Kanske det, sa Lauremaa. Eget, kritiskt tänkande var

nog inget som uppmuntrades i någon högre grad i deras andliga fostran. I alla händelser lär Jellinek ha haft ett enskilt samtal med henne kvällen innan hon försvann...

Det blev tyst några sekunder. Sedan harklade sig Suijderbeck och lutade sig på armbågarna fram över bordet.

– Så båda två... jag menar bägge dom här stackars flickungarna... hade alltså gått lite utanför den smala vägen? sa han. Clarissa hade ju pratat bredvid munnen med kommissarien, var det inte så?

– Jo, sa Kluuge. Det finns en överensstämmelse här.

Det blev tyst några sekunder. Sedan slog Servinus näven i bordet.

– Jellinek! stönade han. Om jag hade den där förbannade jesusen här skulle jag tamejfan hälla smält bly i röven på honom!

– Jag tycker du ska sitta med på presskonferensen och utveckla det där, sa Reinhart.

– Hrrm, sa Kluuge. Vi kanske skulle gå vidare. Eller hade Tolltse och Lauremaa nånting annat?

– Nej, sa Lauremaa. Mer än att vi tyckte att vi såg kommissarie Van Veeteren på en restaurang... när vi var i Stamberg och pratade med flickorna, alltså.

– Jaså minsann, sa Suijderbeck. Såg ni vad han käkade?

Han fick inget svar, så han tände en cigarrett istället.

– Beträffande skador på kroppen och sånt, återtog Kluuge, så har vi ju redan gått igenom det. Ingenting nytt har framkommit. Tillvägagångssättet i stort sett likadant i bägge fallen... ja, det finns väl ingen som tror att vi skulle ha att göra med två olika gärningmän?

– Ingen, bekräftade Servinus.

– Då kanske vi skulle inrikta oss på den här söndagskvällen, föreslog Kluuge. Här har vi ju i alla fall fått fram ett och annat, tydligen. Vem av er...?

Han gick med blicken mellan Reinhart och Jung.

– Jung får ta det, förklarade Reinhart. Han sitter och somnar annars.

– Tack, sa Jung. Jo, om vi alltså lägger ihop mina och Reinharts resultat, så kanske vi vågar dra en del slutsatser. Det verkar faktiskt som om Oscar Jellinek skulle ha försvunnit från Waldingen redan ganska tidigt under söndagskvällen. Om uppgifterna stämmer – dom vi fick igår från den här flickan Moulder och från Ulriche Fischer – ja, då är det troligast att han lämnade kolonin strax före klockan tio. Han samtalade med flickan en stund efter aftonbönen och sedan begav han sig antagligen bort till badklippan... där Belle Moulder hade lämnat Clarissa Heerenmacht fyra timmar tidigare, ungefär. Därefter... ja, därefter är det nog ingen som sett till honom.

– Det där innehåller väl ändå en god portion gissningar? sa Servinus och såg tvivlande ut.

– Förvisso, sa Reinhart, men vi brukar gissa rätt. Det hänger förstås på hur vi bedömer sanningshalten i fröken Fischers lilla utspel, men om vi lägger ihop det med vad kommissarien lyckades få ur den här andra... vad hette hon nu?

– Mathilde Ubrecht, sufflerade Kluuge.

– Just det. Om vi väger samman deras två fisiga uttalanden, så pekar det ändå åt ett visst håll. Dom verkar inte veta vart han tagit vägen.

– Så det här med att han mött Gud och fått ett uppdrag och att det var en prövotid, det skulle vara ihoptotat av kvinnorna, alltså? sa Lauremaa.

Reinhart ryckte på axlarna.

– Varför inte? sa han. Huvudsaken var väl att få tyst på jäntungarna, antar jag. Jo, jag tror det håller, det här.

Det blev tyst igen.

– Den tredje då? sa Tolltse. Madeleine Zander. Vi kanske inte ska glömma bort att dom är tre stycken. Det verkar lite väl förenklat att dra dom över en kam hela tiden. Visserligen håller dom ju ihop utåt, men det finns ingenting som säger att det inte finns sprickor inåt... hur mycket sprickor som helst, egentligen.

– Och djupa, sa Servinus. Personligen tycker jag nästan det är emot naturlagarna att tre fruntimmer kan hålla ihop på det här viset. Hålla tyst dessutom.

– Bastufilosofi, sa Lauremaa.

– Herrbastu, la Tolltse till.

– Mer än om det gäller att platta till en karl förstås, sa Servinus.

Kluuge började se orolig ut.

– Nåja, såja, avbröt han försiktigt. Jag är nog ändå böjd att hålla med intendent Reinhart i det här. Det hänger ihop. Frågan är väl bara vart vi kommer med det... att dom skulle vara helt ovetande, alltså. Vad tror ni?

Ingen trodde någonting, för i samma stund öppnades dörren två decimeter och fröken Miller kikade in.

– Ursäkta, sa hon. Det är telefon till polismästarn.

– Inte nu, började Kluuge. Jag har ju förklarat...

– Jag tror det kan vara viktigt, sa fröken Miller.

– Allright, suckade Kluuge. Jag tar det därute då.

Han ursäktade sig och lämnade rummet.

– Nå, det var mördaren som ringde och angav sig själv, förmodar jag? sa Suijderbeck när Kluuge dök upp igen.

– Inte riktigt, sa Kluuge.

– Varför är du så vit i ansiktet? frågade Servinus. Mår du inte bra?

– Grön, sa Suijderbeck. Han stöter mera i grönt, tycker jag.

Kluuge satte sig.

– Det var fru Kuijpers ute i Waldingen, förklarade han. Hon påstår att hon hittat ett nytt lik... ja, eller att hennes hundar gjort det, snarare.

– Herregud, sa Tolltse.

– En till? sa Reinhart. Vad i helvete…?

– Dom där knädoggarna? sa Suijderbeck.

– Det är inte bara det, fortsatte Kluuge. Hon verkade rätt säker på vem det var fråga om också.

– Vem? sa Lauremaa.

– Oscar Jellinek, sa Kluuge och suckade. Om namnet är bekant.

# VI

## 31 juli–1 augusti

# 34

Den fjärde människa som kom att få sätta livet till som en följd av Det Rena Livets läger i Sorbinowoskogarna denna sommar, var en viss Gerald deGrooit.

DeGrooit var 57 år gammal och arbetade sedan mer än två decennier tillbaka som nyhetsredaktör på tidningen Telegraaf – de senaste tre åren i chefsställning. Han hade hustru och två barn och rykte om sig att vara en god make och far, erfaren och kompetent i sitt yrke – om än en smula kolerisk när det blev lite för stressigt på redaktionen; och den infarkt som ändade hans journalistbana och hans liv kom för den trängre kretsen av arbetskamrater egentligen inte som någon överraskning. Att med rådande semesterbemanning ansvara för och ro iland bevakningen av två sådana nyhetsbomber som den anlagda kyrkobranden i Stamberg och upptäckten av den ihjälslagne prästen i Sorbinowo – på samma förbannade dag! – ja, det blev helt enkelt droppen som fick redaktör deGrooit att rinna över.

Antagligen var också just Telegraaf den enda dagstidningen i landet som inte hade någon reporter på plats ute i Waldingen denna varma onsdag.

Åtminstone gjorde intendent Reinhart bedömningen att han aldrig i helvete hade sett så många murvlar på en gång. Inte ute i en skog i varje fall. Medan brottsplatsteamet runt lunchtid fortfarande kravlade omkring i hettan innanför det avspärrade området och nosade efter ledtrådar, uppskattade han styrkeförhållandet mellan ordningsmakten och den fjärde statsmakten till ungefär 25-75.

I procent, vill säga. I reella tal var det väl ungefär det dubbla. Tjugo man ur ordningsrotlarna i Oostwerdingen, Rembork och Haaldam hade hastigt inkallats; den föga lyckosamma spårpatrullen var åter på plats och tillsammans med spaningsledning, läkare och tekniker utgjorde man gott fog för talet om s.k. fullt pådrag i alla extra teve- och radioutsändningar. Om det verkligen varit ett av Det Rena Livets adelsmärken (alltsedan den beramade rättegången mot sekten) att hålla låg profil i sin trosutövning, så var detta något som den här dagen kom på skam i närmast parodisk utsträckning. I nyhetsprogram efter nyhetsprogram under hela eftermiddagen och kvällen basunerade upphetsade reportrar ut senaste nytt från Waldingen, Sorbinowo och Stamberg. Ett halvdussin psykologer och allmänna beteendevetare från olika skolor uttalade sig frejdigt om både ditten och datten – liksom en handfull kriminologer, ett knippe sektmedlemmar (inte nödvändigtvis relaterade till Det Rena Livet), två skäggiga religionsteoretiker, en före detta pyroman samt en semestrande biskop.

Ute i själva Waldingen var det inte mycket sämre. På bekvämt promenadavstånd från själva fyndplatsen (belägen cirka 400 meter väster om fyndplats nummer 1 och cirka 600 meter från den s.k. badklippan) upprättades snart diverse bekvämlighetsinrättningar till fromma för alla inblandade: två praktiska, portabla toaletter (en för varje kön), ett mindre öl- och läskedrycktält, en smörgåsbar och tvenne ambulerande korvstånd. Sorbinowo stad hade flexibla och invanda rutiner när det gällde att möta plötsliga turistanhopningar.

En första presskonferens (senare återgiven i etthundraelva inhemska media, räknade någon ut) avhölls mellan klockan två och halv tre ute på terrassen till kolonins mangårdsbyggnad och blev långtifrån någon fullträff. Vid ett par tillfällen riktades sådan oförblommerad kritik gentemot spaningsledningen, att intendent Suijderbeck såg sig föranlåten att läsa lusen av en till både kropp och själ överviktig radioreporter – i sådana termer att han sedermera erhöll en reprimand från självaste justitieministern.

Ja, det var en helvetes onsdag.

Vid artontiden beslöt den hårt prövade spaningsledningen att överlämna Waldingen i händerna på vaktstyrkan från Oostwerdingen tillsammans med eventuellt kvardröjande reportrar, allmänhet samt kreti och pleti. De spår och ledtrådar som kunnat tas till vara var säkrade. De undersökningar som kunnat genomföras var gjorda, förhören med de närboende (familjerna Fingher och Kuijpers) avslutade (åtminstone de första ronderna), och de jordiska kvarlevorna av pastor Jellinek hade lagts i bodybag och fraktades i samma karavan som de själva tillbaka in till Sorbinowo.

På Reinharts inrådan hade Kluuge beordrat två timmars vila, innan man på nytt hade att bänka sig för fortsatta och intensifierade överläggningar – ett beslut som mottogs med behärskad acklamation.

För egen del isolerade sig Reinhart på sitt rum under denna vapenvila. Jung åt middag tillsammans med Suijderbeck och Servinus på Florian's, medan Tolltse och Lauremaa enligt uppgift valde att ta en matkorg och en kortare simtur i sjön.

Polismästaren själv åkte hem till sin Deborah och förklarade att han älskade henne, samt att han hade för avsikt att inleda studier med inriktning på någon helt ny yrkessektor så snart han bara fick tid. Fyrvaktare, gråmunk eller vad fan som helst.

När Reinhart för tredje gången talat med receptionisten på hotell Glossmann i Stamberg – och fått samma negativa besked angående herr Van Veeteren (resande i träblåsinstrument och libretton) – föll han till föga och ringde upp Winnifred Lynch istället. De talade i tjugo minuter om kärlek, om förlossningsmetoder, om vackra förnamn samt huruvida det kunde vara nyttigt eller ej att konsumera rött vin under graviditeten, och när han lagt på luren drabbades han av ett par absolut blanka sekunder, då han inte hade en aning om var han befann sig.

Eller varför.

Men så kom han ihåg.

– Allright, nu sammanfattar jag det här, sa Suijderbeck. Jag orkar inte sitta och lyssna på någon annan, ni får ursäkta mig... och rätta mig inte om jag har fel.

– Vi är idel döva öron, sa Reinhart, men Suijderbeck tog ingen notis.

– Oscar Augustinus Jellinek har legat död ute i Waldingen i ungefär tio dagar. Det finns ingenting som talar emot att han i själva verket dog just den där söndagskvällen då allt det andra hände. Den 21 juli, alltså. Varför han först skulle ha stuckit och gömt sig och sedan återvänt för att bli ihjälslagen, ja, det fattar i varje fall inte jag... fast det ska villigt erkännas att det finns en del annat i den här soppan som jag heller inte fattar.

– Du är i gott sällskap, sa Lauremaa.

– I motsats till de dödade flickorna, fortsatte Suijderbeck, företer pastor Jellinek inga tecken på att ha blivit våldtagen... för att låna Servinus' fina formulering från teve.

– Kyss mig i röven, sa Servinus.

– Också till skillnad från flickorna har han blivit ihjälslagen medelst våld mot huvudet. Vad säger senaste obducentpapperet?

Kluuge letade fram det.

– Flera kraftiga slag med vasst föremål, citerade han. Fortfarande ospecificerat vad det kan ha rört sig om... nånting ganska tungt med vassa kanter... eller en vass kant, åtminstone.

– Hur många slag? frågade Jung.

– Fler än som behövdes, sa Reinhart. Tio-elva stycken. Antagligen har vederbörande fortsatt en stund efter att Jellinek redan var död. Kanske fick han in en fullträff med en gång, men var inte säker på saken...

– Inte särskilt proffsigt, med andra ord, tog Suijderbeck över igen. Lite panikartat, snarare. I varje fall om vi ska tro på sakkunskapen... flera träffar över bröst och skulderparti också... ja, en smula desperation finns nog med i bilden.

– Och inget motstånd, sa Jung.

– Tydligen inte, sa Servinus. Men det tar några dagar innan analysen är klar.

– Vad letar dom efter? frågade Kluuge. Fragment under naglar och sånt?

– Ja, sa Reinhart. Och hårstrån och mjäll och fingeravtryck.

– Efter tio dagar? undrade Tolltse. Kan det vara någon idé?

– Mjäll är nästan omöjligt att bli av med, sa Jung och kliade sig i huvudet.

– Vi har ju det där störtregnet förstås, sa Kluuge. När det nu var...

– Nu tar jag över igen, avbröt Suijderbeck. Förmodligen inte dödad på fyndplatsen heller, vår käre pastor. Fast den här gången har nog mördaren varit ute efter att dölja liket... förbannad tillfällighet bara att jyckarna fick korn på honom. En hel driva gammalt granris och pinnar, ja, det såg vi ju själva... ändå borde det förstås ha gått att gömma honom bättre.

– Om man hade tid, sköt Servinus in.

– Tid, ja... sa Suijderbeck och såg tankfull ut.

– Skulle inte fröken Miller ordna med kaffe och smörgåsar? undrade Reinhart och plockade tvehågset med pipa och tobakspung.

– Kommer klockan tio, lovade Kluuge. En halvtimme kvar. Jaha? Mera då? Vad tror ni?

Suijderbeck verkade ha tröttnat på att sammanfatta nu Istället reste han sig och började vanka runt i rummet.

– Kliar i protesen, förklarade han. Det är alltid så när hjärnan har stannat.

– Dom här Kuijpers, sa Servinus, visst är det ett ganska egendomligt par?

– Har sett egendomligare, sa Tolltse. Tycker inte Finghers verkar mycket bättre.

Det blev tyst några sekunder.

– Ni tror väl inte dom är inblandade på nåt vis? sa Lauremaa och rynkade pannan.

Suijderbeck hejdade sig.

– Knappast, sa han. Fast hur vi än vänder kappan, så måste det ju vara nån som har gjort det i alla fall.

– Fint uttänkt, sa Lauremaa.

– Är det ingen som kan dra några andra... några vettiga slutsatser? undrade Tolltse och såg sig om runt bordet. För i så fall gör jag det.

– Varsågod, sa Reinhart och tände pipan.

– Det var inte Jellinek som mördade flickorna, sa Tolltse.

– Jaså, sa Jung. Är du säker på det? Han slog förmodligen inte ihjäl sig själv, det håller jag med om, men såvitt jag begriper kan han fortfarande vara skyldig till flickmorden.

Tolltse funderade.

– Allright, sa hon. Jag tar tillbaka. Vem var det som dödade honom då? Är det inte det vi ska komma fram till?

– Bra fråga, sa Servinus. Var får ni kvinnor allt ifrån?

Reinhart blåste ut ett avledande rökmoln över slagfältet.

– Jag vet inte vem som dödade Jellinek, sa han. Men jag vet i alla fall att det är dags att konfrontera honom med frillorna på Wolgershuus. Faktumet att han är död, alltså. Ju förr, desto bättre. Om vi inte har nånting vettigare för oss, föreslår jag att vi ser till den detaljen med en gång.

Kluuge såg sig om efter synpunkter i den ena eller andra riktningen. När han inte kunde upptäcka några, harklade han sig och fångade beslutet i flykten.

– Exakt, avgjorde han. Vi säger så. Reinhart och Jung får åka dit, det räcker väl... kanske klokast att ta dom en i taget, eller vad tror ni?

– Hur fan skulle vi annars bära oss åt? fnös Reinhart. Vi väntar med själva liket också, så länge. Borde räcka med en nyhetsvideo och några tidningar... om dom inte tror oss, alltså.

– Har vi nån nyhetsvideo? frågade Jung.

Kluuge skakade på huvudet och såg olycklig ut.

– Går väl att fixa en, men det tar lite tid, antar jag.

– Skitsamma, sa Reinhart. Duger med en radio, dom sänder ju åtta gånger i timmen. Vi ska nog få dom att begripa att ljusets furste är död.

– Ljusets furste, sa Suijderbeck. Fy fan.

– Vänta lite, sa Servinus. Det kan väl inte vara så att dom redan vet om det, bara?

– Dom är isolerade, sa Kluuge. Jag ringde Schenck och gav stränga order innan vi åkte ut i förmiddags.

– Bra, sa Reinhart.

– Vem är Schenk? sa Servinus.

– Han byter av Matthorst då och då, förklarade Kluuge. Det kan nog behövas, Matthorst påstår att han börjat känna sig konstig.

– Tror jag det, sa Tolltse. Han har ju suttit däruppe lika länge som dom andra.

– Det finns dom som suttit i femton år, påminde Suijderbeck.

– I vilket fall som helst..., sa Lauremaa. Jag menar, om

dom här tre damerna vet nånting om Jellineks död, så betyder det att dom vetat hela tiden?

– Korrekt, sa Reinhart. Och då jävlar. Nej, kom nu inspektörn, så åker vi.

– Lämna ett par mackor, sa Jung och reste sig.

– Är det ingen som hört nåt från kommissarien? undrade Lauremaa när Reinhart och Jung givit sig iväg.

– Inte ett skit, sa Suijderbeck. Måste säga att jag fick ett visst förtroende för honom, men nu börjar han likna vilken desertör som helst. Vad fan håller han på med?

– Ja, inte vet jag, suckade Kluuge. Ska vi försöka komma nån vart i alla fall. Det vore kanske bra om vi gjorde lite bättre ifrån oss på presskonferensen imorgon.

– Den står jag över, sa Suijderbeck.

– Hade nästan tänkt föreslå det, sa Lauremaa och log för första gången på hela dagen.

# 35

Van Veeteren träffade Marie-Louise Schwartz i ett radhus i allra sydligaste utkanten av Stamberg. Besöket varade i en timme, och femti minuter av denna timme tillbringade han nedsjunken i en kretongfåtölj, medan han betraktade sin gråtande värdinna i en annan kretongfåtölj.

Då och då lyckades hon samla sig en smula, men så snart han ställde en fråga, brast det på nytt. Så småningom tröttnade han på att ens försöka; satt där han satt bara, och lät hennes förtvivlan tala.

Kanske var det ändå något slags poäng med det, tänkte han, och när han lämnade henne, fattade hon tag om båda hans händer och såg på honom med tårdränkta ögon. Som om han verkligen uträttat något – visat prov på stor värme och medmänsklighet, eller vad det nu kunde ha varit frågan om. Kanske hade hon inte ens förstått att han var polis. Hon lyckades i varje fall förklara att hon var mycket tacksam för att han kommit, och att hon nu skulle gå upp till sovrummet på andra våningen för att se till sin make, som hade svårt att hantera sin sorg.

Herregud, tänkte Van Veeteren.

Han tog farväl, gick ut och satte sig i sin bil och körde därefter omkring på måfå i en halvtimme till Pergolesi och Händel. När han åter parkerade bakom Glossmann's för att hämta ut sin väska, råkade han sätta på bilradion och fick höra att Oscar Jellinek hittats mördad i Waldingen.

För ett kort ögonblick visste han inte om han drömde eller var vaken.

Sedan insåg han att det kvittade vilket.

Nästa möte var avtalat till klockan nitton på kvällen (det var tider som skulle passas, barn som skulle hämtas och sättas på tåg, pianostämmare som skulle instrueras), och han tillbringade hela eftermiddagen med att sitta på olika caféer, bläddra i Klimke samt ta del av teve- och radioutsändningarna. Sedermera dök också de första kvällstidningarna upp och de gjorde som vanligt inte saken bättre.

Ett par gånger ringde han till polisstationen i Sorbinowo, men fick bara veta av fröken Miller att alla de andra befann sig ute i skogarna, och han lät bli att lämna något meddelande.

Han hade ju ändå inget att meddela.

Mer än en aning som han ännu inte fått bekräftad.

Och som inte stämde särskilt väl överens med den senaste händelseutvecklingen. Med mordet på Oscar Jellinek. Eller gjorde den det?

Lika bra att låta dom arbeta i lugn och ro, tänkte han.

Lika bra att hålla sig i skymundan och låta andra ta över? Var det inte det han redan hade bestämt sig för?

Hon satt och väntade på caféet som de avtalat, och han undrade återigen varför hon hellre velat träffa honom där än i hemmet.

För att skydda det privata? tänkte han och slog sig ner mittemot henne. För att ändå bevara någonting heligt? Vore kanske förståeligt i så fall.

Han presenterade sig och hon sträckte fram en nervös hand över bordet.

– Jaha, sa hon. Jag är ledsen att jag inte kunde komma ifrån tidigare. Det har ju hänt en del idag.

Han nickade och grävde fram en tandpetare. Det stämmer, tänkte han plötsligt. Jag ser det på henne. Hur fan kunde jag veta det?

– Ni förstår vad det är jag vill tala med er om?

Det var en grov chansning, men han hade bestämt sig för den spelöppningen. Egentligen fanns det väl heller inga andra vägar att gå. Inga alternativa drag.

Hon tvekade en stund.

– Jag tror det...

Han förstod att det inte var någon idé att skynda på henne. Viktigare att ge henne gott om tid och låta saker och ting komma i den ordning som kändes naturligast för henne. Eller minst obehagligt.

– Vi hade varit tillsammans i åtta år när jag upptäckte det, började hon. Åtta år... gifta i fem.

– Det kan växa fram också, föreslog han. Behöver inte ha funnits där hela tiden.

Hon nickade.

– Jag har försökt tänka på det viset också, men jag vet inte om det skulle vara någon tröst... det är så... ja, så förbannat obegripligt. Det går inte att förstå, det är det enda jag kommer fram till. Jag kan aldrig smälta det, måste glömma det och begrava det... jag trodde det var enda chansen, men nu vet jag förstås att det också var fel.

Hon gjorde en paus och trevade i handväskan. En servitör dök upp och Van Veeteren beställde utan att fråga kaffe och konjak åt dem bägge två.

– Berätta, bad han när hon fått eld på en cigarrett.

Hon skrapade med pekfingernageln över en stearinfläck på duken och klippte några gånger med ögonen. Kommissarien märkte att han satt och höll andan; som om det var själva hans närvaro som grävde fram dessa gamla ohyggligheter, men att det gällde att minimera dess inverkan.

– Det gick för långt, sa hon. Det jag inte kan förlåta mig, är att jag lät det pågå så lång tid, istället för att reagera på tecknen med en gång. Över sex månader... jag kunde ju helt enkelt inte tro att det var sant. Det är sådant här man läser om, och... ja, ni vet vad jag menar.

Van Veeteren nickade.

– Det var i badkaret jag kom på honom. Judith var bara fem år, men ändå stor nog för att fatta vad det var frågan om... och att skämmas. Det obegripligaste av allt är att han kunde vara så ogenerad.

– Erkände han?

Hon drog ett bloss och smuttade på konjaken innan hon svarade.

– Nej, sa hon. Eller både ja och nej. Han låtsades som om han inte förstod vad jag talade om... å andra sidan gick han med på att skiljas utan vidare. Han flyttade... jag tvingade honom att flytta ut samma dag.

– Ni träffas inte?

– Nej. När jag kommit över chocken, skaffade jag en advokat förstås. Beredde mig på att få kämpa, men det blev aldrig någon kamp. Han gav upp allting och lämnade oss utan ett ord... det är det jag ser som beviset på att han erkände.

Det blev en ny paus. Van Veeteren bröt av tandpetaren och tog en cigarrett istället.

– Hur långt hade det gått? frågade han.

– Långt, sa hon bara.

– Ni lät undersöka henne?

Hon nickade.

– Ja, jag ville veta... jo, han hade gått hela vägen. Det var inget tvivel om saken.

Kommissarien kände åter hur ett vanmäktigt äckel började stiga inom honom och han tömde i sig konjaken som motgift.

– Och när var det här, alltså? frågade han.

– Fyra år sedan, svarade hon. Fyra år och två månader...

– Ni gjorde ingen anmälan?

– Nej, sa hon och drog en djup suck. Jag gjorde inte det...

Van Veeteren betraktade hennes knäppta händer runt glaset. Han kunde ha förebrått henne nu. Skärpt tonen och frågat hur i helvete hon kunde underlåta en sådan sak, men det fanns förstås ingen anledning.

Ingen anledning att plåga henne längre; hela samtalet hade tagit mindre än tio minuter och egentligen hade det väl utfallit precis så som han föreställt sig att det skulle göra.

Eller befarat, snarare.

Vetat om?

– Jag ska försöka se till att ni inte blir indragen, sa han. Men det är svårt att veta hur det kommer...

Hon avbröt honom.

– Jag ställer upp, förklarade hon. Ni behöver inte oroa er, jag vill inte göra samma misstag en gång till.

– Då så, sa Van Veeteren. Jag hör av mig om det blir aktuellt.

De tog i hand igen och han lämnade henne. Ute på gatan märkte han att han frös, och att det var en kyla som inte hade någonting att skaffa med den fortfarande varma och behagliga sommarkvällen. Ingenting alls.

Han letade upp en telefonkiosk och ringde på nytt till Sorbinowo, men bara för att kunna lyssna till fröken Millers intalade meddelande om att polisstationen var stängd för dagen, och att det gick bra att ringa något av två andra nummer om man hade upplysningar att komma med i Waldingenfallet.

Jo, tänkte Van Veeteren. Det kan man nog påstå att jag har.

Ändå underlät han att ringa vidare. Trots allt återstod en del frågetecken – beträffande Jellineks död, till exempel – och det mest tilltalande vore naturligtvis om han kunde få servera kollegerna hela lösningen på en bricka. Förpackat och klart.

Ett argument som luktade fåfänga förstås, men om det nu verkligen var hans sista fall, det här, så kunde det kanske förlåtas honom.

Och det fanns naturligtvis heller ingenting – ingenting alls – som kunde vara bättre ägnat att räta ut kvardröjande frågetecken än en bilresa. En lång, lugn bilfärd in i natten.

Han funderade en stund. Tillsammans med Penderecki, avgjorde han sedan.

Ännu en gång Penderecki.

# 36

– Klockan är fem i tolv, sa Reinhart. Lika bra vi åker direkt till hotellet. Skulle inte tro att dom håller på och snickrar planer fortfarande.

– Vi kan ju alltid ringa och kolla, sa Jung. Fast vad vi ska säga om dom här damerna, vet jag inte.

– Ja, herregud, stönade Reinhart. Lauremaa hade en poäng när hon talade om olikheterna i alla fall.

– Förvisso, sa Jung och kvävde en gäspning. Men visst var det nånting alldeles okristligt?

Besöket på Wolgershuus var överstökat, och kanske var ordet okristligt inte det mest adekvata i sammanhanget. Men när Jung försökte summera sina intryck, kom han i all hast inte på någonting bättre. Han visste bara att han aldrig varit med om något liknande. Aldrig någonsin.

Okristligt, således. Ändå hade de följt den överenskomna taktiken till punkt och pricka. Diskretion. Professionellt uppträdande; inte mera väsen än vad nöden och läget krävde. Utan större bekymmer hade de hittat ett neutralt, lite lagom avgränsat rum, dit de sedan beordrat in kvinnorna för att presentera nyheten utan vidare krusiduller.

Nyheten om Oscar Jellineks död.

En i taget i tur och ordning. Först Madeleine Zander.

Reaktion: ingen alls. Hon lyssnade på dem i en halv minut, sedan vände hon på klacken och lämnade rummet. Jung tyckte sig ha noterat ett par ryckningar i hennes ena mungipa, men det var också allt. Både han och Reinhart hade onekligen känt sig en smula obehagliga till mods efter denna första rond – och när så Mathilde Ubrecht släpptes in och ställdes inför samma obeslöjade budskap som sin väninna, hyste i varje fall Jung vissa farhågor för att man bara skulle möta samma stumma beteende tre gånger i rad. Samma benhårda autism.

Så blev dock inte fallet. Hos fröken Ubrecht var det istället en fördämning som brast. Innan de egentligen hunnit fatta vad som var på färde, hade hon utdelat ett flertal slag och sparkar – Jungs huvud, Reinharts smalben, Jungs rygg – kastat en stol och en vas tvärs över rummet samt rusat skrikande rakt in i väggen. Det sistnämnda – fick man väl anta, åtminstone – i ett förtvivlat försök att slå sig själv medvetslös. Så småningom hade man fått ner henne på golvet, och när de betydligt mer luttrade vårdarna anlände, hade hennes vrålande börjat övergå i något slags epileptiska gurglingar. Den äldre av de bägge männen plockade utan resonemang fram en spruta, körde den rakt in i magen på henne, varefter hon somnade inom tio sekunder.

Inför den tredje konfrontationen – Ulriche Fischer, som ju Jung redan talat med – stannade vårdarna kvar i ett angränsande rum, men när Reinhart släppte nyheten i ansiktet på henne, denna gång med påtaglig försiktighet och garden höjd, så reagerade hon under de första sekunderna bara med samma tystnad som Madeleine Zander. Sedan sjönk hon ihop över bordet, slog armarna om huvudet och brast ut i gråt.

En högljudd, klagande gråt, som om en stor sorg äntligen brustit ut i henne efter att ha legat under lock alltför länge – en analys som också stämde ganska väl överens med de fåtaliga meningar de sedan lyckades få ur henne.

– Jag förstod det! kved hon och gnuggade med knytnävarna fram och tillbaka över ansiktet och hjässan. Det kunde inte vara på annat sätt! Han kunde inte ha lämnat oss på det viset! Han kunde inte!

Mycket mer blev inte sagt, och åtminstone inspektör Jung var vid det laget så pass tagen, att han bara orkade känna en stor och fullödig tacksamhet gentemot den läkare som hade tillkallats med anledning av fröken Ubrechts utbrott – och som nu gjorde entré och undrade vad i helvete det var som pågick.

– Rutinundersökning, hade Reinhart förklarat. Men vi är färdiga nu.

Färdig kände sig också Jung när han klev ur bilen på parkeringsplatsen utanför Grimms hotell. I så hög grad att han bestämt avvisade Reinharts förslag om en sängfösare, och istället begav sig direkt till sitt rum, där han slocknade utan att ha fått av sig mer än skor och kavaj.

En helvetes onsdag, var det visst någon som hade sagt.

Det var någonting med Penderecki.

Någonting med detta smärtfyllda, polska rekviem som inte liknade något annat, och som nästan undantagslöst fick honom att känna sig fri. Renad och hög som en katedral.

Berörd av den gudomliga, som Mahler skulle ha sagt. Hans gode vän poeten, alltså. Inte kompositören.

Naturligtvis också en fråga om spänningar. Spänningar som släppte och spänningar som laddades; en sorts själens akupunktur och en flyktväg bort från köttets plågor. Också Mahlers ord, antagligen... i och för sig något som väl gällde all musik, men ingenstans var det så tydligt och så plågsamt vackert som hos Penderecki.

Och det var alltså i detta rum, under denna kupol av grym klarhet, som han färdades de hundrasextio kilometerna från Stamberg tillbaka till Sorbinowo.

Och i detta rum som han löste de kvardröjande frågorna i Waldingenfallet.

Detta tvåveckorsfall. För hur han än räknade över denna onda, utsträckta tid – mer än fjorton dagar hade det inte gått sedan han stod däruppe på parkeringsplatsen och blickade ut över sommaridyllen med de mörka, glittrande vattnen.

Två veckor.

Två våldtagna och mördade småflickor. En ihjälslagen präst.

En nedbränd kyrka och en sekt i förskingring.

Det var kontentan.

Summan av hans sista fall. Ett vackert slutresultat, tänkte han. Onekligen.

Och lösningen, vad skulle man säga om den? Lösningen – som hade kommit till honom via en högst ordinär telefonkatalog. Via en högst trivial felstavning. Den gamla tanken om linjer och mönster och ingripanden i tillvaron kändes så naturlig att han inte ens brydde sig om att hålla den kvar.

Inte skåda given häst i munnen, tänkte han. Åtminstone en skillnad mellan livet och schackspelet.

Nej, bättre då att försöka blicka några timmar framåt och koncentrera sig på vad som ännu återstod. Själva slutfasen. Att konfrontera de skyldiga med anklagelserna. Få dem att falla till föga och erkänna. Kasta den överväldigande bevisningen i ansiktet på dem och iaktta sammanbrottet.

Den sista versen. Mattställandet.

Med minsta möjliga antalet drag.

Förvisso hade han god lust att överlåta detta på andra, men det ankom på honom, han visste det. Även detta.

Mönster som mönster.

Han unnade sig bara ett femtonminutersstopp utefter vägen, och när han efter fyra dagars bortovaro åter steg in på Grimms hotell hade klockan inte hunnit bli mer än halv ett på natten. Han bad att få kontrollera liggaren i receptionen och fem minuter senare knackade han på intendent Reinharts dörr med två öl i varje hand.

Två ljusa och två mörka.

För första gången sedan den där eftermiddagen i båten kände han retningen. Den där svagt sugande känslan i ljumskarna och låren, och han förstod att det var dags igen. Dags att komma till rätta med den.

Efter en ganska blodfattig actionthriller på teven gick han till sängs vid tolvtiden, försökte onanera sig till sömns men det räckte inte. Låg kvar ett par timmar och väntade medan suget växte och bultade tills det dominerade snart sagt vartenda skrymsle av honom. Tvånget. Den onda driften.

Till slut steg han upp. Det hade knappt börjat ljusna ute, ens, och han tvekade en stund. Stod i fönstret och såg ut mot den smala rodnaden över skogen i öster. Tänkte på flickorna. På deras skrevande ben och fjuniga sköten. På deras nakna hjälplöshet. Så drog han på sig kläderna. Kände efter att han hade kvar kondomerna i bröstfickan, den lilla extra njutningen när han lät dem rulla på en var inte att förakta. Han log mot sin mörka bild i spegeln, smög nerför trappan och ut genom köksdörren.

Tog ut cykeln ur boden. Kontrollerade lufttrycket och satte fast gummibatongen på pakethållaren. Gav sig iväg.

Det tog tjugo minuter ut till stora vägen. I själva trampandet fanns en puls som utan tvekan erinrade om det andra, och bilderna som projicerades för hans inre öga var starka och utan pardon.

Utan pardon. Den svarta batongen som trängde in och banade väg. Deras spänstiga hud. Slät och vidunderligt spänstig. Hålet, detta hål. Njutningen bortom sans och vett. Den vilda skräcken i deras ögon innan han släckte den... slutgiltigt släckte den.

Starka bilder. Oemotståndliga bilder. Han såg på klockan.

Inte mer än halv fyra. Han förstod att han skulle bli tvungen att ligga i skogen och vänta några timmar först, men det kändes inte som något hinder. Huvudsaken var att det var dags igen. Att han förr eller senare – innan denna dag som just höll på att randas var till ända – skulle träffa en ny ... ljust hår, han hoppades att det skulle bli en med ljust, långt hår den här gången, ja, om det blev ett läge där han kunde få välja, skulle han komma ihåg att ta just en sån.

Han trampade vidare och lyssnade till pulsen som sjöng inom honom.

# 37

Det blev tre bilar.

I den första åkte Van Veeteren, Reinhart och Kluuge. Därpå Tolltse och Lauremaa. Sist Jung och Servinus. På egen begäran stannade Suijderbeck kvar på polisstationen; det var naturligtvis ingen dum idé att ha en viss försäkran bakåt också.

För den händelse nånting skulle gå snett, det hade ju hänt förr.

Man startade precis kvart i fyra, när den första gryningen bara låg som en tunn aning över sjösystemet och de sovande skogarna. Uppväckningarna, återsamlingen och genomgången hade tagit sin tid; kommissarien hade berättat och redogjort och förklarat utan särskilt stor brådska, men när sanningen så småningom sjunkit in hos var och en, bedömdes enhälligt att det knappast fanns något skäl att vänta in en ny dag.

Bättre att slå till omedelbart – både Reinhart och Van Veeteren visste vad ett par timmars extra, onödigt spelrum kunde ställa till med. I värsta fall.

Det fanns en del som talade för att detta var ett värsta fall.

Man var framme tjugo minuter över fyra. En grå dimma höll på att lyfta över sjön och skogen var full av fågelljud. Man parkerade på rad ute på den smala grusvägen, gick i samlad tropp ner till huset; kommissarien bankade två gånger på dörren, men inget liv förmärktes.

Han tryckte ner handtaget. Det var öppet och under största möjliga tystnad tog sig hela gruppen in och slog sig ner i skumrasket i vardagsrummet. Jung hittade en lysknapp och tände; så nickade kommissarien åt Kluuge och tillsammans började de gå uppför trappan till övervåningen.

Halvvägs blev de stående. En dörr öppnades någonstans däruppe och fru Fingher kom dem till mötes.

I tofflor och sliten blå morgonrock, men utan några synliga tecken på att ha blivit ryckt upp ur sömnen.

Van Veeteren nickade på nytt åt Kluuge.

– Fru Fingher, sa Kluuge. Jag ber att få anhålla er som misstänkt för mordet på Oscar Jellinek och för...

Han kom av sig. Ber att få? tänkte Reinhart.

– ... och för medhjälp till morden på Clarissa Heerenmacht och Katarina Schwartz. Det är er rättighet att tiga, men allt ni säger kommer att kunna användas emot er.

Fru Fingher stod kvar och höll sig i trappräcket. Hennes grovt skurna ansikte genomfors av en rysning, sedan sjönk hon ner på trappsteget och lutade huvudet i händerna. Det gick fem sekunder.

– Det är över nu, sa Van Veeteren och sträckte ut en hand.

Hon fattade den och han ledsagade henne ner till rummet. Placerade henne i en av de rakryggade karmstolarna och väntade ytterligare några ögonblick. Hon fick upp en näsduk och snöt sig.

– Ja, sa hon sedan. Det är över nu.

– Var är er son? frågade Reinhart.

Hon gjorde en huvudrörelse mot övervåningen. Reinhart och Jung begav sig uppför trappan och försvann in i mörkret.

– Varför dödade ni Oscar Jellinek? frågade kommissarien.

Hon drog ett djupt andetag.

– Jag var tvungen, sa hon.

– Jaså? sa kommissarien.

– Han dök ju upp.

– Dök upp?

Hon skakade till för en ny rysning, men den tycktes ändå inte bekomma henne. Kommissarien förstod att gränsen mellan hennes kropp och själ var stängd för tillfället.

– Ja, där på vägen... han dök upp.

– När ni just hade lämnat Clarissas kropp vid aspen?

Hon nickade.

– Ja. Jag såg... såg att han förstod. Han sa det också... vad skulle jag göra?

– Hur bar ni er åt?

– Spaden, sa hon. Jag slog honom med spaden. Jag är ledsen... jag har... det var...

Men det kom ingen fortsättning. Istället uppenbarade sig Reinhart uppe på trappavsatsen.

– Han ligger inte i sin säng, förklarade han. Var har ni er son, fru Fingher?

Förvånad tittade hon upp.

– Jag förstår inte...

– Vad i helvete är det som pågår?

Mathias Finghers kraftiga gestalt – i blekblå, urtvättad pyjamas – armbågade sig förbi Reinhart med Jung i släptåg.

– Vad fan menar ni med att...

– Sätt er ner och håll tyst! avbröt Van Veeteren. Vi har kommit för att arrestera er son för mordet på två småflickor och er hustru för mordet på Oscar Jellinek!

– Va?

– Vill ni påstå att ni inte kände till något? fyrade Reinhart på. Det finns misstankar mot er också för medhjälp och undanhållande.

För ett ögonblick såg det ut som om Mathias Fingher tänkte svimma. Han vacklade till, men återvann balansen. Tog sig ner för de resterande trappstegen, såg sig förvirrat omkring, innan han trycktes fast i den randiga soffan av Servinus.

– Vad fan...? stammade han. Det måste...

– Jag är ledsen, upprepade fru Fingher utan att se på sin make. Det är... det fanns liksom ingen utväg.

– För i helvete! avbröt Reinhart. Var har ni eran son?

– Nå? sa kommissarien.

– Han sover väl... började fru Fingher. Varför...?

– Menar ni att ni inte vet var han är?

– Nej, hur...

Det tog inte många sekunder för Van Veeteren att förstå att hennes förvåning var äkta.

– Jung och Servinus! beordrade han. Leta igenom övervåningen! Lauremaa och Tolltse tar med fru Fingher ut till bilen!

– Men... försökte Mathias Fingher.

– Låt henne klä på sig först!

Kommissarien flyttade undan Servinus och slog sig ner mittemot herr Fingher. Spände blicken i honom från en halvmeters håll.

– Herr Fingher, sa han. Det är möjligt att ni är alldeles ovetande om allt det här, och i så fall är det för jävligt för er... hursomhelst är er son en mördare. Mördare och våldtäktsman...

Fingher öppnade och stängde munnen ett par gånger och på nytt såg det ut som om han var på väg att förlora medvetandet. Ansiktsfärgen kom och gick och händerna skakade i knät på honom.

– ... vi måste få tag i honom. Var är han?

– Jag... jag vet inte.

– När såg ni honom senast?

– Det... igår kväll.

– Han såg en film på teve, bröt fru Fingher in. Vi gick och la oss tidigare.

– Och varför ligger han inte i sin säng nu?

Mathias Fingher skakade på sitt stora huvud.

– Han har väl gått ut, sa fru Fingher och gick för att sätta på sig kläder. Tolltse och Lauremaa följde henne tätt i hälarna. Det blev tyst några sekunder.

– Snälla ni, utbrast Mathias Fingher därpå. Säg att ni bara skojar... säg för i helvete att ni bara skojar!

– Tyvärr, sa kommissarien.

– Cykel! sa Reinhart. Den jäveln har gett sig iväg på cykel!

Karavanen var på väg tillbaka genom skogen. Med något förändrad gruppering – kommissarien, Reinhart och Jung i den första bilen. Tolltse, Lauremaa och fru Fingher i den andra. Kluuge, Servinus och herr Fingher i den tredje.

– Vad ska vi göra? sa Jung.

– Efterlysa honom så klart! fräste Reinhart. Ställa varenda jävla polis i hela distriktet på benen och fånga in fanskapet! Cykel!

Van Veeteren nickade.

– Ring Suijderbeck med en gång, sa han. Klockan är visserligen inte fem än, men vi får inte tappa mer tid nu. Ja, efterlys honom i vartenda medium som finns!

Reinhart efterkom kommissariens begäran och trampade sedan gasen i botten.

– Jag mår inte bra, sa han. Fy fan, vad jag avskyr det här! Nu sitter vi i ett sånt här läge igen.

Van Veeteren svarade inte.

– Har vi någon bild? frågade Jung.

– Helvete, sa Reinhart. Det borde vi förstås...

– Przebuda, sa kommissarien.

– Va? sa Jung.

– Lokaltidningen, förklarade kommissarien. Dom måste ha en. Jag ringer och väcker redaktörn när vi kommer fram.

Reinhart harklade sig.

– Tror du…? började han. Jag menar, tror du han är på gång igen?

– Vad tror du själv? sa Van Veeteren.

Och under resten av färden satt var och en innesluten i sin egen tystnad.

# 38

Van Veeteren bar själv in brickan och ställde ner den framför Mirjan Fingher.

Te. Juice. Smörgåsar med ost och korv. Han gick tillbaka och stängde dörren. Satte sig på den andra britsen.

– Varsågod, sa han. Jag har några frågor. Jag förutsätter att ni är samarbetsvillig, det finns ingen anledning att göra saker och ting ännu värre.

Hon nickade och drack en klunk te. Han betraktade henne. Hennes kraftiga gestalt tycktes ha krympt ihop under färden in till Sorbinowo. Sjunkit samman... Som om det yttre höll på att ätas upp av det inre, tänkte han.

– Var tror ni han är?

Hon försökte rycka på axlarna, men det blev bara en ansats.

– Jag vet inte.

Rösten balanserade på en tunn egg mot brustenheten.

– Vi måste få tag på honom innan han gör det igen, sa kommissarien. Som vi ser det finns det ganska stor risk för att han gett sig iväg av just det här skälet... eller har ni något annat förslag?

Hon skakade på huvudet.

– Nej.

– Han kan inte ha känt till att vi skulle komma?

– Nej... nej, absolut inte. Jag tror...

– Ja?

– ... att det kan vara som ni säger.

Inte mycket mer än en viskning. Hur länge till orkar hon? tänkte han. Måste se till att hon håller ihop.

– Ta en smörgås, sa han. Vi försöker klara oss igenom det här nu.

Hon såg på honom. Sköt undan en slinga av det brunbleka håret och rätade på ryggen en smula. Tog en ny klunk te men rörde inget av det andra.

– Jo, sa hon. Det är väl så... det har gått längre tid än mellan dom andra två.

Van Veeteren nickade och vände på en tandpetare.

– Hur mycket har ni känt till?

– En del.

– Det var ni som ringde?

– Ja.

– Hur visste ni när han gjort det?

– Jag såg det på honom. Jag är hans mor.

– Varför ringde ni?

– För att få slut på det.

– Få bort flickorna?

– Jag vet inte... ja, antagligen.

– Ni letade upp kropparna och flyttade dem så att vi skulle hitta dem?

– Bara den ena.

– Den första hittade ni inte?

– Inte i början. Men...

– ...

– Jag trodde... nej, jag vet inte vad jag trodde. Jag vågade inte med den första, men sedan var jag tvungen... ja.

Han tvekade en stund. Såg att hon börjat darra nu; händerna och ansiktet.

– Hans dotter? sa han så.

– Ja. Hon harklade sig och tog sats. Hon... min svärdotter berättade när dom skildes. Det var... ja, jag vägrade tro henne förstås, men så begrep jag. Om det nu går att begripa. Jag trodde det var över, ni måste tro mig... det har inte varit någonting under de här åren sedan han flyttade hem. Inte förrän den här sekten, dom här förbaskade jäntungarna...

– Förra sommaren? frågade kommissarien.

Hon skakade på huvudet.

– Nej. Wim jobbade ett par månader i Groenstadt då. Hos min bror, han har en handelsträdgård... jag har hittat några tidningar han haft bara, så...

Hon tystnade.

– Jag förstår, sa Van Veeteren. Men om vi nu återkommer till det viktigaste. Vår tror ni han håller hus just nu? Ni måste försöka hjälpa oss med det här också.

Hon såg ut genom fönstret och tycktes fundera.

– Skogen, sa hon så. Det är hans trygghet, liksom, han kanske håller sig där... herregud!

Och plötsligt var det som om hon slitits itu. Hon kastade sig ner på knä på golvet bredvid britsen, slog armarna om huvudet och började vagga från sida till sida.

– Hjälp honom, snälla ni! Hjälp honom!

Kommissarien böjde sig fram och strök henne lite valhänt över ryggen. Så öppnade han dörren och ropade på inspektör Tolltse.

Nej, tänkte han. Jag vill inte vara med längre.

– Vi har väl inte glömt nåt? sa Reinhart.

– Efterlysningen är klar, sa Kluuge.

– Över hela landet! fnös Suijderbeck. Det är ju för fan här han ligger och trycker. Han åker cykel, har ni glömt det?

– Tjugofem man på plats, fortsatte Kluuge oförtrutet. Tjugo till på väg. Två helikoptrar redan i luften.

– Kolonierna varnade, sa Lauremaa.

– Hur många finns det? undrade Jung.

– Alldeles för många, suckade Kluuge. För tillfället har vi

mellan tre- och fyrahundra flickor i rätt ålder på olika läger.

– Fy fan, sa Reinhart.

– Men dom har fått stränga order, upprepade Lauremaa.

– Det är ingen garanti, sa Servinus.

– Nej, sa Reinhart. Det finns aldrig några garantier i den här förbannade branschen.

Inspektör Lauremaa reste sig irriterat och gick bort till fönstret.

– Nåja, sa hon. Om han visar sig här i stan... på gatorna, då åker han fast. Varenda kotte känner igen honom. Vi kommer att ta honom, det är bara en tidsfråga.

– Det finns en annan tidsfråga också, sa Reinhart.

– Jag vet, sa Lauremaa. Behöver inte bli påmind.

Dörren gick upp och Van Veeteren återkom med en tandpetare i vardera mungipan. Han slog sig ner på Lauremaas tomma stol och såg sig omkring.

– Skogen, sa han. Hans mor tror han finns i skogen.

Det blev tyst några sekunder.

– Okej, sa Suijderbeck. Låter inte otroligt. Vi får beordra helikoptrarna att svepa över skogen. Runt sjön, alltså... det är väl där han räknar med att få napp, antagligen.

– Antagligen, sa Jung. Hur har vi det med kommunikationerna?

– Bilar här utanför, sa Suijderbeck och nickade. Jag och Servinus sätter oss och sköter det nu. Vad gör dom här tjugofem som har kommit?

– Väntar på order, sa Kluuge.

– Ut i skogen med dom då, sa Suijderbeck. Andra sidan av sjön i stora svep, eller vad säger ni?

– Jo, sa Kluuge. Det är nog riktigt.

– Fan, sa Jung. Vet ni vad? Jag kom på en sak... jag såg en kille med cykel när vi åkte ut till Waldingen. I natt, alltså. Han stod och pinkade mot ett träd... cykeln bredvid. Såg bara ryggen av honom, men det kan ju faktiskt ha varit...

– Herregud! stönade Reinhart. Och dig har dom gjort till inspektör?

Jung skakade på huvudet och muttrade någonting.

– Åkte inte intendenten samma väg? frågade Van Veeteren.

– Strunt i det, sa Lauremaa. Om det nu var han, så visar det i alla fall att vi letar på rätt ställe.

– Klockan är kvart i åtta, sa Suijderbeck. Nu går vi ut och fångar in den här jäveln!

Han vaknade och såg på klockan.

Fem minuter i åtta.

Hade sovit ett par timmar ändå. Kändes skönt, både skönt och behövligt.

Inget dumt ställe heller. Skyddat och solvarmt. Mellan grenarna kunde han skymta sjön, och på avstånd hördes glada flickröster. Antagligen hade han hört dem medan han sov också, för det svirrade redan inom honom och erektionen var lika hård som batongen.

Han höll batongen i handen, märkte han. Skrattade till, fattade tag med den andra handen om sin egen och jämförde.

En ljushårig, tänkte han. Tio poäng för en ljushårig.

Men det gick förstås lika bra med annat också.

Han kom upp på armbågarna och spanade ner mot vattnet.

– Jag tappade den igår, förklarade Helene Klausner. När vi var däruppe.

Hon pekade in mellan träden.

– Den måste ligga kvar där. Hänger du med?

Ruth Najda skakade på huvudet.

– Det är frukost om tio minuter. Och dom sa att vi inte fick gå nånstans. Det har visst hänt nåt, dom har ett möte nu.

– Det tar ju bara fem minuter.

– Jag vill inte.

– Du får låna min cyklop.

– Jag vill inte, säger jag ju.

– Väntar du här om jag går själv, då?

Ruth Najda klättrade ner från stenen.

– Jag tycker vi går till matsalen nu. Dom andra är redan där. Du kan väl hämta den sen. Det är ju bara en hårsnodd, för tusan!

Helene Klausner skakade på sitt långa, ljusa hår.

– Jamen jag behöver den ju. Jag går i alla fall. Väntar du så länge?

– Okej, suckade Ruth Najda. Men du får raska på, för jag är hungrig.

– Fem minuter! ropade Helene och skyndade in mellan träden.

# 39

Jung tog plats bakom Suijderbeck och Servinus i radiobilen. Kände hur tröttheten långsamt satte klorna i honom medan han stirrade på de röda, digitala siffrorna, som tickade fram morgonens sega minuter.

08.16

08.17

Hur många minuter skulle det dröja? tänkte han. Innan något hände. Hundra? Tusen?

Fanns det egentligen någonting som talade för att Wim Fingher faktiskt befann sig här i Sorbinowo? Och inte någon annanstans, var tusan som helst.

Om han bara råkat höra på radio under någon enda minut denna morgon, så måste han ju veta att de var ute efter honom. Att han var ett jagat villebråd – och även om han var en galen mördare, så måste han väl ändå ha vett nog att bege sig härifrån?

På cykel eller till fots.

Genom skogarna.

Kunde man inte förutsätta en viss sorts logik även hos en sådan här galning?

– Vad tror ni? sa han.

– Ja, inte fan vet jag, sa Servinus. Vad tror du själv?

– Svårt att säga. Det vore förstås behändigast om…

– Tyst! röt Suijderbeck och justerade lurarna. Vad sa du?… Okej!… Bra!… Var någonstans?… Efter bron? Vadå för jävla bro?… Ja, jag förstår. Jag riktar in dom andra. Klart, slut!

– Ha! ropade han sedan och flyttade ner lurarna så de

blev hängande runt halsen. Dom har hittat cykeln. Nu jävlar är han inte långt borta!

– Var? sa Jung.

– Landsvägsbron mellan sjöarna. Alldeles på andra sidan.

– Okej, sa Jung. Jag sticker dit och hjälper till.

– Vad fan? sa Reinhart och justerade skärpan.

– Vad är det? sa kommissarien.

Han drog ner gasreglaget och motorn stannade.

– Det sitter en ensam flickunge på en sten på andra sidan. Titta!

Reinhart lämnade över kikaren och pekade bort mot strandbrynet. Van Veeteren svepte några gånger över vattnet och skogen innan han kom rätt.

– Ja, jäklar..., sa han. Ja, det ligger visst en koloni där nånstans.

– Dra igång motorn igen, sa Reinhart. Där kan hon ju för fan inte sitta!

Efter ett par misslyckade försök smattrade utombordaren igång och de satte kurs rakt över sjön; Reinhart halvliggande med kikaren i fören, Van Veeteren på aktertoften, ihopkurad mot vinden och stänket.

Kanoter passar mig bättre, tänkte kommissarien. Fan så mycket bättre. Fast jag har ju inte kommit ur det här ekorrhjulet än, förstås.

– Hej på dej, sa mannen och reste sig upp.

Hon stannade. Flyttade det långa håret ur ögonen och kisade mot honom.

– Hej, sa hon.

– Vad gör du här? sa han.

– Vad gör du själv?

Han skrattade till.

– Såna som du tycker jag om, förklarade han. Tja, jag gör

ingenting särskilt. Tänkte jag skulle titta efter lite svamp... om det har kommit några än.

– Det har det, nickade hon. Vi plockade en hel kasse häromdan... fast det mesta fick vi slänga, förstås. Fröknarna påstod att dom inte var ätliga, men jag tror det var bara för att dom inte hade lust att rensa... varför har du inget att plocka i? Vad är det där?

Hon pekade på gummigrejen som han höll i handen.

– Den här...? sa han och log. Vill du jag ska visa dig hur man använder den?

Hon tittade på klockan.

– Har nog inte tid, förklarade hon. Jag skulle bara leta på min hårsnodd, jag tappade den häruppe igår...

– Ditt hår? sa han och svalde.

– Ja, det var alldeles härborta.

Hon gjorde en gest med armen.

– Jag ska hjälpa dig leta.

Hon log mot honom.

– Tack! Vad bra. Kom då!

– Vad gör du här? sa Reinhart.

Flickan hasade ner från stenen.

– Hurså?

De klev ur båten och drog upp den ett stycke på den smala sandremsan.

– Vi letar efter en person, förklarade kommissarien. Har dom inte sagt åt er att ni inte ska vara ensamma idag?

– Nej... jo, men jag väntar på en kompis.

– Kompis? sa Reinhart.

– Ja. Hon skulle bara hämta en grej.

– Vad då?

– En hårsnodd.

– Och var hade hon lagt den då? frågade Van Veeteren otåligt.

– Hon tappade den däruppe i skogen igår.

Hon tecknade med huvudet.

– Vad heter du? sa Reinhart.

– Ruth Najda. Vilka är ni egentligen?

– Vi är poliser, sa Reinhart. Så du säger alltså att din kompis gått in i skogen för att leta efter sitt hårband...

– Snodd, sa Ruth Najda. Inte band.

– Jaja. När gick hon iväg då?

Flickan tittade på klockan och ryckte lite på axlarna.

– En kvart sen, ungefär. Hon skulle fixa det på fem minuter, sa hon, men det har gått tretton och en halv nu.

– Helvete! sa Reinhart. Kom med här och visa oss vart hon tog vägen!

– Varför är ni så...? började Ruth Najda, men kommissarien avbröt henne.

– Skynda på! röt han. Det är bråttom och det är ingen lek det här!

– Okej då, sa flickan och banade väg genom alarna.

– Hur går det? ropade Suijderbeck in i mikrofonen. Kan ni inte stänga av den där jävla motorn, så man hör vad ni säger?

– Det är svårt att flyga helikopter utan motor, förklarade rösten. Men vi såg en skymt av en person för en stund sedan... kan ha varit han. Och killarna därnere är på väg åt rätt håll.

– Bra! ropade Suijderbeck. Se till att han inte kommer undan, bara, för då kommer jag personligen upp och sparkar ut er. Är det uppfattat?

Det knastrade ett par gånger.

– Du heter Suijderbeck, va?

– Ja. Hurså?

– Tyckte jag kände igen din stil, bara.

– Over and out, sa Suijderbeck.

Det var Reinhart som såg dem först.

Flickans ljusa, långa hår skymtade förbi mellan några granar och sedan dök Wim Finghers ryggtavla upp och försvann. Mellan två utskjutande, mossiga flyttblock kom de så ut i helfigur, först flickan och så... tätt, tätt bakom henne, med handen kramande om en svart batong... kom mördaren.

Van Veeteren tvärstannade. Reinhart snubblade till; återvann balansen och trevade efter sitt vapen, men det behövdes inte – för i samma ögonblick knakade det i snårskogen och två uniformerade kolleger rusade fram. Den ene kastade sig över Wim Fingher – med en störtdykning som kunde ha platsat i vilken amerikansk B-film som helst, tyckte kommissarien. Fällde honom till marken med en gång, medan den andre ställde sig bredbent och från en meters håll riktade sin pistol mot mördarens huvud.

– Om du rör dig en millimeter ditt jävla missfoster, så blåser jag ut hjärnan på dig, förklarade han tålmodigt.

Överhuvudtaget ett mycket professionellt ingripande, och med ens kände kommissarien hur han överfölls av tröttheten.

En oändlig trötthet, och han insåg att han inte sovit på mer än tjugofyra timmar.

– Varför gjorde ni så där? frågade Helene Klausner.

– Det var nödvändigt, förklarade Reinhart. Han var sjuk.

– Sjuk?

– Ja, sa Reinhart. Rörde han dig?

– Rörde mig? Nej, han hjälpte mig hitta min hårsnodd, bara. Den här.

Hon viftade med en himmelsblå tygtrasa. Kommissarien nickade.

– Så bra, sa han. Men ni skulle visst äta frukost. Kila iväg nu!

– Allright. Hej då!

De stod kvar och såg efter flickorna som långsamt larvade iväg mot den röda byggnaden ett stycke längre bort utefter stranden.

– Får jag låna din cyklop nu? hörde de den mörka flickan fråga. Jag väntade faktiskt hela tiden och du lovade…

– Javisst, svarade den ljusa glatt och satte upp håret med ett invant grepp. Vi käkar frukost först, bara.

Kommissarien harklade sig och gick och satte sig i båten.

– Då så, sa han. Vill intendenten vara så vänlig och kasta loss.

Kluuge försökte stirra in i telefonluren.

Klockan var tre på eftermiddagen, han låg i sin säng och Deborah höll just på att massera hans skuldror och bröstkorg. Hon satt grensle över honom och han kunde känna hennes tunga frukt mot sin egen mage. I både psykisk och fysisk bemärkelse var det en gudabenådad stund… utan tvivel. Och så polismästare Malijsen i telefon!

– Varför i helvete underrättade du mig inte? skrek han. Du borde väl begripa att du inte kan hantera en sådan här sak på egen hand, det var ju bara en förbannad tur att det inte gick åt pipan! Jag kommer personligen att se till att du får…

Kluuge stoppade luren under kudden och funderade i tre sekunder. Så lyfte han upp den igen.

– Håll käften, ditt förbannade nöt! sa han och lade på.

– Bra, sa Deborah.

# 40

Såvitt han kunde minnas var det samma människor som förra gången, och det tog en stund innan han blev ensam med redaktören.

– Vad säger du? sa Przebuda. Ja, du har förstås sett den förr?

Van Veeteren nickade.

– Föralldel, sa han. Casavetes är väl ingen av mina favoriter, men *Stormen* hör till hans bästa.

– Precis min åsikt, sa Przebuda. *Stormen* är alltid *Stormen*. Det är nånting med Kreta också.

– Utan tvekan, sa Van Veeteren. Får jag bjuda på ett glas?

Przebuda skakade energiskt på huvudet. Sedan log han.

– Kommer inte på fråga, sa han. Men jag har en liten anrättning på lut... och ett par bra viner. En Margaux -71 och en Mersault.

– Vad står vi här och trampar för? sa kommissarien.

– Case closed, alltså? konstaterade Przebuda efter svamppiroger, kalvmedaljonger i citronsås, vattenkrassesallad och en och en halv flaska vin.

– Ja, sa Van Veeteren. Case closed. En förbannad historia, det finns liksom inga förmildrande omständigheter när det är barn som blir utsatta... och himlen tiger.

– Och himlen tiger, upprepade Przebuda. Jo, den gör ju det. Hur kom du på det... att det var han, alltså?

Kommissarien lutade sig tillbaka och höll inne svaret en stund.

– Det stod i telefonkatalogen, sa han sedan.
– Telefonkatalogen?
– Ja. Minns du Ewa Siguera?
Redaktören funderade några sekunder.
– Den där kvinnan på fotografiet?
– Ja. Hon hette inte Siguera. Hette Figuera. Du hade hört fel... eller skrivit fel i varje fall.
– Herregud, sa Przebuda och blev sittande med glaset halvvägs till munnen. Du menar väl inte att om...?
Kommissarien skakade avvärjande på huvudet.
– Nej då. Ingen fara. De döda var redan döda. Det hade förmodligen gått lite fortare bara...
Fast när han begrundade detta, insåg han att det faktiskt inte var så. Tvärtom, snarare. Hade han haft rätt namn från början, kunde det mycket väl ha blivit så att han aldrig kommit rätt. Eller inte i tid i varje fall... i tid för att den här blonda flickan med hårsnodden inte skulle ha... nej, han orkade inte föreställa sig det.
Przebuda satt tyst och såg grubblande ut.
– Jag förstår inte, sa han. Vad fan hade Ewa Siguera... förlåt, Figuera... med Wim Fingher att göra?
– Ingenting, förklarade kommissarien. Inte ett dugg... ett utmärkt vin, det här. Det är sällan man får den här strävheten som biter till och med under tungan...
– Jag har en flaska till, sa redaktör Przebuda. Skål!
De drack.
– Nå?
– Inte ett dugg, som sagt, återtog kommissarien. Men när jag skulle ringa upp Figuera, så stötte jag på namnet Fingher på samma sida. Samma spalt till och med, ett par rader längre ner, bara. Det är ju inget vanligt namn, precis...
Przebuda försökte nicka och skaka på huvudet på samma gång.
– ... ja, och så dök det upp två repliker som jag hade hört

när jag var förbi hos dom andra gången, på torsdagen. Det måste ha varit Mathias Fingher, fadern alltså, som yttrade dem bägge två – först sa han att dom bara hade en son, sedan talade han om att frun var på väg för att hälsa på ett barnbarn. Eller om det nu var hon själv som sa det...

Przebuda satt tyst och vickade på glaset.

– Men ändå...? sa han till slut. Det här kan väl knappast ha varit något särskilt starkt indicium? Varför skulle han bli en mördare bara för att... för att han varit gift tidigare och hade en dotter?

Kommissarien ryckte på axlarna.

– Hade för mig att redaktörn talade sig varm för begreppet intuition sist vi råkades. Hans hustru hade behållit hans namn; hon visste själv inte varför, men det fick ju en mening till slut.

– Det var som fan, erkände Przebuda efter en ny paus. Verkar nästan regisserat. Men vem var Ewa Figuera egentligen?

Van Veeteren tände en cigarrett.

– Väninnan till en av de tre kvinnorna därute, sa han. Har inte ett skit med Det Rena Livet att göra. Besökte lägret under en enda dag förra sommaren, och...

– ... och det var då jag var där och tog bilden, fyllde Przebuda i. Det är ju förbannat märkligt, för om...

Han tystnade och såg upp i taket, som om han letade efter ett svar bland de mörka vrårna.

– ... för om jag inte hade visat dig den där bilden, och så vidare. Vilken fantastisk slump!

– Det finns inga slumpar, sa kommissarien. Det här var bara en tråd fram till målet. Finns hundratals andra tänkbara. Om livet är ett träd så behöver det ju inte vara så förbannat stor skillnad om man råkar hamna på den ena grenen eller den andra... för att hitta till roten, alltså. Eller vart man nu ska.

Przebuda begrundade detta en stund.

– Jag går och hämtar den där flaskan, sa han sedan.

– Kvinnorna då? undrade Przebuda en stund senare. Dom här tigande prästinnorna, vad fan teg dom för egentligen?

– Dom trodde det var den linjen som gällde, sa Van Veeteren. Förmodligen hann Jellinek belägga dom med munkavle när det gällde den här andra flickans försvinnande – innan han själv blev mördad och försvann. Tja, sedan var det bara att följa profetens ord. Som vanligt, kan man säga. Både Muhammed och Kristus har varit döda rätt länge, om jag inte misstar mig.

Przebuda log hastigt.

– Hur mår dom nu då? Kvinnorna, alltså.

Van Veeteren tvekade ett ögonblick.

– Jag vet inte riktigt, sa han. Två av dom lämnade Wolgershuus tillsammans nu på eftermiddagen. Den tredje, Madeleine Zander, har tydligen begärt att få bli kvar.

– Bli kvar?

– Ja.

– Nåja, det kanske tyder på viss sjukdomsinsikt i alla fall, muttrade Przebuda och kramade de sista dropparna ur den avslutande bourgognen.

– Och Wim? sa han sedan. Wim Fingher?

Kommissarien ryckte på axlarna igen.

– Doktorernas jobb, skulle jag tro. Det är ju egendomligt att han kan vara mer eller mindre normal nästan hela tiden... såvitt vi vet har han ju bara förgripit sig på sin egen dotter och så dom här två. Men om han får fängelse eller vård, det vet jag inte... jag är inte ens säker på vad jag tycker.

– Men Mirjan Fingher får fängelse?

– Utan tvivel. Hennes handlande är ju både rationellt och logiskt.

– Försvarbart också, kanske, sa Przebuda. Man får förstås inte gå och slå ihjäl präster hursomhelst… men ur moderlig synvinkel, alltså.

– Kanske det, sa Van Veeteren. Man kan ju också fråga sig vilka som egentligen är värst drabbade i hela historien. Dom stackars flickorna och deras familjer, förstås, men jag tycker inte vi ska glömma bort Mathias Fingher i sammanhanget. Du kan ju titta till honom, om du har vägarna förbi.

– Ja, herregud, sa Andrej Przebuda och höjde sitt glas. Stackars fan! Nej, nu dricker vi ur.

Klockan var över halv två när han för sista gången sneddade över Kleinmarckt på väg ner till Grimm's. Baren som låg vägg i vägg med rådhuset höll fortfarande öppet, men av något mer avancerat nattliv märktes föga. Tydligt var att journalisterna blivit hemkallade så snart det hela var över; så snart slutsignalen hade ljudit. Det var som det brukade. Nu gällde det att blåsa upp det psykologiska porträttet av mördaren istället: barndom, oförrätter under skolåren, svekfullheter och det ena med det andra.

De döda är döda, tänkte Van Veeteren. Men gärningsmännen lever vidare och har nyhetsvärde. Allt har sin tid.

Reinhart, Jung och de andra hade också lämnat Sorbinowo under eftermiddagen; det var bara han själv som dröjt sig kvar ett extra dygn.

Som om anständigheten krävt det, slog det honom. Som om dessa drabbade människor begärt denna avrundning. Skyldiga som oskyldiga. Offer som gärningsmän.

Dessa vinddrivna, tänkte han.

Och denna ondska. Detta förbannade, ohejdbara mörka, som varit hans egen spelplan i trettifem år nu. Alltid närvarande och berett att hugga så fort man vände ryggen åt eller inte var på sin vakt. Denna ruvande fiende som gjorde all glädje smolkad, all vila oanständig…

Var det mer än en sjukdom, detta mörker? Sak samma, om man nu bara såg till resultatet, till dem som drabbades – och kanske var det just i de termerna man borde beskriva problemet också. Hans eget och alla andras.

Som skillnaden mellan handlingars motiv och dess konsekvenser, alltså. Var det endast detta som konstituerade ondskan?

Knappast. Han förstod att det bara var en infallsvinkel. En bland hundratals möjliga. Medan han tog trappan ner mot sjön, började han också fundera över om Det Rena Livet någonsin skulle komma att återuppstå, men han förstod snart att inte heller detta innehöll själva kärnan.

Skulle dessa människor, alla dessa vilseförda medlemmar, kunna återuppstå, det var det som var frågan. Återuppstå som – just människor.

Sedan dök ett helt annat begrepp upp.

Guds finger.

Guds Fingher?

Dags att stänga av nu, insåg han. Dags att sluta teoretisera bara för att slippa tänka på de där flickkropparna. Jag kommer ändå aldrig att bli av med dom.

Och när han klev in på Grimm's kom han istället ihåg att det var just den här kvällen, den här natten, som han skulle ha gått till sängs på Christos. Hundra meter från venetianska hamnen i Rethymnon.

På det ena eller andra sättet.

Skitsamma, tänkte han. Jag ringer henne när hon kommit hem istället. Tid och rum är begrepp för kretiner.

Just det, kretiner.

# VII

## 10 augusti

# 41

När han vaknade hängde drömmen kvar i honom.

Tavlan med de bleka flickorna i fonden; alldeles i vattenbrynet. Spensliga kroppar i grupper om tre eller fyra. Stillhet – och ett egendomligt skimrande ljus över sjön och över skogsranden i öster. Morgon, ja, otvivelaktigt morgon.

De bägge kropparna i förgrunden.

Nakna och egendomligt felvridna. Med sår och svullnader och stora svarta hål istället för ögon – som ändå tycks stirra och rikta en anklagelse.

Flickkroppar. Döda och skändade flickkroppar.

Sedan branden. Utifrån vattnet tungor av eld som kommer rusande och snart är tavlan bara lågor. Ett hav av eld, det hettar i hans ansikte; han vänder alltihop ryggen och skyndar därifrån.

Samma korta dröm. Inte mer än en sekvens eller en tablå. Tredje natten nu.

Och när bilden av Wim Fingher dyker upp är han redan vaken. Obarmhärtigt vaken. Mördaren – som under hela utredningen befunnit sig på ett stenkasts avstånd från brottsplatsen, och som han vid två tillfällen stått öga mot öga med utan att reagera.

Oförlåtligt.

Det yttersta tecknet.

Han steg upp. Öppnade balkongdörren; blek himmel, ljum, nästan omärklig vind.

Några tvehågsna ryggövningar framför spegeln.

Så frukost och Allgemejne. Tog en timme; schackspaltens tredragsmatt ytterligare en halv; det hängde på en springare, denna den mest svårbemästrade av pjäser.

Han duschade, klädde på sig och gick ut. Ännu en sådan här friktionsfri dag, noterade han. Blank och ospecificerad, och med en temperatur som gjorde att luften inte kändes mot huden. Inte mycket folk i rörelse i staden. Semestertider – värre inne i centrum, antagligen; runt Keymer Plejn och Grote torg där turisterna brukade flockas, men det var inte dit han skulle.

Styrde istället stegen ner mot Zwille. Korsade Langgraacht och kom in på Kellnerstraat från andra hållet den här gången. Klockan var inte mer än elva och han unnade sig ett glas öl på Yorrick's först.

Satt där under en av lindarna och gjorde sig ingen brådska. Betraktade bara. De fåtaliga strövande människorna. Jugendfasaderna. Lövverket och den bleka himlen. Försökte vara lyhörd för inre röster och tvehågsenheter, men där kom inget.

Så ske då, tänkte han. Tömde i sig de sista dropparna och sneddade över gatan.

Tryckte ner handtaget och klev in. En klocka över dörren annonserade hans ankomst. En äldre man – i det närmaste vithårig och med välansat skägg i samma ton – hade just varit i färd med att studera ett kartblad med hjälp av ett förstoringsglas. Han såg upp. Nickade vänligt och en smula yrvaket.

– Goddag, sa Van Veeteren. Jag kommer med anledning av skylten i fönstret.

– Välkommen, sa mannen.